探偵ダゴベルトの功績と冒険

バルドゥイン・グロラー

世紀末の残り香に包まれた絢爛の都ウィーン。音楽と犯罪学に情熱を注ぐアマチュア探偵ダゴベルトは，友人グルムバッハ夫妻に乞われ，自らが手がけた難事件解決の功績と名推理を披露する。ハプスブルグ朝末期の社交界に横行する詐欺や醜聞から，真冬の路上に放置された変死体の問題まで，幅広い難題を優雅に解決する高等遊民ダゴベルトの活躍。「クイーンの定員」にもノミネートされるダゴベルト探偵譚から9篇を精選して贈る，オーストリアのコナン・ドイルと称されるグロラーの本邦初となるオリジナル短篇集。

探偵ダゴベルトの功績と冒険

バルドゥイン・グロラー
垂 野 創 一 郎 訳

創元推理文庫

DETEKTIV DAGOBERTS TATEN UND ABENTEUER

by

Balduin Groller

1910–1912

目次

探偵ダゴベルトの功績と冒険

上等の葉巻

晩餐《ばんさん》が終わると、皆は喫煙室に移動した。それはこの家の破るべからざる鉄の掟《おきて》だった。これほどすばらしいご馳走のあとは、席を立たず、そのまま葉巻を燻《くゆ》らしたいと、男二人は思ったかもしれない。だがそれはできない。いかなることがあってもできない。これはずいぶん古くからの習慣で、いまや席を立ち部屋を移るのはごく自然になされていた。それはひとえに、一家の美しい主婦によるしつけの賜物《たまもの》なのだ。煙草が吸えるのは喫煙室だけ。ときには彼女も仲間に加わり、紙巻煙草をふかすこともあったが、喫煙室以外の部屋はどこであろうと厳密に禁煙——夫人はそれを徹底した。

グルムバッハ夫人ヴィオレットは自分自身と同じくらいに、自分の個性の枠組となる家庭に気を配っていた。彼女の外見と同じく、住居もまたあたうかぎりの細心さ、趣味のよさ、巧みな計算で装《よそお》われていた。家具は最新式で、高価で、すべては真新しく、ていねいに磨き上げられ輝いていた。それなのに人はしばしば、女性芸術家がよい主婦になることはめったにないと言うのだ！

ヴィオレット夫人はもと女優だった。一流の女優とはいえないまでも、最も美しい女優のひとりだったのは確かだ。いまでもご覧のとおり、とても魅力的な奥方である。平均よりいくぶん小柄の、優美に発達したふくよかな姿態は、それとわかるほど、現役時代よりも成熟していた。淡いブロンドの、常に芸術的に整えられた髪、生き生きと輝く灰色の瞳、みごとに描かれた赤い唇、そして生意気そうな小さな鼻は、丸い顔にいっそうの子どもっぽい表情を与えていて——すべてをひっくるめて、とても好ましいアンサンブルだった。

彼女は会食のとき、念入りに選んだ衣裳で現れるのを好んだ。子どもはいなかったので、そのための時間の余裕もあった。人生をすばらしいものとする趣味のよさで、彼女は自分自身と周囲を飾った。そういう彼女が、カーテンやレース細工やカバー、あるいは天井や絹の壁布を煙草の煙の悪影響にさらしたくないと思うのはまことにもっともなことだった。

今日の客は一人だけだった。夫妻の古くからの友人、ダゴベルト・トロストラーだ。彼はグルムバッハ家のおなじみだったので、夫妻はことさらお客様扱いしてもてなすということもなかった。ヴィオレット夫人は今日もおめかししていたが、別にダゴベルトのためというわけではない。ひとえに長年の習慣のなせるわざであり、夫と二人だけで食卓につくときもそれは変わらなかった。わずかながら客を意識しているところといえば、白いレースのブラウスの、いくぶんの垣間見《かいまみ》を許すハートの形をした襟ぐりと、次第に細くなってしなやかな手首と愛らしい手のひらにつながるまろやかな前腕をあらわにしたレースの半袖くらいだった。

夫のアンドレアス・グルムバッハはかなりの収益をあげている黄麻紡績工場の所有者であり、同時に一般建設業銀行の頭取であり、その他にもたくさんの肩書きや称号があった。細君とはかなり年が離れていて、その差は二十歳ほどだろうか。婦人の年齢をぶしつけな正確さで計算することは禁じられているとしても、夫のほうから見当をつけることは許されよう。彼自身は五十三、四になっているはずだったが、外見は実際の年よりさらに何歳か老けて見えた。平らに撫でつけた頭髪は美しい黒褐色だが、それは何も証明しない。ひそかに染めているかもしれないから。両頰の髯《ひげ》は、すでにみごとな銀に輝いていた。それでもなんとか若く見せるため、銀の祝福にこれ以上あずからぬようにするため、顎鬚《あごひげ》はきれいに剃っていた。

六年ほども前、グルムバッハが可憐にも老いらくの恋のとりことなって、女優ヴィオレット・モールランクを正式な妻として迎えようとしたとき、旧友ダゴベルト・トロストラーはそれをとうてい首肯《しゅこう》できなかった。だが何ものもグルムバッハの心をひるがえすことはできず、最後にはダゴベルトもおのれの非を全面的に認めるにいたった。申し分のない立派な家庭が生まれ、この結婚はまったく幸せな形をとったからだ。

ダゴベルト自身は独身を通していた。彼は一線から退《しりぞ》いた道楽者で、頭頂がかなり薄くなった髪を使徒ペテロ風に刈っていた。黒く表情豊かな二つの目は、ソクラテスを思わせる顔を生き生きとさせていた。いま彼の情熱は、二つのことに向かっていた。音楽と犯罪学である。相当な資産を持つおかげで、このちぐはぐな二つの趣味に、心置きなく浸《ひた》れるのだった。音楽は鑑賞と作曲の双方を嗜《たしな》んでいた。だが友人たちに言わせると、前者のほうにより秀でているという。

ヴィオレットとは、彼女が舞台に立っていたときからの知り合いだった。当時彼女が何曲か歌わなければならない役についたときは、その練習相手をつとめた。もちろんアマチュアとしてである。手を染めたいかなる分野でも、彼はアマチュアであり、情熱的なディレッタントのままでいた。もっとも音楽の家庭教師で収入を得たことはある。また、その余禄《よろく》として、自分の曲を、公共の座で催しの余興としてひそかに紛れ込ませたりもした。

犯罪学への嗜好はまず、見どころのある強盗殺人や、どこかエレガントなところのある横領をもっとも好んで話題にすることに表れた。自分は警部になればよかったと本気で思っていて、食うに困るようなことになれば、きっと探偵で生活してみせると大真面目で口にする。それで友人たちからよくからかいの的になった。とはいえ、まぎれもない才能は誰もが認めていた。有無を言わせぬ証拠をしばしば見せられていたからだ。友人たちがからかうのは、好きこので厄介事を背負い込むその情熱だった。実際ダゴベルトの道楽は、ときどきトラブルを招くばかりか、生命さえ脅かすこともあった。

人だかりを見れば、必ずそのなかに入っていった。目の前のできごとがどういうものであれ、それ自体に興味があったからではない——掏《す》りはいないかと見張り、犯行の瞬間を目撃し、現行犯で捕まえるようにつとめるのだ。かなり困った羽目に陥ることも一度ならずあったものの、こうして何人もの窃盗犯を警察に引き渡してきた。

未解決の刑事事件を自分で調査することもまた好んだ。そこで始終法廷に関係したり、個人の活動をしばしば快からず思う警察に呼び出されたりと、ありとあらゆる厄介事を招くのだが——そうしたことすべてを彼は楽しんだ。まさに一個の探偵愛好家だったのである。

さて、一同は喫煙室に移った。

二人の男は窓に近い喫煙用テーブルについた。ヴィオレット夫人はクッションを敷いた小さな長いすに腰かけた。このとても魅力的な家具は、丈の高いきゃしゃな暖炉とドアのあいだに置かれ、その空間を優雅に埋めていた。暖炉は部屋の隅にあって、そこをたいそう居心地のよい場所にしていた。

グルムバッハは喫煙用テーブルから葉巻箱を取りあげた。手当たりしだいにではなく、いくつかある葉巻箱のなかから、すこし考えて選んだ。そして蓋をあけて葉巻をダゴベルトに勧めようとしたとき、はっとした表情を浮かべた。

「ついぞ知らなかったが」気遣わしそうに彼は言った。「わが家にはもうひとり、他ならぬこの銘柄の愛好者がいるらしい。悪くない趣味だ。これは一本一グルデンもするからな」

「数が減っているのかい」ダゴベルトが尋ねた。

「どうやらそのようだ」

「わたしたちの家に盗人《ぬすびと》なんかいないわ」ヴィオレット夫人が主婦の名誉を守ろうとして言った。

「そうとも、いるはずはない」グルムバッハが答えた。「だが――絶対とまで言えないが――昨日は上の段には葉巻二本分の隙間があるだけだった。ところが今日は八、九本欠けている」

「自業自得さ」ダゴベルトが言った。「鍵をかけておかなかったのが悪いんだ」

「自分の家でそんな窮屈な真似はしたくない」

「あなたの勘違いじゃないの」

「ありえない話じゃない、だがそうとは思えない。災難というほどの災難でもないが、気になるじゃないか」

「突き止めるのは難しくないはずだ」とダゴベルトが言った。探偵癖が頭をもたげてきたのだ。

「一番簡単なことは、君の助言にしたがうことだ、ダゴベルト。鍵をかける——それが一番の防衛策だ」

「それでは面白くない。泥棒は捕まえなければ」

「待ち伏せをして、一日中見張っていろとでもいうのか。葉巻代を何本分かふいにするほうが安あがりだ」

「でも君なら、この部屋に入るのは誰か知ってるだろう」

「俺の召使じゃない。あれは盗みなどしない」

「わたしの小間使いだってそんなことはしませんわ」ヴィオレット夫人もあわてて言い添えた。「子どものころからわたしの世話をしていましたが、ピン一本なくなったことはありませんもの」

「ますます面白くなってきた」ダゴベルトが続けた。「すると葉巻は毎日減るというのだね」

「とんでもない、そんなことがあってたまるか。先週気づいたのは一度きりだ。だがもしかしたらその前の週にもあったかもしれない」

それでその話はお終いになった。そのあとは世間を騒がしているニュースをひとしきり話題にしてから、夫妻は、オペラに行くため身支度を整えようと腰をあげた。おりしもその日は水曜で、ヴィオレットが劇場に行くことに決めている日だった。ダゴベルトもいつものように同行を誘われた。古くから親しい一家の友なので、ほんの十五分ほどひとりきりにすることに、わざわざ断りをいれることはなかった。

ヴィオレットはからかうように言った。ダゴベルトはいま、ひとりきりになりたいんじゃないかしら。邪魔されずに難しい問題に没頭しなきゃならないんでしょ。どんなふうに葉巻の消失は起こったか、この名探偵なら絶対につきとめてくれるわ。

このからかい半分の挑発がなくとも、探偵熱はすでにめざめていた。どのみち犯人を見つけてやると内心決めていたのだった。だから、邪魔されず犯行現場を調べられる機会は、願ってもないことだ。この事件は取りあげるにもおよばない些細《ささい》なものだ。だが愛好家《アマチュア》たるもの、練習を怠《おこた》ってはならぬ。つまらなく見えようともせっかくの機会を逃す手はない。

ひとりになるとダゴベルトは安楽椅子にきちんと座って、改めて考えてみた。この事件は見かけほど単純ではない。最後の犯行が行われたのは昨日。葉巻箱と喫煙テーブルを調べてみても——特に変わったところはない。なんという清潔がこの家を支配していることか、ほとんどうんざりするほどだ。毎日なんと丹念に片付けがされ、拭き清められていることだろう。喫煙テーブルには赤い布が敷かれ、テーブルを縁取る木枠にだって、指紋ひとつついてない。昨日も埃がついていなかっただろうに、ふたたび意味もなく拭き掃除がされ、ブラシがかけられている——誰がそんなところから指紋を捜せよう！

何か別の手がかりはないだろうか。

いまこの部屋は電灯が四つ点《つ》いている。ダゴベルトは残りの八つのスイッチを一気にひねった。眩《まばゆ》い明るさが部屋に満ちた。そのなかで彼はさらに調査を続けた。あらゆる方向に部屋を歩測し、あらゆるところに探索の目を向けた。しかし手がかりはひとつも見つからなかった。

それからふたたび喫煙テーブルに戻った。これが捜査の中心であるべきことは間違いない。だが何度見ても、いかなる痕跡も、いかなる証拠物件《コルプス・デリクティ》も見つからなかった。そこで、また他を捜そうと思ったちょうどそのとき、目に留まったものがあった。布と木枠のあいだのわずかな隙間に、毛が一本埋まり、頭をのぞかせている。黒くつやつやした毛で、それほど長くないようだ――伸ばすと五センチくらいか。癖のある毛で、ともすれば丸まろうとする。

ダゴベルトは毛が突き出ている布と木枠との隙間を撫でてみた。毛はたわんだが、刺さったままだった。どうりでブラシや雑巾《ぞうきん》でも取れなかったわけだ。それにしても――さっきも思ったが、なんと完璧に掃除されていることだろう――閉口するほどだ――だからこう推測できよう。毛の抵抗は長くは続かない。たび重なる襲撃にあえば、すぐに拭い去られてしまうはずだ。したがってこの毛は昨日刺さったのだろう。そうに違いない。

召使を呼んで聞こうかとも考えた。そうすればどんな客が今日この部屋に入ったか確かめられる。昨日誰か訪問したかも聞きだせるかもしれない。だがその考えはすぐ捨てた。スパイめいたことも必要とあらばやぶさかではないが、召使に聞いてはならない。くだらない噂の種になりかねないから。一番大切な友の家では配慮が必要だ。

そこで彼は指先で毛をつまみ出し、大事に手帳のあいだにはさんだ。それから調査を続行した。部屋全体をもう一度よく見回したが、もう得るものはさしてなかった。照明はとても明るいので、見落としはまずありえない。暖炉の上にある、つややかに磨かれた黒大理石の飾り棚を見上げると、その縁の直線をさえぎるように、黒い小さなものが載っている。

これは手がかりになり得るだろうか。探偵にとって、役に立たないものなどはない。いかなるものも手がかりになるはずだ。

ダゴベルトは革椅子を動かして、その上に乗った。四センチほどの葉巻の吸殻だった。磨かれた棚の表面に、ほんのわずかだけ埃が積もっている。この家の主婦がこれを知っていたら、ただではおくまい。今日、ここに雑巾はかけられていない。使用人がおっくうがったのだ。おそらく一日か二日おきに掃除をするのだろう。埃の積もり方からしてそれ以前ということはない。吸殻もそれ以上古いものではない。これはひとつの手がかりだ。それからもうひとつ。埃の表面に手のひらや指の触れた跡がない。つまり誰かがこの吸殻を置いたとき、棚に埃は積もっていなかった。ということは、吸殻は昨日置かれたのだ。

ダゴベルトは吸殻を調べた。まさに問題の銘柄だった。

それからダゴベルトは革椅子から下り、注意深く吸殻を袋に入れ、よけいに点けた電灯を消した。オペラに同行する時間となったから。

次の日になるとグルムバッハは葉巻事件をすっかり忘れていた。多忙な工場主で大商人の身としては、他に考えることがありすぎた。その後も思い出すきっかけはなかった。そしてとうとうそのままになった。

音沙汰なくまるまる一週間が過ぎたあと、ようやくダゴベルトはグルムバッハ家に顔を見せた。この前の訪問は水曜日だったが、今日は火曜の夜だ。ヴィオレット夫人は喫煙室に彼を通した。晩餐の時刻は過ぎていたため、彼の所望したコーヒーに付き合って、夫人は煙草をおいしそうに喫《の》んだ。

「こんな時刻にお邪魔じゃなかったですか」ダゴベルトは会話の口を切った。

「あなたならいつでも歓迎よ、ダゴベルト」にこやかに夫人は答えたものの、すこしばかり困惑の様子で、長いすに座りなおした。

「というのも」と彼はなにげなく切りだした。「この時間ならご主人はおられないはずですから」

「そうね――火曜はクラブの日だから、家にいたことはないわ。だから話し相手が来てくれるのは大歓迎」

「あるいは、あなたもすでに誰かほかの方と約束があるかもしれませんね。それならばお邪魔をしたことになります」

「そんなことないわ、ダゴベルト」力強く請け合い、話題を変えようとした。彼の弱点を突き、探偵熱をからかいはじめたのだ。

「で、どうなの？　あの罰あたりな葉巻泥棒はまだ見つからないのかしら」からかい交じりのうれしそうな口調で彼女はそう尋ねた。

「からかうのは早すぎます、奥様」

「だって、葉巻の二、三本くらい、すぐにどこへ消えたかわからなくなるじゃない。だからわざわざ捜すこともないわ。まず召使を疑うところでしょうけど、うちのものは絶対にそんなことはしません。でもいったん怪しいと思われたら――主人はきちょうめんだから――あのかわいそうな人はくびになりかねないわ」

「すぐに確かめられますよ」とダゴベルトは言い、電鈴のボタンを押した。

ヴィオレット夫人はその性急さに驚いて、手で押しとどめようとした。だが遅かった。次の瞬間には召使が戸口に立ち、命令を待ちうけていた。

「フランツ君、辻馬車をつかまえてきてくれないか、そうだな、いまから一時間後にしてくれ」

「お安い御用です。ダゴベルトさま」

「そうか、ではお礼に上等の葉巻をやろう」とダゴベルトは葉巻箱に手を伸ばした。

「ありがとうございます、ダゴベルトさま。ですが煙草は吸いませんので」

「馬鹿言いたまえ、フランツ、なんでシガーケースを出さないんだ、葉巻を山ほどやろうというのに」そう言いながら、葉巻箱の中に手をつっこんだ。

フランツはこの打ちとけた冗談に顔をくしゃくしゃさせて笑い、煙草は吸いません、ともう一度くりかえした。

「それなら仕方ない」ダゴベルトは気さくな調子で言った。「この借りはそのうち返させてもらうよ。君が損しないように」

召使はお辞儀をして、黙って部屋を出ていった。

「これでわかりましたでしょう、奥様」ダゴベルトは言った。「彼は犯人ではありません」

今度はヴィオレットがほがらかに笑う番だった。

「あれがあなたの腕前のすべてなら、探偵業の看板はいつでも下ろせるんじゃないの。なにもフランツが犯人だって言ってるわけじゃないのよ――そんなはずはないわ。万一やましいところがあったとしても、こんなまずい罠にひっかかるとでも思ったの？」

「誰があなたに、これがわたしの腕前のすべてだと言いましたか？　ただあなたに向かって、フランツは犯人ではありえないと前もって証明したかっただけです」

「フランツの言葉をみんな信じたのね。ねえダゴベルト、あなたお人よしなんじゃないの」

「彼を詰問することが目的ではありませんでした。あなたの前で彼の名誉を回復してやりたいと思っただけです。もっともそんなことはするまでもありませんでした。あなたも彼の無実を信じているのですから、これでこの件は落着とみなすことができましょう」

「ダゴベルト、あなた何か隠してることがあるでしょう」

「あなたが知りたいと思うことは、なんでもお話ししましょう」

「知りたくてたまらないわ」

「何も話さないほうがよくはありませんか」

「どうして」

「わたしは――すべてを知ったと思っています」

「そう言われるとますます聞きたくなる。ねえ教えてちょうだい。何を見つけたの」

「細かいところは違っているかもしれません。そのときはあなたに正していただきましょう」

「わたしに？」ヴィオレットは目を見張った。

「奥様、わたしはひどい恥をかくかもしれません。そんなことはまずないとは思いますが、可能性としては残されています。わたしはただ推測だけに頼っているということをご了解くださ い。それから、あなたの召使に聞き込みをするなどということも、まったくやっておりません」

「前置きはもういいわ。いったい何を言いたいの」

「よろしい。ではカードをお見せましょう。あなたもご承知のとおり、先週の水曜、わたしははじめて葉巻の一件を聞きました。五分後には、正確な人物像を描き出すにいたりました」

「どんなふうにやったの」

「正確な人物像とは、喫煙者の人物像です。ひとまずは彼を〈喫煙者〉とだけ呼んで、葉巻泥棒とか窃盗犯とかいう、いまわしい呼び方は避けましょう。実際、葉巻は盗まれたのではありません。単に吸われただけなのです。この家の主人がそれを知らなかっただけです。喫煙者は背の高い若い男です。わたしより頭ひとつくらいも背が高く、黒い髭を豊かにたくわえ、きれいな歯をしています」

「これから洗いざらいお話しします。わたしがいま言った人物像が正しいことは今日中に明らかになりましょう。わたしの見込みでは、まもなくその優秀な若者に拝眉の栄を賜《たまわ》ることができましょうから。わたしはまた、彼の好みの銘柄が入った小箱をいつもの場所に置いておきました」

「どうしてわかるの」

そのとき扉が開き、召使が現れた。そして馬車の手配がすみ、時間どおりにやってくると告げた。それからヴィオレット夫人に、もう〈行って〉よろしいでしょうかと聞いた。

許可は与えられた。うやうやしいお辞儀と感謝にあふれた「お手にキスを！」の言葉を残して、召使はふたたび姿を消した。

「フランツはほんとうに芝居が好きなの」ヴィオレットが説明した。「週に一度は劇場に行かないと気がすまないのよ。だから火曜の夜は自由にさせているの。どっちみち主人は家にいないから、フランツがいなくても大丈夫だし」

「ああ、そういうわけだったのですね」意味ありげにダゴベルトは言った。「それで腑《ふ》に落ちました」

「ねえ、話をそらさないでちょうだい。説明してくださるっておっしゃったじゃないの。どうしてあの人物像にたどりついたかって」

「水曜の夜、あなたがたが劇場に行く身支度をしに席をはずしたとき、数分ほど捜査いたしました。もし犯行現場でなんの証拠も見つけられなかったら、この件は難しくなったかもしれません」

「何を発見なさって」

「喫煙テーブルの隙間に毛を一本、それから飾り棚の上に葉巻の吸殻」

「ずっと前からあったものかもしれないじゃないの」

「しかしその毛と吸殻こそが有罪認定証拠《コルプス・デリクティ》で、ちょうどその前日にこの部屋に残されたという、十分な根拠があるのです。その二つの証拠をわたしは家で細かく調べてみました。毛には顕微鏡を使いました」

「それでその結果は?」

「完全に満足できるものでした。毛から犯人が黒い美しい髭をたくわえていることがわかりました。天然の黒で、染めたものではありません——すなわちわれらの喫煙者は老人ではないのです。それどころか若い男のものとさえいえます。というのもその毛は柔らかく、しなやかに曲がりますから。産毛《うぶげ》のような柔らかさなのです。何年も剃刀《かみそり》をあてた皮膚からは、もっとごわごわした剛《こわ》い毛が生えるはずです。それからこの若者は髭の手入れに気を遣っているようです。顕微鏡で見ると、ポマードの痕跡があったからです。なんということはない化粧品ですが、こういうものをつけるということは、その男は少しばかりお洒落に違いありません。あなたは犯人をご存じなのですから、わたしの推測が正しいか誤りか、判断できましょう」

「思い込みがあなたを誤らせてるんじゃないかしら」

「そうかもしれません。でもたいしたことではありません。先に進みましょう。あそこの飾り棚の上に葉巻の吸殻がありました」

「それからどういうことがわかったの」

「銘柄の一致を確認して、わたしはしめしめと思いました。さらなる結論は自《おの》ずから出てきます。もう一度あなたの召使を引き合いにださせてください。そうすれば、どこからわたしが出発したか、何からそもそも推理をはじめたのかをあらかたお話しできます。あなたの召使をさきほど呼び出したのは理由のないことではないのです。ご覧になればおわかりのとおり、あの男は金髪で、食事の給仕も行う召使にふさわしく、髭はきれいに剃られています。さらに、これはちゃんとした召使にふさわしくないことですが、フランツがにこやかに笑ったときに、ひどい歯並びが見えました。これはあなたご自身でも確かめられましたでしょう。最後にあなたもおわかりのように、彼はひどく背の低い男です。このわたしより少し低い。ところが見知らぬ犯人は黒い髭をたくわえ、きれいな歯をして、背はわたしより頭一つぶんだけ高い男なのです」

「そんなの見てみないとわからないじゃないの」

「すぐに説明できます。問題の葉巻の先は刃物で切られてはいません。歯ですっぱりと嚙み切られています。よい歯というのはここからわかりましょう。それについてはよろしいですね。つぎは人並みはずれた背の高さを証明しましょう。これほどたやすいことはありません。状況を再現してみましょう――ほんとうはそんなことはするまでもないのですが。なぜかというと奥様、あなたはすでに目撃しているのですから。

あなたはお気に入りの場所に座っています——そしてわたしは、あなたに敬意を払い近寄りすぎないようにしつつ、会話にはさしつかえないくらいの距離を置いて、ほら、こんなふうに、あなたのほうを向いて立って、暖炉にもたれています。ここから鳥瞰《ちょうかん》的に眺めるあなたはうっとりするほど美しい。そんなに恐い顔をしないでください、奥様——ほんとうにうっとりするほどのものですから。よほどのことがないかぎり、わたしはこの幸福な観察者の位置から動きたくはありません。ただし、吸殻を捨てるときには、喫煙テーブルのほうに行かねばなりません。灰皿はテーブルの上にありますし、わたしの手は飾り棚の上にとどきませんから。わたしには高すぎるのです。これでわたしの人物像は完成です。どうです奥様、合っていますか」

「合っているわ」笑いながらヴィオレットは認めた。「ダゴベルト、あなたには敬意を表します。恐ろしい方ね。自分ですべて白状するのが一番いいとわかりました。さもないとあなた、どんなことを考えるかわかったもんじゃないから」

「白状は無用です。わたしは聞く耳を持ちません。自白は——これは純粋に学術的見地から申すのですが——嘘かもしれません。虚偽の自白にもとづいた司法殺人（無実のものへの死刑宣告）は現に行われていますし、司法殺人ほどわたしを憤慨させるものはありません。おまけに——自白は必要ないのです。役立たずといってもいいでしょう。なぜならいまのわたしは予審判事にすぎず、裁きを下す立場にはありませんから。わたしがなすべきことは、事実構成要件を整理し、犯人を指摘することです。その後に自白しようが否認しようが、わたしには関わりのないことです」

「いいわ、続けてくださいな」

「さらにいろいろな要素を組み合わせる必要がありました。美しい髭ときれいな歯を持つ背の高い青年は、あなたの前で葉巻を吸いながら、あなたの話し相手をしていたのです。ちょうどいまわたしが話しているように、話していました。特別の秘密はその裏に潜みようがありません」

「感謝するわ、ダゴベルト、わたしを信頼してくれて」

「秘密の潜みようがありません。長年のつきあいでわれわれは互いをよく知っています。奥様は賢明な方です。どこに危険があるかをご存じです。あなたは愚かなことをする人ではない」

「信頼してくださって光栄だわ」

「わたしの信頼は岩のように固いものです。尊敬もそれに劣りません。そればかりではありません。わたしは鋭い目と敏《さと》い耳を持っています。あなたに何かあれば、わたしの目が気づくか、あるいはなんらかの噂がわたしの耳に入らざるをえないでしょう。しかしそのようなことはありませんでした。

あなたはある訪問者を受け入れました、それはさして目立たぬものでした。さもなくばすでに気づかれているでしょうから。なぜ目立たなかったのか。なぜならばあなたは始終その訪問者を受け入れていたからです。ですから、まったくなんでもない訪問であったに違いありません。

しかし状況は物議をかもしかねないものでした。あなたのご主人がなにげなく言ったことからおおよそわかったのですが、葉巻がなくなるのはふつう火曜日、それもご主人がクラブにいる時間です。それからあなたはわたしの知らなかったことを教えてくれました。つまり召使は火曜日に、芝居に行く習慣があります」

「その状況だけから結論を出さないよう願いたいわ」

「そんなことはいたしません。事実を見るかぎり、その若者はかなり頻繁にお宅を訪れているようです。そして火曜にはいくぶん長く滞在し、主婦と話をされているようです」

「当たっているわ。でも話の内容はなんでもないことなの。それは誓ってもいいわ」

「その点は少しも疑ってはいません。特にその若者が――なんと申しますか――すこしばかりあなたより目下の存在であるからには」

「どうしてそうなるの、ダゴベルト」

「自ずから明らかなことですよ、奥様。わが友グルムバッハは一本や二本ではなく、六、七本も葉巻がなくなったのに気づきました。お忘れではないと思いますが、彼の申し立てによれば、葉巻箱の上の列から前日に二本の葉巻が欠けていました。それはグルムバッハ自身が取り出したもので、そのとき彼は無意識のうちに、葉巻箱のなかの様子を心に刻みつけていたのです。その翌日、箱からは八本か九本がなくなっていました。ですから六本か七本が減ったことになります。主婦とお喋りをしながら強い葉巻を六、七本も吸うわけはありません。一本か、せいぜい二本でしょう。ですから、主婦がその若者に何本か持っていくよう、勧めたのです」

「それもそのとおり。でもそこから、あなたの言葉を使えば、目下のものとお喋りしたことは結論できないわ」

「これは失礼しました、奥様。社会的に同等なものの訪問ならば、その家の主婦は、葉巻を一本勧めることはするでしょう――単に礼儀として。一つかみの葉巻を与えたり――受け取ったりすることは、すでに両者の社会的地位が対等ではないことを示しています」

「あなたは正真正銘の警部なのね、ダゴベルト」

「対等ではないけれども、ある種の親しさがあるということです」

「ほんとうに感じがよくて、魅力のある人なの。ほかにつきとめたことはおありかしら」

「たんとありますとも。わたしは自分に問いました。かなり頻繁に、もしかしたら毎日、この家に来ながらそれが目立たない若者とはどういう人なのだろう。答えは難しくはありません。あなたのご主人の会社の事務員である可能性があります。きっと毎晩上司に金庫の鍵かその日の報告を持っていくことになっているのでしょう」

「そのとおり、閉店後にその日の決算書をここに持ってくることになっているの。主人がそう命じたのです」

「それを彼は忠実に行いました。それもいまではちゃんと知っています。というのもこの前、ご主人の会社の役員と会ってきましたから」

「あなたが手がかりを追うときには、どんなことでもするのね」

「奥様、やるかやらないか、二つに一つしかありません。やるとなれば、徹底的にやらねばなりません。さもなくば捜査する意味がありません」

「そしてあなたは役員のところで何をしたの」
「わたしがしようと思ったことをすべてです」
「聞かせて、ダゴベルト」
「わたしは言いました、今日来たのは、ある若者を引き立てるためだと——しかしわたしのことを彼の上司には漏らさないでください。役員は微笑んで言いました。もしあなたが彼の上司に何かを望むなら、直接言えばきっとかなえられるのではないですか。それはそうかもしれませんが、とわたしは認めました。友情の無理強《むりじ》いはしたくないのです。役員は理解したか、あるいは理解したふりをして、なんでもしてくれることを約束してくれました。

それでどういうことなのでしょう、と彼は聞いてきました。

事務所に若い男がいるでしょう。なんという名だったか、どうも人の名前を覚えるのは苦手で。まあいいでしょう、そのうち思い出します。目立って背の高くて、愛嬌のある男で——そうでなければ、奥様、あなたのひいきにはなりますまいから——黒い美しい髭ときれいな歯をしています。晩にはいつも上司に——

ああ、秘書のゾマーだ、と役員がわたしをさえぎりました。

ゾマー、そうです、ゾマーです。やっと思い出しました。ゾマーは見込みのある男ですが、事務所での書類作りがふさわしいとはいえません。彼は事務に最低限必要な正確さと入念さとを欠いています。むしろ、営業をやらせれば適任ではないでしょうか。あなたはずっと、グラーツの販売支店を任せるのにふさわしい人物を探しているそうですね。彼ではいかがでしょうか。

すると役員は手で額を叩いて言いました。

それは妙案だ。目を皿のようにして探していた人物がこんなに身近にいたとは。言われてみればそのとおり、ゾマーはそのために生まれたような男だ。あなたは彼を引き立てに来たというより、提案によってわれわれの役に立ってくれた。彼をグラーツにやろう。この件は決まった。

奥様、わたしはうれしかったです。ささやかながら役立つことができて」

「でもダゴベルト、あの人が事務仕事には向かないって、どうしてそんなあてずっぽうを言うことができたの」

「あてずっぽうではありませんとも。わたしのささやかな心理学にものを言わせたのです。ちゃんとした事務員は、程度の差はありましょうけど、きまって杓子定規な性格をしています。仕事のときも、やたらに厳密さにこだわるものです。われらの友はそんなきちょうめんな男ではありません。まともな事務員なら、歯で葉巻の端を嚙み切るようなことはしません。きちんと懐中ナイフか、専用の器具で切ります。葉巻を吸う事務員は、必ずそうした器具を携行しているものです。

それから、もうひとつ、一人前の事務員ならばやらないことがあります。葉巻の吸殻を飾り棚に置きっぱなしにすることです。面倒でも灰皿のあるところまで行って、吸殻を入れるでしょう。そして灰が灰皿の外に落ちないように気を配るでしょう。しかし、われらの粗忽《そこつ》な若者は、それほどきちょうめんに吸殻を扱いませんでした。ですからきっと事務の仕事でもそれほどきちょうめんではないのでしょう。彼はそういう性格ではないのです」

「そのことからあなたは、営業にうってつけと決めつけたの？」

「そのほかにも、奥様、あなたが彼をひいきにしたこともあります。その若者は口先が巧みなのに違いありません。きっと女性に取り入るのがうまいのでしょう。これは顧客に直接接触する業務には、大いに有用に違いありません」

「もうひとつ説明していただきたいことがあるわ、ダゴベルト。あなたがあの人を遠ざけようとしているのは、わたしの貞節を気遣ってくださってのことかしら」

「とんでもありません、奥様。わたしがあなたをどんなに信頼しているかは、あなたもご承知でしょう。とはいえ、葉巻はあなたの手で持ち去られ、それによって、あなたは良人に秘密を作ったのです。それを知ったからには、男には消えてもらわねばなりません。絶対にです」

「秘密ですって。確かにそれはまずかったわ。あのときすぐ主人には言わなかったし、言おうとも思わなかった。主人が問題にしたあのときに白状していたら、変な誤解を招きかねないところだったし。そうしたら気まずいことになったでしょう」

「まったく同感です……。そろそろ馬車が来るころです。もしあの青年がこのあと、お別れの挨拶に来たならば、変化をつけるため、別の銘柄の葉巻をお勧めになってはいかがでしょう。そうすれば、この一件は、これきり永久に片がつくことでしょう」

大粒のルビー

「ダゴベルト、君のたいそうな情熱は」と主人がはじめた。例によって、アンドレアス・グルムバッハと妻ヴィオレット、それから夫妻の親友で頭と髭《ひげ》を使徒ペテロ風に刈ったダゴベルト・トロストラーは、古くから取り決めてでもいたかのように、週に二度きちんきちんと、食卓を囲んでいた。「いや、君のたいそうな芸術といってもいいが、評判がどんどん広がっている。警察に駆け込むかわりに、誰もが有名な素人探偵の君のところに行く。警察より気軽に行けるし金を請求されるでもなし……」

「それ以上みごとなお世辞はないね」ダゴベルトが口をはさんだ。

「しかも警察より確かだからだ。誰もが君の腕を知っている。事件をことさらに触れ回りはしないということもだ。警察と法廷とかはその性格からして、すでに公《おおやけ》のものだ。何をやっているかは遅かれ早かれ世間に広まってしまう。それは必ずしも関係者の希望に添うとは限らない。被害者の希望に添わないことさえある。そんなとき、人は君のもとに走る。

というわけで、ひと肌脱いでもらいたいことがある。それも急ぎでだ。一刻の猶予もならないし、俺には難事件としか思えないものだ」

ヴィオレット夫人がご機嫌斜めになって会話に割って入った。

「なんですってアンドレアス——あなた、そんな面白そうな話を聞きながら、わたしに話してくださらなかったの」

「だからお前、いま話してるじゃないか」

「いまだって、ダゴベルトがいるからでしょ。そうじゃなきゃ、きっとわたしはなにも知らずに——」

「聞きたてほやほやと言ってもか。俺だってこの話は食事のほんの三十分前に聞いたのだよ。フリーゼの奴が、あの若い男爵がすっかり取り乱してるのだ」

「オイゲン・フリーゼ男爵というと、われわれのクラブの仲間ですね」とダゴベルトが聞いた。

「二年前に、リヒテネッガー家の人と結婚したあの若い方ね」

「そうとも、まさにその男だ。ひどく動転していたが、俺はいわば父親格の友でクラブの会長でもあるから、男爵も信用して秘密を打ち明けてくれたのだ。自分だけではもはやどうしていいかわからないと言ってな。だが俺も助けにはならなかった、だから今晩うちにシュヴァルツアー（ウィーンのブラックコーヒー）を飲みに来るよう誘った。おりよくダゴベルトが来る日だから」

「あの方を招待したんですって。こんなぎりぎりになってからおっしゃるなんて」

「たかがコーヒー一杯入れることが、お前をそんなにあわてさせるなんて思わなかったのだよ」

「そういう話ではありませんわ、もう少し気をきかせてくださってもよくはなくて。ともかく話してくださいな。あのフリーゼ坊やがどうなさったの」

「これがまたとんでもない話なのだ。あの男ときたら、憤りのあまり壁を駆け登らんばかりになっている。話というのはだ——」

「申しわけないが、友よ」ダゴベルトがそこで話をさえぎった。「その話は、わたしが解明に一役買うはずのものかい」

「もちろんだとも。だからこうして話してるんじゃないか」

「それなら、どうか話さないでいてくれたまえ」

「聞きたくないのか。いったいなぜだ」グルムバッハは驚いて聞いた。ヴィオレット夫人は話の中断に抗議した。聞きたくてたまらなくなっていたからだ。

「だってもうすぐ、フリーゼがこの家に来るって言ったじゃないか」

「そうとも、だからと言って、前もって説明しておいちゃいけないってことはないだろう」

「いけないってことはある。なぜなら君を信用していないからだ」

「わけがわからん」

「そして自分自身も信用していないのだ。この手のことでは、細かいところまで誤りがないことが何よりも大切だ。君ならきっと、何か間違ったことを話すだろう」

「悪かったな」

「それからフリーゼが話をする。そうすれば、もしかしたら解決の鍵になるかもしれない話の細部が、君から聞いたのか、すなわち間違いかもしれないのか、それともフリーゼから聞いたのか、すなわち正しそうなことか、どちらかわからなくなってしまう。先入観は持たないようにせねばならない。調査においては、先入観はつねにもっとも大きな危険をもたらすものだから。わたしはそれを知っている」

「大げさすぎるぞダゴベルト。それに細かいことにこだわりすぎだ。事実関係だってそんなに込み入ったもんじゃない。だから俺でもちゃんと説明できるし、俺の話で混乱することもなかろう」

「親愛なるグルムバッハ！　君のホイストパーティーで行った、わたしの実験を思い出してくれたまえ」

「どんな実験だったっけか」

「半年くらい前のことだ。君たちは四人でテーブルを囲んでいた。そこでわたしがセンセーショナルな殺人事件の話をした。それもかなり詳しいところまで」

「そんなこともあったな。それで？」

「何日かたって、四人のそれぞれにひそかに、わたしの話を正確に書き出してくれるよう頼んでみた。君もそのなかのひとりだった」

「そのとおり。ただその課題の光栄に浴したのは、てっきり俺ひとりだけだと思ってた」

「四人の報告が必要だったのだ。四人とも信頼に値する誠実な人物で、嘘をつくような人はいない」

「それでどうなった」

「四つの報告はみんな、証人の供述という観点として見た場合、誤りがあった。そして本質的な点で、予審判事を絶望に陥れかねない矛盾があった。だからわたしはいまも、慎重であることという権利を自分に与えたいのだ」

　ダゴベルトには逆らえない。だが長く待つ必要はなかった。ちょうど三人が食卓から立って、喫煙室に向かおうとしたとき、召使がフリーゼ男爵の来訪を告げた。ヴィオレット夫人がいつもながらの優美さと愛嬌のよさで礼を尽くして客を迎えた。そして数分後に喫煙室で男たちにシュヴァルツァーと葉巻を勧め、自分は紙巻煙草を手にした。そしてお気に入りの場所である大理石の暖炉のそばに座り、彼女と向かい合って右側にダゴベルト、左側に男爵、そしてグルムバッハはいつもの席である部屋の中央の喫煙テーブルについた。

　ダゴベルトが戦端を開いた。「男爵、さきほどお伺いしたのですが、馬鹿げた悪戯《いたずら》をされたそうですね。洗いざらい白状することを期待しています。どうぞお聞かせください」

「ええ、ダゴベルトさん」——男爵もまた、ただ彼をダゴベルトさんとだけ呼んだ。なぜそうなのかは誰も説明できないのだが、ダゴベルトの知人で、彼を姓で呼ぶ人はいない。本来は許されぬはずのなれなれしさが受け入れられたことを、自覚さえしていない人も中にはいるかもしれない——。

「僕はほんとうに愚かでした。でも傍目《はため》からそう見えるほど、悪いことはしていません。ですから、女性の方がいらっしゃるところでこの一件を話しても、まずいところは少しもないのです。何もかも明らかになることを願ってさえいます。でもそのときももちろん、誰にも漏らさないようお願いしなければなりません。そんなことをしてもなんにもなりませんし、もしこの馬鹿げたことが妻の耳に入ったら、たいへんなことになります」

ヴィオレット夫人は厳《おごそ》かなまでに重々しく、他言しないことを誓った。青年は慇懃《いんぎん》に謝意を表し、あなたの女性としてのセンスと洞察力から役に立つ助言をいただくことを期待していますと言った。

「それにもまして、ダゴベルトさん、有名なあなたの手腕に期待しています。会長はあなたにお話しするよう、僕を励ましてくださいました」

「なんなりとお話しください、男爵」

「ではお聞き願います。妻は四週間前からフランツェンスバートに保養に行っています。神に見放された臨時の独身男が、都会で悲惨な夏を過ごしていると思ってください」

「あらあら、かわいそうに」

「ええ、まったくです。そこであるすばらしい夏の夜、淋しさのあまりに、友だちを何人か誘って、愉快な〈ウィーンのヴェネツィア〉に行ったのです。僕たちは、野外舞台《アリーナ》のスター、ペテルスブルクから来た有名なフェオドロヴナ・オボリンスカヤの演技と踊りに、すっかり魅せられてしまいました」

「そうでしょうとも」自らが退役した道楽者であるところのダゴベルトが、よくわかるよとでも言いたげにうなずいた。

「わざわざ行っただけのことはありました。夢のような衣裳を身につけたあの女の魅力には、まったく参ってしまいました。ひそかな噂によれば、彼女の愛人は――」

「その伝説は聞きました」ダゴベルトはさえぎった。「続きをお話しください」

「あら、ダゴベルト」ヴィオレット夫人が割って入った。「あなたったら、いちばん面白くなりかかったときにいつも話をさえぎるじゃないの。そういうのはいけないわ。男爵、あなたは彼女がほんとうに、あの方の愛人だと思ってらっしゃるの」

「そういう噂です」

「もしかしたら自分で言い出したのかもしれない」ダゴベルトが言った。「宣伝のやり方としては悪くない」

「そうかもしれません」と青年男爵は言って先を続けた。「でも話というのはそのことではありません。僕たちは彼女のファンになりました。そこで僕たちのひとり――僕ではありません――の発案で、楽屋に刺を通じ、興行のあと、シャンペンパヴィリオンでお会いできれば光栄ですと伝えさせたのです」

ヴィオレット夫人は、いまの若いものの無軌道にあきれたというように、頭の上で両手を打った。

「彼女は来ました。そして僕たちはすばらしい時間を過ごしたのです」

「失礼ですが、それはいつのことでしょう」とダゴベルトが鉛筆とノートを取り出して聞いた。

「残念ながら、正確には覚えてはいません」

「日付が重要になるかもしれません」

「そうかもしれません、しかし踊り子と晩餐《ばんさん》をとったとき、あとで予審判事へ供述しようとはまず思いませんから。嬉しいことに、彼女は僕をとくにひいきにしてくれました。あげくのはてに僕は、馬車で彼女を家に送り届ける名誉をおおせつかりました」

「まあ」

「誤解しないでください、皆さん。もちろん戸口までですよ。そこで僕は暇乞《いとまご》いをしました。もちろんですとも。それから言うのを忘れていましたが、彼女は母親と暮らしているのです。といっても付き人とかそういうのではありません。見誤りようもなく顔立ちが似ていましたし、振る舞いもたいそう気品があって非の打ちどころがありませんでした。こうしていったん知り合いになると、その後も交際が続くようになりました。そして、たまたま友だちを連れず僕一人で公演を見に行くときもありました」

「たまたまですって？」

「ええ、奥様、そうした偶然は起こるものなのです。それが人生というものです。ふたたび念を押しますが、やましいことは何もありませんでした。女侯爵の母子は折にふれて僕の客となり、そのたびに僕は母と娘を家まで送り届け、戸口で別れました」

「純真で牧歌的な風景ですね」ダゴベルトが言った。「もっともわたしなら、あなたに代わりたいとは思いませんが」

「なぜでしょう。ともかくそれはとても楽しい時間でした。幕切れ後の小劇はもちろん――」

「それはあとでうかがいましょう」

「ある晩母親がこう言いました。娘から言伝《ことづ》てがあって、いつもご馳走になってばかりいるので、そろそろささやかながら、お返しをしたいと。ということで、彼女の家で晩餐をとらざるをえなくなりました。招待を受け入れたのです。日にちが決められました。僕たちは晩餐をともにしました」

「いつのことですか」

「昨日です」

「昨日ですか。それはまたあわただしいことですね。それでどうなりました」

「料理は家でこしらえたものではありませんでした。ザッハーからの仕出しでした。ザッハーのコースなら、僕も何度か使ったことがあります。一人あたり五十クローネ取るだけあって、けっこういけます。羽目をはずしすぎることもなく、和気藹々《あいあい》としたなかでお開きとなりました」

「それが昨晩のことなのね」

「ほんとうをいうと今日なのです。というのも公演が終わってからの晩餐ですから、わたしが暇《いとま》を告げたときは、夜中の二時を回っていました」

「それなのにもうダゴベルトの助けを求める羽目になったのね。いったい何が起こったの」

「ほんとうに妙なことです。女侯爵の使いが来たとき、僕はまだベッドのなかにいました。とても急を要する、先延ばしのできない用件だと言うのです。そこまで言うなら入りたまえ、と僕は面会を許しました。その使いは女侯爵からの手紙を携えていました」

ダゴベルトは椅子の上で居住まいを正した。話はようやく面白いところにさしかかったとでも言うようだった。

「手紙にはこう書いてありました……」

「お待ちください、男爵。きっといまその手紙をお持ちでしょう。文面を一字一句正確に知りたいのです」

「おやすい御用です」

男爵はポケットから手紙を出して読みあげた。

「敬愛する友よ、あなたがもたらしてくださったすばらしい夕べに、千の感謝《ミル・ルメルシマン》を捧げます。いつまでも楽しい思い出として残ることでしょう。ほんとうに楽しいひと時を過ごさせていただきました。しかしいまは真面目なお話をしなければなりません。罪のないお戯《たわむ》れはいい加減になさってくださいませ。ルビーの指輪を、この手紙を持ってきたものに返していただけませんでしょうか。あなたに心からの感謝を捧げる友、フェオドロヴナ・O」

「ほんとうに指輪を持ってお帰りになったの？」ヴィオレット夫人が聞いた。

「そんなことは思いつきさえしませんでした。呆然と使いのものを見ながら、昨夜のことを思い出そうとしました。馬鹿をしでかすほど飲んだとは思えません。まったく乱れることなく、歩いて家まで帰ったのです。女侯爵の家はコロヴラートリンクに、僕の家はケルトナーリンクにあります。はっきり覚えていますが、のんびりと歩いていって、途中でカフェハウスに立ち寄り、挿絵入り新聞をぱらぱら見さえしました。その挿絵とかキャプションはまだ覚えています。

ワインで正体がなくなったということは、まったくありえないことです。そこで使いには、指輪のことはまったく知らない、その件ではお役にたてない、と穏やかに伝えました。そうした場合も想定して、使いに指示が下されていたのでしょう。たいそうへりくだりながらも、使いのものはぶしつけに、彼自身もその『お戯れ』を知っていると言い出しました。ご主人さまばかりではなく、自分も別れ際に、僕が指輪を上着の脇ポケットのなかにひょいと入れるのを見たというのです。

あまりにも馬鹿げたことです。たしかに女侯爵は食事のあと、装身具を披露し、僕は礼儀として感嘆しました。しかし、指輪をくすねるなんてとんでもない考えは起こすはずもありません。僕は召使を呼んで、衣裳戸棚のなかから上着を持ってこさせました。ところがその上着の脇ポケットから、なんと指輪が見つかったではありませんか」

「もしかしたら、ちょっとした悪戯じゃないかしら。あなたを困らせようと思ったのではなくて」微笑みながらヴィオレット夫人が言った。

「事はすぐに悪戯ではすまされなくなりました。奥様、それをこれからお話ししましょう。その指輪は実際高価なものでした。めったにないほど大きくて美しいルビーで、周りを六顆《か》のすばらしいダイアモンドが取り囲んでいます。僕に何ができたでしょう。指輪を使いに渡し、状況を理解できないまま、その使いに僕のお詫びを伝えてもらうことにしました。そして本題はこれからなのです」

「そう来ると思ってました」ダゴベルトが口をはさんだ。

「それから三十分もしないうちに——僕が朝食のテーブルについていると、女侯爵の使いが、またもややって来ました。そしてふたたび手紙をよこすのです。聞いてください、手紙にはこう書いてありました。

『敬愛する男爵様。たちの悪い悪戯であろうとよい悪戯であろうと、いいかげんにしてくださいませ。あなたの悪戯は単なる冗談ではなかったのですね。あなたが使いに持たせてよこした指輪の宝石は、偽物でした。わたくしのものは正真正銘の本物だったというのに。これは宮廷宝石商のゲオルク・フリーディンガーからほんの四週間たらず前に求めたものです。ですから、わたくしが買ったものが本物であることは、いつでもフリーディンガーさんに証明してもらえます。この指輪には六千クローネ払いました。これもまた、フリーディンガーさんが証明してくださることでしょう。

この金額を至急送ってくださるか、あるいは、こちらのほうがよりありがたいのですけれども、本物の指輪をお戻しいただけることを期待します。今日の午後四時までにわたくしの言うとおりになさらなかった場合は、遺憾ですが、この一件をわたくしの弁護士、宮廷および法廷弁護士のヴァレリアン博士に引き渡さねばなりません。明後日には、パリの舞台のために旅立たねばならないからです。敬意をこめて、侯爵フェオドロヴナ・オボリンスカヤ』」

「なんてことかしら！」ヴィオレット夫人が激して叫んだ。「まるきり脅迫だわ！」

「あるいは詐欺《さぎ》です」青年男爵が答えた。「あるいはその両方です。そして、うまくいきそうなのです」

「なんですって」今度はダゴベルトが言った、「でも、六千クローネもの金を、むざむざくれてやりたくはないでしょう」

「まず会長に相談したのですが、もし会長が熱心に止めてくれなければ、あやうくそうしてしまうところでした」

「止めるのは当然だ」グルムバッハが言った。

「誰もが狂気の沙汰と思うでしょうが、たとえ大金を払ってでもスキャンダルは避けねばなりません。それをあの女はわかっているのです。だから容赦なく攻めてくるのです。何よりまず、この馬鹿げた話が妻の耳に入るのを避けねばなりません。僕にはなんの咎《とが》もないのに、妻はとんでもない想像をしかねませんから。こんなくだらないことで、幸せな結婚生活にひびを入れたくはありません。

それから、僕は工場主として大きな会社を経営しています。このようなことが世間に広まったら、実業界でどういう印象を持たれるか思ってもみてください。ヴァレリアン博士はすでに、この面白いニュースが報道されるよう、新聞に手を回しているでしょう。ですからよくよく考えたあげく、要求された額を払うことにしたのです、もちろん六千クローネは安いとはいえませんが」

「わからないこともないが」グルムバッハがふたたび口をはさんだ。「俺に言わせれば、そんなことをしてもなんにもならん。一度でも恐喝者《ゆすり》の言いなりになったら最後、尻の毛までむしられるだろう。ゆすりに終わりはない。君は要求を呑み続けざるをえない、さもなくば最初に払った金が無駄になるからだ。金の犠牲ばかりか、スキャンダルまで起きてしまっては、二重の打撃だ。一生付きまとわれるくらいなら、むしろ甘んじてスキャンダルを受けたほうがよかろう」

「わたしが思うには」ヴィオレット夫人が言った。「男なら、権利のために戦って、真相を世間に明々白々にすべきだわ」

「簡単におっしゃってくれますが、奥様」青年男爵が言った。「それはおそらくあなたが女性だからです」

「女だからこそ、世間にスキャンダルが暴露されることへの嫌悪を理解でき、評価もできるのですわ。でもいまの場合――」

「奥様、あなたは公共の意見が実業家に与える力を見くびっておられます。誰もが僕とまともにつきあってくれなくなるでしょう。それは俗物的なものの見方かもしれませんが、それに逆らうことはできないのです。それになんといっても、気分を害した妻の思い込みに打ち勝つのは不可能です。だからこそ僕は、スキャンダルが起こる前に、いかなる犠牲をも払うつもりなのです。あなたはどうお考えになりますか、ダゴベルトさん？　会長は希望を持たせてくれました、もしかしたらあなたがこの袋小路からの出口を見つける術《すべ》を知っているかもしれないと」

「わたしの意見は、憤激にたえないということだ」ダゴベルトがうなった。「スキャンダルを恐れるばかりに、またもや一番簡単で自然な手段が禁じ手になってしまった。一番簡単で自然なのは、連中をすぐさま一網打尽にすることなのに」

「連中といっても女侯爵だけではないですか」

「一味の連中すべてです。一網打尽にできぬとあれば、策略を巡らさねばなりません」

「ダゴベルトさん、あなたは何か見通しているようですね」

「もちろん見通していますとも。あなたを責めようとするつもりもありません、男爵。こうしたことは誰にでも起こりうるのです」

「でもあなたは独り身なんだから」意味ありげにヴィオレット夫人が言った。

「それだけではありません。おそらくわたしは、われわれの若い友よりいくぶん用心深いのです。この事件に関して言えば、こんなにたやすくなければよかったのにと思っています。これでは解決してもたいした誉れにはならないでしょう。罠のかけ方が下手すぎます。ほんとうなら警察にまかせておけばいいのです。わたしがわざわざ首をつっこむまでもないでしょう」

「でもダゴベルトさん、おわかりでしょうが、警察に知らせるわけにはいきません」

「よくわかってますとも。おかげでわたしも事件と取り組もうという気になりました。あなたのマドンナにこう知らせてやってください。たいそうお急ぎのようですから、明日の午後四時にあなたの弁護士、すなわち宮廷ならびに法廷弁護士のヴァレリアン博士とお会いできるのを楽しみにしていますと。その際、宮廷宝石商のフリーディンガー氏にもお出でを乞うと付け加えていただけませんか。フリーディンガー氏は法廷で宣誓して鑑定をした経験があります。そういう人なら問題の指輪を確信をもって鑑定できましょう」

男爵はダゴベルトの提案に目を丸くした。

「ちょっと待ってください、ダゴベルトさん」話の筋道がわからなくなった男爵は言った。「僕はもう払う覚悟を決めています。他にしようがないのですから。どうも理解できないのですが、あなたは僕をいわばライオンのいる洞窟に連れ込む気なのですか。それならむしろ僕の弁護士のもとでこの件を処理したいと思います。あなたがたのいる前でぶざまなところを見せ、さらし者になりたくはありません。女侯爵、その弁護士、宝石商、誰もが望みさえすれば、思いのままに僕を絞めあげることができるのですから」

「まさにうってつけのメンバーです。申し分ありません」

「しかしすくなくとも、こちらの弁護士を連れていかなくては」

「男爵、部外者に事件のことを知らせるのは、なんの意味もありません。わたしが弁護士の役をつとめましょう」

「ああ、それで安心しました」

「わたしは四時ちょうどに行きます。――奥様、あなたはさぞかし、事の決着をできるだけ早く知りたいと思っているでしょう」

「もちろんじりじりしてるわ、どんな結果になるかしら」

「それならば、明日、男爵を晩餐に招待していただけませんか」

「いまここで、百の喜びをもってそういたしましょう。でもダゴベルト、あなた知っているでしょうけれど、わが家では夕食は五時なのよ」

「それを承知しているからこそ、奥様、会見を四時に設定したのです。五時までにはすべてが解決しているでしょう。そしてあなたとともに食卓につくことができます。奥様、あなたの家政の切り盛りにはつねづね敬服しているのですが、シャンパンを二瓶、氷で冷やしておくことをお勧めします。これはひとえにわれらの若い友人のためのものです。きっと晩餐は祝賀会になるでしょうから。わたしとしてはあなたの、すばらしさを誰もが認める冷やしたリューデスハイマーに忠誠を捧げたく思います」

「どなたのお口にもあうようにしておきますわ」

男爵は、そんなあつかましいお願いはとてもできないと、言葉を尽くして辞退した。だがダゴベルトはその言葉をさえぎった。

「奥様、わたしたちは、この青年が馬鹿げたことをしないよう、温かく見守ってやらなければなりません。母親のように接してやることが必要なのはおわかりでしょう」

ダゴベルトは次の日、気を配り、五時の鐘が鳴るとともにグルムバッハの家に入ってきた。青年男爵もいっしょだった。ヴィオレットはヴィオレットで、気を配り、ちょうど五時に食卓の上でスープが湯気をたてるよう計らった。これはダゴベルトへの敬意であると同時に、彼の約束を信頼していることも示していた。

「シャンパンは聞くまでもありますまいね」一同が席についたときダゴベルトが言った。

「氷の中で冷やしてありますわ」

「もちろんわたしのリューデスハイマーも聞くまでもありますまい」

「ちょうどいい温度になっているでしょう。それにしても、ダゴベルト、わたしは祝勝の晩餐を準備しましたけど、そのために面目が丸つぶれになっても、わたしのせいではないことよ」

「心配は無用です、奥様」青年男爵は溌剌《はつらつ》として言った。「完璧な勝利でした」

グルムバッハ家では、晩餐の席では給仕の召使をはばかって、「仕事」の話はしないことになっていた。

そこで、その件については何も質問せず、他愛ないことで談笑した。どんな邪魔も入らない喫煙室のいつもの席に座り、シュヴァルツァーを前にしてはじめて、ヴィオレットはずっと抑えていた好奇心の手綱《たづな》をゆるめ、できるだけ詳しく話してほしいとねだった。

「ダゴベルトさんはすばらしい活躍でした」青年男爵は感激のおももちで言った。「われわれの勝利は完璧で、完膚なきまでに敵は敗北しました。そして――僕から話していいですか、ダゴベルトさん」

「もちろんですとも、どうぞ存分にお話しください。だがその前に、わたしのささやかな下ごしらえのことを話させてもらいましょう。そのことは男爵もご存じないでしょうから。このいわば前史は、あなたがこれからする説明を理解するために必要なものです。

時間はあまりなく、事は急を要しました。四時には会見が行われることになっていましたから。また、すばやく片をつける必要がありました。なにしろ女侯爵はすぐに旅立つ予定でしたから。そこでわたしの自由になる午前を、せいいっぱい利用しました。やるべきことは二つあって、まず警察で――」

「でも通報はしなかったでしょうね」おびえたように青年男爵は言った。

「そんなことをしたらあなたとの約束を破ってしまうではありませんか。まず何よりも知りたかったのは、われわれの相手の正体です。あなたの『女侯爵』を、わたしが最初からうさんくさく思っていたことは、あらためて言う必要もありますまい。演芸館《ヴァリエテ》のプリンセスたちの爵位には、昔から不信の念を禁じえませんが、それもまんざら根拠のないことではないのです。

われわれにとって、あだやおろそかにはすまされないお役所が二つあります。つまり税務署と警察ですが、税務署は今回は関係ありません。わたしは警察とは親しくつきあっています。刑事部にいる上級警部のヴァインリヒには、わたしが助力したことも一再ではありませんから、内密な調査でも気持ちよく便宜を図ってくれるでしょう。

わたしは『女侯爵』と彼女の世帯の申告用紙を見せてもらいました。予想したとおり、そこには『マリア・オブリトシュウ、通称フェオドロヴナ・オボリンスカヤ侯爵』とありました。警察はこういうところは寛大です。そうした称号が興行のためにどうしても必要だと芸人が言うと、身上書に問題がないかぎり、あえて禁止はしないのです。『皇后陛下』という記載さえありました。もっともサハラの皇后となってましたが。王様は一ダースあまりもいました。軽業師《ジョングルール》の王、鎖抜けの王、などです。申告用紙には他の記載もありました。年齢三十五歳。おや男爵、驚いておられますね」

「三十五歳だったのか！」

「三十五歳は、犯罪でもなんでもなくてよ」青年男爵の無邪気な驚きにやや機嫌を悪くしたヴイオレット夫人が言った。

「もちろん違いますとも」男爵は如才なく、しかしなおも驚愕の表情を浮かべたまま答えた。

「あなたは相当若いと思っていらしたのですか」無慈悲にも話題を変えようともせず、ダゴベルトは聞いた。

「もちろん、ずっと若いと思っていましたとも」

「ですが警察に虚偽の申告はできません。これ以上確かなことはないのです。虚偽の申告は、すぐに命取りになるというわけではありませんが、公的審理があります。それから新聞に掲載されます——そしてそれは恐ろしいことです。ところで他のことも二、三、申告用紙に書いてありました。同居している年配の女性は、ほんとうに女侯爵の母親でした。もっともことさら疑っていたわけではありませんが。もっと面白いことに、あなたの家に使いに来た召使は、彼女の弟でした」

「おかしな一家ですこと！」

「そのほうが便利なのです。そんなところではなかろうかと思っていましたが、これではっきりしました」ダゴベルトが続けた。「警察での照会がすむと、あとは侯爵様の環境《ミリウ》を調査するだけでした」

「まさか彼女の家に入ったわけではないでしょうね」驚いた男爵が言った。

「そのまさかです。わたしは彼女の家に入り、しかもまるまる一時間もお邪魔しました」

「しかしあの女はそんなこと、一言も言ってませんでしたよ！」

「そうでしょうとも。彼女も知りませんから」

「すると留守にしていたのですか」

「ちゃんと家にいましたよ、しかもあでやかなネグリジェ姿でね」

「わけがわかりません」

「ダゴベルトのこんなとこには、わたしたちだっていまだについていけないのよ」ヴィオレットが言った。「お話しなさい、ダゴベルト、いったい何をやらかしたの」

「女侯爵の家は、国際電気会社によって電灯が設備されていました。わたしの多くの地位《ヴュルデン》すなわち重荷《ビュルデン》のなかに、この会社の評議員があります。これまではたいして気にかけていなかったのですが。ともかく、今回ばかりはそれが役にたちました。わたしは電気工を一人呼び、必要な指示を与えました。そして自分も労働者の青い仕事着を着て、梯子を持ち、彼とともに行きました。ものすごい自動車用眼鏡と、これも運転手のかぶる、ひさしが広く突き出た不細工な帽子をかぶり、わたしだと気づかれないようにしました」

「さぞかし見栄えがしたでしょうね！」ヴィオレットは笑いながら言った。

「見栄えはとくに気にしませんでした。頭にあったのはただ、一般の人が見て、電気会社の従業員と思ってくれるかどうかでしたから。ということで家に着いたのですが、電気工だけに話をさせ、こちらは無言で、梯子を手に、目立たないようにしていました。

　この家の配線はショートしかねず、非常に危ないので、すべての部屋を至急調べなくてはなりませんと彼が話しているあいだに、わたしは梯子を立てて上にのぼりました。そうすれば屋内のどこでもやすやすと俯瞰《ふかん》できるのです。わたしは、不審がられず、すべての部屋を捜査しました。辞去したときには、わたしは目的を達していました。知りたかったことを知ることができたのです」

「ほんとうに何か変わったことを探り出したの？　ダゴベルト」ヴィオレットが聞いた。

「収穫はまずまずでした。女主人の部屋には何もありませんでしたが、それだけいっそう、召使の部屋は興味深いものでした。ですからそこにもっとも長く滞在しました」

「どんな面白いものをそこで見つけたの。ダゴベルト？」ヴィオレットが聞いた。

「それはすぐ、われらの友の話に出てくることでしょう。長い前座はそろそろ終わらねばならぬところです」

「そうですとも、ダゴベルトさん」男爵が話を引きとった。「あなたに下ごしらえしていただいたおかげで、僕自身も、いままでわけがわからなかったことがいくつも腑《ふ》に落ちました。奥様と、栄誉あるご主人に、僕から交渉の一部始終を話させてください。自ら語るということに、僕は重きを置いています。なぜならダゴベルトさんは謙遜《けんそん》家ですので、ご自身のすばらしい功績に、おそらくは十分に脚光を浴びせないでしょうから。

ともかく、僕たちがそこに着いたときには、全員がそろっていました。宮廷および法廷弁護士のヴァレリアン博士、宮廷宝石商のフリーディンガー、女侯爵とその母親、それに召使までいました。僕たちが部屋に入ると、いきなり弁護士が僕の名を呼び、なんとこの事件は非常識で言語道断であるかうんぬんと言いつのるのです。まるで言葉の嵐でした。それにかぶせて女侯爵と母堂のお喋りの洪水が混ざります。文字どおり頭が変になるようでした。この混沌《カオス》を、ダゴベルトさんはたちまち鎮《しず》めました。こんなありさまではろくに話し合いもできない、とまず言ってから、自分を信頼して議長に選出してもらったことを感謝しました――」

「ほんとうに選出されたの？」ヴィオレット夫人が聞いた。

「まさか！」とダゴベルトが認めた。「でも議長は必要でした。そして一同のなかに、わたしより適任なものはいなかったのです」

「そういうわけでダゴベルトさんが議長になりました」男爵が話を続けた。「皆さんにはいかなる言論の自由も全面的に認めますが、一人ずつ発言するよう留意してくださいと断ったあと、ダゴベルトさんはまず女侯爵の弁護士に、事件の概要を説明し、主張を明確にするよう要求しました。

弁護士は反対しました。この事件は相当に微妙なものであるゆえ、内密に、かつ細心の注意をもって解決するのが最善だというのです。さらに弁護士は、僕といっしょに別室に引きこもり、互いの合意のうえで、この件を余人を交えず、けりをつけることを提案しました。

ダゴベルトさんはその提案をきっぱりとしりぞけました。当方にとってこの件は外聞をはばかるものでもなんでもない。われわれはまた、公になることをほんの少しも忌むことはない。ですから遠慮などせず、心にあることを口に出されてけっこうです、と言われたのです。

『あなた自身がそう望むのであれば、ご意向に添うようにいたしましょう』とヴァレリアン博士が答え、そして、僕があなたがたに申し上げたとおりのことを説明しました。そして最後に、

『かくてわたしはフリーゼ男爵に、この件についてご自身の意見を述べていただくよう要請します』と締めくくりました。
ダゴベルトさんはすばやく僕を制し、男爵はもちろん何も発言しない、と言明しました。そして言うには、男爵は当然のことながら一言も言いますまい、なぜなら――ふたたび当然のことながら――このようなくだらぬことに口をはさむことは、自分の品位を下げることに他ならぬからです。そして、『くだらぬこと』という言葉は、この場にふさわしい言い回しではなかったかもしれないとダゴベルトさんは謝り、こう付け加えました。『こういう言葉を使ったのは、ただ、もっとも適切な表現――〈卑劣〉を避けたかったからに他なりません。ヴァレリアン博士ともあろう立派な弁護士が、こんな汚らわしい一件に関わるような不名誉をあえてすることに、わたしは深い驚きを隠せません』
するとヴァレリアン博士が立ち上がりました。『相手方からこのような非難を受ける筋合いはありません。何をなすべきで、何をなすべきでないかはちゃんと心得ています。もしこれが〈汚らわしい一件〉であるとしても、それはわれわれのせいではないのです。その冗談もしくは出来心に対して当方が争わねばならぬ方が、たまたま広く尊敬されている高い身分の方だからといって、権利の追求を断念するつもりはありません』
『あなたはたいそうみごとに話されました、博士』と静かにダゴベルトさんが言いました。『けれどもあなたは――断念することになるでしょう。なんなら保証してもよろしい。事実関係はこれからすぐに明らかになります。オブリトシュウさん、あなたはこの件について何か他に言うことはありますか』

この呼びかけに、弁護士と宮廷宝石商は驚いた顔をしました。『女侯爵』の美しい目に、怒りの炎が燃え上がりました。『わたくしがもし何か申し上げることがあるとすれば』と鼻息荒く彼女は言いました。『侮辱されるためにここに来たわけではございません、ということだけですわ』

『誰もあなたを侮辱しようなどとは思ってはいません。わたしはただ、ここは演芸場《ヴァリエテ》ではなく、したがって芝居をするところではないということを指摘したにすぎません。わたしたちにとって、あなたはオブリトシュウさんであって、他の誰でもありません』

『あなたがたにとってわたくしが何者であるか、あるいは何者でないかは問題ではございません。わたくしはただ、男爵に指輪を返していただきたいだけですの』

『よくわかります。もし男爵が指輪を盗んだならば、当然お返しすべきです』

『そうですとも、それも偽物ではない本物をでございます。わたくしは騙されたりはいたしません』

『なるほど』

『宮廷宝石商のフリーディンガーさんに証明していただけるでしょうが――』

『フリーディンガー氏には、このあとすぐに、われわれから話を聞きます。その前にあなたの召使に質問してもかまいませんか』

『どうぞ』

召使が前に出ました。

『君の名は？』

『シモンと申します』

『よろしい、ではシモン君、男爵が一昨日、別れ際に、君の主人から問題の指輪を取って、自分の上着の脇ポケットに入れるのを、君は見たというのだね』

『ええ、見ました』召使は主人と同じくみごとなドイツ語で答えました。

『それは完全な効力を有する証言となり得る。もっとも君が有力な証人と認められるかは疑問だが。さしあたりそれはあとにしよう。まずは君にいくつかのことを明らかにしてもらいたい。君は昨日の午前九時半に、男爵の家に使いに赴いた。これは間違いないね』

『ええ』

『そして君は指輪を持ち帰った。それから君の主人は手紙を書いた。君はそれを受け取り、十時にふたたび男爵を訪問した。これも間違いないね』

『ええ、間違いありません』

『それはどうにも解せない。コロヴラートリンクのはずれから、ケルトナーリンクのはじまるところまで、わたしは速足で歩いてみた。どうしたって十五分はかかる。往復ならば三十分だ。これでは手紙を書く時間はなくなってしまう。しかも手紙は、走り書きではなく、時間をかけてていねいに書かれたように見える』

『それならば、わたしがもう一度行くまでに、きっと三十分以上かかったのでしょう』

『男爵はそう考えてはいないようだが、君の答えは理屈に合っている。君のいた時間を、ストップウォッチを手に測っていなかったのは、われわれの落ち度だ。それはそれとして容易に思い浮かぶのは、これは狂言ではないかということだ。つまり君はわざわざ家に帰ったりせず、あらかじめ用意した手紙をすでに懐中に持っていたのではないかということだ。そう血相を変えずともいい。われわれにそれを証明する手段はないのだから』

『その狂言とやらも、あらかじめ用意された手紙とやらも、わたしの知るところではありません』

『君は何も知らない――よろしい。しかし君は口に出すつもりのことより多くを知っている。先ほど君は名を尋ねられたとき、シモンと答えた。なぜシモン・オブリトシュウと言わなかったのだね』

ヴァレリアン博士と宮廷宝石商はふたたび驚きの表情を浮かべました。しかしダゴベルトさんは平然と続けました。『なぜ君はオブリトシュウさんの弟だと言わなかったのだね。それならば説明もずっと簡単になったろうに』

オブリトシュウの目にふたたび怒りの炎が燃え上がりました。『これでわかりました。わたくしたちを集めたのは、わたくしを辱《はずかし》めるのが目的だったのですね。もしそれで、わたくしの訴えを握りつぶそうというおつもりなら、なんとも拙《つたな》い手段を選ばれたものですわね』

『そんなつもりはありません、お嬢《フロイライン》さん。しかしあなたは自らお認めになりましたね。いかなる裁判官も、このような証人を無条件に認めていいものかどうか、疑問に思うことでしょう。

ともかくいまはあなたの意向を尊重して、肝心の指輪の話にうつりましょう。宮廷宝石商の方にお尋ねします。あなたは問題の指輪をよく見ましたか』

『よく見ております』

『それはあなたの店で買われたものですか』

『ええ。ただしわたしのお売りした品は本物ですが、これは偽物です』

『あなたの売ったものはもちろん本物でしょうとも。前もって念を押しておきますが、あなたに疑いをかけようとは、われわれはほんの少しも考えておりません。それどころか、あなたは法廷上の鑑定人の役をお願いしたいのです。そうしていただければわれわれはたいそう助かります。あなたの判断と評価に無条件に従うことを、われわれはここに表明します。価格についてはさしあたり多くを語る必要はないでしょう』

『この指輪は六千クローネです。この値段は適切なものです』

『あなたの店は、信頼できるものとして知られています。価格に対してはわれわれに異論はありません。さて、指輪があなたのところで売られたあとで、偽造が行われたことがわかっています』

『もちろんです』

『あなたの言によれば、偽物の指輪を綿密に調べられたそうですね。偽造の手際はみごとでしょうか、それとも拙劣でしょうか』

『たいへんみごとな偽造品です』

『鑑定人としての立場から、上手な偽造と下手な偽造の差はどこにあるか教えていただけますか』

『まことに単純なことです。誰が見ても一目でわかるようなものが下手な偽造です。専門家の目をもってしても見破るのに苦労するのが上手な偽造です』

『オブリトシュウさんは偽造をすぐさま見破りました』

『なるほどそうですが、オブリトシュウ――いや、オボリンスカヤ侯爵の宝石を見る目は専門家はだしです。わたしはそれを確信しております』

『われわれも、それについてはまったく疑っておりません。フリーディンガーさん、もうひとつ、お尋ねしたいことがあります。宝石偽造の方法について少しばかりお教え願えないでしょうか』

『詳しく話すとたいへんなことになりましょうが、おおよそ二つやり方があります。一つは貴重な宝石を別の宝石、ただしさほど高価ではないものと入れ替える方法です』

『この偽物はその方法によるものですか』

『いいえ。これにはストラスが用いられています』

『ストラス――ですか。それはどういうものでしょう』

『ストラスは一種のガラスで、多量の鉛を含むものです。フリントガラスよりも高い濃度で含んでいるのです。珪土《シリカ》あるいは細かく搗《つ》き砕いた水晶、硝石《しょうせき》、酸化鉛、それから硼酸《ほうさん》を原料とします。これらの原料に、しかるべき着色料を添加したのち、いわゆるヘッセン坩堝《るつぼ》のなかで

『坩堝でですか！』

『ええ、坩堝のなかで、まる二十四時間熱を加え続け、溶解状態に保つのです。もし鋳造物に気泡があれば、ふたたび搗き砕き、一連の作業を最初からやり直さなければなりません』

『たいそう勉強になりました。次に研磨《カット》ですが、やはり同じくらいに面倒な工程を経るのでしょうね』

『もちろんですとも。こういうことを行うには忍耐がなくてはなりません』

『鑑定人は、ここにある偽造品はみごとなものとおっしゃいました。その判定の根拠はどこにありますか』

『できあがりが純粋で非のうちどころがないし、ルビーの色のニュアンスがみごとに再現されています。なかでも注目すべきは研磨《カット》です。本物のルビーのカットがすばらしい技術で、細部まで正確に模倣されています』

『一言で申せば、偽造者は賞賛に値するほどのみごとな技術を持っているということですね。あと小さなことですがもう一つ尋ねさせてください、フリーディンガーさん。鑑定人としての見解をお聞きしたいのですが、経験を積んだ腕のいい職人が、いまお聞きした非常に手間がかかる複雑な作業をすべて行うためには、どれほどの時間がかかるとお考えですか』

『すくなくとも十四日はかかりましょうな』

『すくなくとも十四日ですか。それでは非常に急いだ場合はいかがでしょう』

『その場合は八日、もしかしたら七日でできるかもしれません』

『ありがとうございました、鑑定人。質問はこれで終わりです。そこで今度はあなたにお聞きします、ヴァレリアン博士。いくつかの状況に注意をうながしたいと思いますから。一昨日の、と申しましても正確には昨日ですが、夜の二時に指輪が盗られたということでした。それ以前ということはありえません。なぜならば、そのときポケットに入れるのを目撃されているからです。それから八時間もたたぬうち指輪は返却されました。

ということは、高度な技術を要する偽造品がそのときすでに完成していたということです。さてヴァレリアン博士、世にまぎれもなく高名な弁護士としてのあなたにお尋ねしますが、あなたはここにおいて、なんらかの表明をする意向はありませんか』

『おっしゃるとおり表明、ならびに謝罪を行わねばなりません。謝罪は男爵に対してのものです。どうかお聞き入れ下さるよう願います。それから表明は皆さんに対してのものです。わたしはここにおいてオボリンスカヤ――侯爵の代理弁護人を辞任することをわが義務と認めます』

『これで一件落着とあいなりましょう』ダゴベルトさんが続いてそう言いました。『ひとつ言っておきたいのですが、わたしたちは、才能豊かな協力者をわれわれ一同のなかに見出すという喜びを分かちあっているのです。シモン君、君はまだ、一番大事なことを言っていないのではないかな。君はちゃんと修練を積んだ金細工師だということを』

『誰が言った』

『わたしが言ったのだ。わたしの言うことは、信じてもらってよろしい。君の精巧な道具とヘッセン坩堝はみごとに手入れされていた。だが、君の技術を秘密にしておきたかったのならば、入念に鍵をかけてしまっておくべきだった』

こんなふうにあなたは」男爵は報告の締めくくりとして言った。「名人の腕前を見せてくれたのです」

「ダゴベルトが下手なことをやるわけないのは先刻承知よ。でも男爵、もうひとつだけ教えてくださいな。あなたたちは女侯爵をあっさりと釈放したの？」

「ダゴベルトさんは彼女に情けをかけました。ここにこういう書類を用意してありますと告げ、ポケットからそれを出すと、まず女侯爵に渡して署名させ、それからそこにいる人すべてにも署名させたのです。書類のなかで彼女は、恐喝を認め、今後けしてわたしにこれまでのような要求を持ち出さないと言明していました」

「みごとな手際ね。でもそういう解決は道徳的にどうかしら。詐欺師をむざむざ逃がすなんて！」

「ひとつのことをお忘れです、奥様」ダゴベルトが弁解した。「他の解決では世間に漏れてしまいます。それだけは避けなければならないのです」

「わかったわ。若い方にはこれを今後の戒《いまし》めとしてほしいものね。自分の奥さんに言えないようなことには関わりあうな、ということ」

恐ろしい手紙

グルムバッハ家の会食は、ダゴベルトを交えて、いつものように行われた。食事のあと、一同は喫煙室へ移った。主人はコーヒーを急いで飲むと、ダゴベルトに出発を促《うなが》した。重要な会議に出ねばならないことになっていたのだ。

だが驚いたことにダゴベルトは、今日は会議に出る気がしない、敬愛する奥方ともう少し会話を楽しんでいたいと言いだした。夫人はその決断に、感謝の意がこめられた大きく見開いた目で報いた。そこでアンドレアス・グルムバッハだけが出ていった。

主人が消えるか消えないかのうちに、ダゴベルトが口を切った。「仰《おお》せのとおりにしましたが、これには少し……」

「残っていてほしいとたいそう願ってはいたけれど、命じた覚えはないわ」

「奥様、もしあなたの心さえ見通せないならば、探偵の看板は下ろすほかありません。この家に入ったときから、そして食事のあいだも、心配なこと、切実な願いごとがあなたにあって、気もそぞろなことは丸わかりでした。もしさっき席を立って、あなたのご主人といっしょに出ていこうとしたら、あなたは引き止めようと、わたしの上着のすそをこっそりつまんだに違いありません」

「ほんとうにそうしようと思ってたの、ダゴベルト、いざとなったら気をひくために」

「それは避けたいと思いましたから、自分の意思で残りました。そうすることによって仰せにしたがったのです、しかし、先ほど言いかけたように、これには少しひっかかることがあります」

「ひっかかることって?」

「妻たるもの、良人に秘密を持ってはいけません」

「たとえ名誉にかけて秘密を約束したことでも?」

「名誉のかけられない約束もあります」

「あなたが正しいわ。でもわかるでしょう。ただごとじゃないの。あなたの助けがいるのよ」

「聞かせてください」

「とんでもないことが起こったの」

「あなたのことですか」

「わたしのことじゃないわ、でもいちばん大事な友だちのこと。ちょっと待って、いまは七時五分前ね。あと五分で彼女自身が来ます。七時に約束したから。あの人自身の口から話してもらおうと思って。誰のことなのか、いまのうちに急いで言ってしまうと――」

その名を聞いてダゴベルトは目を丸くした。「なんと――あの玉の輿《こし》に乗った方ですね。オーストリアの重要人物、いや最重要人物と結婚された方だったとは。ケーテ・グラハト嬢には

――わたしも面識があります」

「もちろんあなたは面識があるでしょう。あの人もあなたとは楽しい思い出があるって言っていたわ。わたしたちは、以前いっしょに仕事をしていたことがあって、同じ舞台に契約したことだって何回かありました。わたしよりいくつか年下なの」

ダゴベルトが答えようとしたときちょうど、召使が客の来訪を知らせに来た。客はヴィオレットと習慣的なキスを交わしてから、ダゴベルトに向かって、古い知り合いという以上に心がこもった挨拶をした。ダゴベルトは目利きの目で、かわいらしく優雅に着飾った夫人を喜ばしく眺めた。髪は金髪で、瞳は黒く輝いていた。

ひととおりの挨拶がすむと、ダゴベルトはすぐに本題に入った。

「何か心配ごとがおありだとか」

「それがもう、名状しがたい災難ですの、ダゴベルトさん」話し始めたとたん、美しい目に涙があふれた。「わたしの名誉、わたしの生活、そしてわたしの人生までもが、失われそうなのです。ダゴベルトさん、ヴィオレットはあなたになんとかしてもらうと約束してくれました。お願いします、この不運な女を救ってください。誓ってもいいですが、わたしにはなんの罪もありません。わたしが悪いのは見かけのうえだけなのですが、その見かけがわたしを破滅させかねないのです」

「どうぞお話しください。ただし何も包み隠さず、ありのままにお願いします」

「隠すことなどありませんわ。一昨日の昼前、キュンストラーハウスの展覧会を見に行ったときのことでした。わたしには特別な用事がありました。主人が初日に、招待客の一人として会場に招かれたのですが、わたしは気分がすぐれないので、欠席いたしました。戻ってきた主人は、感きわまったというように一枚の絵のことを口にしました。オルガ・ヴィシンガー＝フローリアンという女流画家の室内画です。わたしはそれを聞いて嬉しくなり、すぐにその絵を主人に内緒で買うことを決めました」

「その絵なら存じています、伯爵夫人。あれにはわたしも感嘆いたしました。すばらしい筆使いで描かれていて、驚くような繊細な色彩の効果のなかに緊張感があります。価格も聞いてみました。八千クローネでした」

「そのとおりですわ、ダゴベルトさん。すでに買うことは決めてましたが、その前に一目見ておきたいと思ったのです。あと四週間で主人の誕生日が来ます。そのときに驚かせたかったのです。また画家の方を喜ばせることも目論《もくろ》んでいました。彼女とは親しいおつきあいが続いていましたし、優雅な方ばかりが集まる夜会《ソワレ》に招待されたこともあります。ですから気のきいたお返しにもなると思いました」

「それで絵はお買いなったのですか」

「買うつもりでいます。もし事件が決着したあとでも、それだけの余裕があればの話ですが。もっとも絵はわたしの相談ごととは関係がありません」

「そうだと思っていました。ただ、あなたが買わないならばわたしが買ってもいいと思いまして」

「展覧会場にはまったく人気《ひとけ》がありませんでした。ご承知のように、展覧会や画廊で絵を見て回ると、たいそう疲れるものです。ですからわたしは、すこし休もうと、そこここにある長いす《ディヴァン》のひとつに腰を下ろしました。すると気品のある紳士がわたしのほうにやってきて、お辞儀をするではありませんか。最初はどなたかわかりませんでしたが、すぐにわたしは喜びに震えて両手を差し出しました。その人はわたしとヴィオレットがベルリンで女優をしていたころの古い知り合いでした。オスカル・フェルト博士という、有能で評判の高い弁護士の方です」

「どなたとおっしゃいました、伯爵夫人」

「オスカル・フェルト博士ですわ」

「ああなるほど。それで状況が見えてきました」

「わたしにも時をたがえず状況が見えていればよかったのですが。ともかくもわたしは愛想よく挨拶し、後先も考えずに、なぜここに来たのか、そのわけを話しました。それから主人のこと、幸福な結婚のことを、久しぶりに会った古いお友達に話すような調子で話してしまったのです」

「あなたはご存じないでしょうが、その男はある不名誉な事件で弁護士資格を剝奪され、それ以来、大陸の主な都市に順ぐりに訪問の栄を賜《たまわ》り、紳士詐欺師《さぎ》としてどうにか糊口《ここう》をしのいでいるのです」

「ケーテは知らなかったの」ヴィオレット夫人が口をはさんだ。「同じ日にわたしが教えてあげるまでは」

「知りませんでした」伯爵夫人が言った。「でもすぐに、自分のおめでたさとお喋り好きとを悔いる羽目になりました。たまたま会ったからといって、わたしの身分と暮らし向きをあんなに吹聴さえしなければ！――」

「落ち着いてください、伯爵夫人」ダゴベルトは真剣な口調で言った。「これは偶然の出会いなどではありません。ああいうやからが自分の楽しみのために人気《ひとけ》のない展覧会など行くものですか。これは機をうかがい、周到に準備された襲撃なのです。だんだんと事情がわかってきました。先をお続けください」

「ええ、ほんとうに。ダゴベルトさん！　まさしくあらかじめ準備された襲撃でした。さもなければ、あんなに都合よくことが運ぶわけがありませんもの。わたしが心を開いて親しくお喋りしているうちに、だんだんなれなれしくなってきて、いまでもわたしの気持ちは変わらない、お前を以前に劣らず愛しているなどと言い出すのです。これが一つ目の恥知らずな振る舞いでした。なにしろ、わたしたちのあいだでは、愛なんて、ほんの一言だって語られたことはありませんでしたもの。

すぐに事態はさらに悪くなってきました。俺はいつもお前の手紙を胸に抱いていて、一瞬たりとも離しやしないのだ、どれだけお前を愛しているかは、これだけで十分にわかるだろうと、あの男は言いだしました。二つ目の恥知らず！　とわたしは思いました。その後は恥知らずの数をわざわざ数えませんでした。そんな手紙を書いた覚えはなかったので、わたしは怒ってきっぱりそう言ってやりました。するとやおら紙入れを取り出し、手紙を一通、大切そうに抜き出すではありませんか――」

「あらかじめ準備してあったのですよ！」

「封筒から出した手紙を、彼はわたしに読ませました」

「手紙は偽物でしたか」

「いいえ、わたしの筆跡で書かれていました。結びの文章に目をやったとたん、気が遠くなるかと思いました。あまりに恥ずかしくて、それについてお話はできかねます」

「お気持ちはわかりますが、伯爵夫人、何もかも言っていただかねばなりません」

「わかりました。あなたは何もかも知らねばならないのですものね、ダゴベルトさん。手紙にはこう書いてありました。『わたしの大事な人、あなたを待ち焦がれています。千のキスとともに――あなたのケーテ・グラハト』」

「その手紙に対して、どれほどの金額を要求されましたか」

「その話はあとにして、ダゴベルトさん、まずは弁明をさせてください。あなたはわたしが、そんな恐ろしい、道ならぬ関係を持てるような女とお思いですか」

「無思慮なことをやりかねない女性とは思っています。そして実際そうだったのです」

「誰がこんな羽目に陥ると思うでしょう、ダゴベルトさん。あなたならよくご存じでしょう。芸人のつきあいはざっくばらんで開けっぴろげで、少し知り合っただけですぐに親しい口をききあいます。ここにいるヴィオレットが証人です。ダゴベルトさん、わたしたちだって、あなたと『デュ』（親しい間柄で使う二人称）で呼びあったじゃないですか。でもそれだからと言って、ぶしつけな言葉を交わしたことがあったでしょうか」

「一度もありません、奥様。そんなことがほんの少しだって許されないということはちゃんとわきまえています。あなたがた二人のことはよく知っていますから」

「ブルク劇場では事情は違うかもしれません。あそこの俳優さんは正真正銘の宮廷つまり国の公務員ですものね。でも地方の劇場や巡回興行をする劇団はまるきり違うのです。

というわけで、わたしたちも、あの有名な弁護士さんを『デュ』で呼んでいました。彼はわたしたちのもとをしばしば訪れ、すばらしい社交家ぶりを発揮しました。

一度ヴィオレットとわたしで夜宴を催したことがありました。裕福で名高い人たちを大勢招く、一種の公的な行事ともいえるものでした。というのも、わたしたちの仲間に、高齢で貧しいうえに、病気になってしまった人がいるのですが、その同僚のために、慈善の催し物を計画したのです。雄弁家として評判の高かったフェルトは、得意の演説を一席ぶって、わたしたちの企てを盛り上げることになっていました。そして実際、彼のスピーチはすばらしく、わたしたちの企てはうまくいって、老いた友だちには二千八百マルクの純益を手渡すことができました。

このときフェルトを確実に引きとめておくために、冗談まじりでこんな愛情のあふれる手紙を書いてしまったのです。どんな神聖なものにだって誓えますが、彼とはキスひとつ交わしていません。ただ文章のうえのことだけなのです」

「いずれにせよ、あの男は恐ろしい武器を手にしています」

「すぐにいやというほど思い知らされましたわ」

「それで何を要求してきましたか」

「まず最初に、思いがけなく、困ったことになっているんだと言うのです。いまは一流ホテルに住んでいるそうなのですが——あてにしていた送金が来ないということで——お金をせびられましたの」

「ゆすられたのですね！」

「やむなく立て替えますわと言ってしまいました。そのときは、何を言われても約束したことでしょう。しかし、男の住所を控えさせられたあと、今度はとうてい無理な要求を持ち出してきたのです。わたしは身がこわばる思いがしました。なにしろこんなことを言いだすのですもの。『金銭的援助は、友人どうしのささやかな親切として、ありがたくお受けしたいと思います。もちろんお金は遅滞なくいただくことを期待していますが、あなたに望むものはそれとは少しばかり異なったものです。

わたしは自分の能力と見識にふさわしい地位を得ようと努めております。あなたはそれを調達できますし、しなければなりません。わたしは万難を排して、あなたのご主人の個人秘書として雇われたいのです』」

「その他には何も？　それにしても伯爵夫人、これでもなお偶然に出会ったなどと信じますか」

「そのときはもう信じていませんでした。あの男は心のなかをたやすくはのぞかせません。あの人がどういう境遇にあるか、そのときはわかりませんでした。細かい点はみんな、あとからヴィオレットに教えてもらったのです。

このあつかましい要求は、心底から憤るに十分なものでした。このわたしに向かって、主人のもとで働けるよう、わたしたちの家に入れるよう、陰謀をくわだてろと言うのですもの！　わたしは返事もせず、そのまま席を立って帰ろうとしました。ところがあの男はわたしを引き止め、目でわたしを射すくめ、断固とした口調で『やるのです』と言うのです。わたしは頭を振りましたが、ただ『必ずやるのです』とくりかえすのです。同時に平手で自分の胸を叩きました。わたしの手紙を入れた紙入れをしまったところを」

「疑問の余地なしです——あの男に抜かりはありません」

「わたしは失神しそうになりながら、事務室に逃れました。絵の購入のために相談することがいくつかありましたから。必要なことを片付けて、馬車のところまで行くと、小間使いのかわりに、立派な風采をした年配の方が側扉を開けてくれました。そしてわたしが乗り込もうとすると、小声で言うではありませんか。『奥様は男とお話しになっていましたね——』

『そうですけれど、それがどうかしたのかしら。それからあなたはどなた』

彼は車のほうに身を傾け、上着に手をやり、襟の折り返しにつけた真鍮《しんちゅう》の双頭の鷲《わし》を見せました」

「刑事だったのですね」ダゴベルトが言った。「たぶんマウエルの親父でしょう。とても有能な男です。そういえば、わが友、上級警部のヴァインリヒ博士も休暇から帰ってきたところだ。ところでその刑事はどうしました」

「『謹《つつし》んでお許しを願い、お気をつけくださいますようにと警告させていただきます』と言っただけでした。それとともに側扉は閉まり、馬車は動き出しました。わたしはこのできごとに、すっかり度を失ってしまいました。そこで食事のすぐあと、ヴィオレットを訪ねて相談したのです。ほかには誰も、こんなことを打ち解けて話せる人はいないものですから」

ヴィオレット夫人が話をひきとった。「あの男の正体はたまたま知ってたから、いろいろ教えてあげることができたの」

「それで奥様、あなたはどういう助言をなさったのですか」ダゴベルトが尋ねた。

「もちろんまっさきにあなたのことを考えましたとも、ダゴベルト。そしてすぐさま言いました。『あなたを救える人は、この世界にダゴベルトをおいていないわ!』」

「お褒めの言葉をありがとうございます、奥様。でもそれからもう二日間たってますね。そのあいだ何もしなかったのですか」

「しましたとも、ダゴベルト。でも。それをあなたに打ち明ける勇気はないわ」

「やましいことでもなさったのですか」

「ええ、あなたに叱られるわね——あなたという人は知ってますから。でも他にどうしようもなかったの」

「どうぞお話しください」

「ケーテはお金を送ろうとしました。でもそのときは二千クローネしか用立てられなかったのね。これじゃ少なすぎるとわたしは思って、あと千クローネ出したの。あなたの流儀に反するというのはわかってるわ。ゆすりには毅然とした態度でいなけりゃいけない、その場で逮捕しなければならないというのがあなたの持論ですもの」

「その場で、というのはいつもできることではありませんが、それ以外は、たしかにわたしの持論です。ただ、いまのこの場合について言えば、あなたがたを非難するつもりはありません。あなたがたはまったく適切に行動されました。わたしがそのときから関わっていたなら、千クローネ札をもう一枚余分に出すよう助言したかもしれません。ご婦人方はこんなとき、往々にして少しばかり吝嗇《りんしょく》になります。

ただ、ともかく、そうすれば目的は達せられることでしょう。つまり、とりあえず口を塞がせておくということです。これが唯一の肝心な点です。たとえ結果的にはめでたく逮捕ということになったとしても、新聞に出てしまってはなんにもなりません。記者に調査されて、『伯爵夫人なにがしに脅迫の手』などという記事が出ること、これだけは避けねばなりません。そうした記事は致命的になりかねませんから。ところでお金はもう送られたのですね。その後あの男は何か便りをよこしましたか」

「ええ」と伯爵夫人は憤りを顔に浮かべて言った。「恥知らずにも、手紙をよこしてきました。郵便は主人と朝食をとっているとき、ふだんどおり配達されました。主人は自分に宛てられた手紙だけを見て、わたしの文通相手にはとくに詮索しないという騎士道的な態度をとってくれました。わたしが彼の信頼をけして裏切ることがないのをよくわかっているのです」

「それで悪党はなんと書いてきましたか。手紙を拝見できますか」

「燃やしましたわ」

「無理もありません。内容をお教え願いますか」

「いまだに一字一句忘れやしませんとも。『親愛なる伯爵夫人閣下。あなたの借金は、分割払いとはいうものの、そのささやかな一部をつつがなく拝受しました。すぐさま、そして願わくば残りの全額をお送りくださるようお待ちしております。その際には、肝心なことをお忘れなきようお願いします。わたしが世間に向かって、自分の正当な権利を主張せざるを得ない羽目に陥らぬようにするためにも、くれぐれもよろしくお願いいたします』」

「恥知らずの極致ですな！」ダゴベルトも憤って言った。「自分がまったく安全だと思っている。認めねばなりませんが、奴があの手紙を持っているかぎり、実際に安全なのです。逮捕や勾留や国外追放も不可能ではありません。ですが、そうした場合、奴の持つあの手紙が武器となって、われわれに災厄をもたらします。たとえ奴が国外にいようと同じです。なにしろスキャンダル好きの三流新聞と連絡がとれさえすればいいのですから」

伯爵夫人はすっかり取り乱してしまった。目に涙をあふれさせ、そのようなスキャンダルが公《おおやけ》になったら、とても生きてはいられないと言ってしゃくりあげた。善良と寛容の権化のような主人の顔に、泥を塗ることになってしまう。ジャーナリズムの餌になるくらいなら、むしろ死を選びますわ。

ヴィオレットももらい泣きしながら、慰めようとした。あの恐ろしい手紙だって、もし十分釈明しさえすれば、ほんとうはそんなに危険なものではないはずよ。

「世間はスキャンダルだけに興味を持つの。釈明なんかどうでもいいのよ」やけになって伯爵夫人は言った。

「でもダゴベルトがいるじゃないの！」そう言ってさらに元気づけようとした。「この人にまかせれば、すべてうまくいくわ。ダゴベルト、わたしたちを救わなければだめよ」

突然の呼びかけに、ダゴベルトはびくっとした。自分の思考にかまけていて、会話がまったく耳に入っていなかったからだ。

「わたしが思うに、伯爵夫人」落ち着いて彼は言った。「心配する必要は何もありません。あの卑劣漢との戦いには、われわれの側はすでに、非常に有利な点をひとつ持っています。つまり相手がどんな武器を使うかが、あらかじめわかっているのです。他にも似たような手紙はありますか」

「いいえ、ダゴベルトさん、あの一通だけです。それ以外には絶対にありません」

「それでは――わたしたちは手紙の内容を知っています。本来は無害なものなのに、いったん世間で話題になれば、破滅的な影響をもたらすものであることも知っています。まずは時間をかせぐ必要があります。今後も金を払わねばならぬかもしれませんが、気に病む必要はありません。万一あなたが、必要な金額を人知れず調達できない場合は、わたしがお望みの額を用立てます。もちろん誰にもそのことは漏らしません」

「でもダゴベルトさん、あなたのおっしゃった有利な点とはいったいなんですの」

「わたしたちが手紙のことを知っていて、それがどこにあるかも知っている点です」

「あの男だって、むざむざ奪われはしないでしょう」

「それは言うまでもありませんとも」

「スキャンダルも辞さない、というつもりではないでしょうね！」

「もちろん違います。わたしたちは当面彼の要求を呑まねばなりません。また『肝心なこと』にも配慮しなければなりません。よく考えてみましたが、けしてあの男を刺激して、やぶれかぶれの行動に走らせてはなりません」

「ダゴベルトさん、そんなことできないわ。あんな男を家になんか入れられやしないわ。あの人を夫の側近にして機密を要する地位につかせるように説得するなんて、思っただけでも屈辱ものよ」

「もちろん機密を要する地位に、ああいう人物をつかせてはなりません。さて、いい機会ですから、ここで奥様へお説教してさしあげることにしましょう。これで良人に秘密を持つことがいかによくないことであるかがおわかりでしょう。といっても伯爵夫人は例外です。こうしたとんでもない状況にあっては、いわば正当防衛が適用されるべきですから。

グルムバッハの助けがぜひとも必要です。ですから彼には知らせるほうがいい。第一に、夫と妻のあいだに秘密があってはなりませんから。そして第二に、グルムバッハの助けが必要だからです」

「わたしの主人に何ができるの」ヴィオレット夫人が聞いた。

「これから説明しましょう。伯爵夫人は、あなたの〈被後見人〉に連絡をとって、望む地位を喜んで提供するつもりですと言ってください。ただし、すぐには無理だと付け加え、こんなふうに申し出てください。『あなたを雇うためには、まず、いまの秘書に解雇を申し渡さねばなりません。こういったことは今日明日中になんとかなるというものではないのはおわかりでしょう。ですが当座のつなぎとして、別の重要人物のところで同じような地位が得られるよう、紹介状を書いてさしあげますわ。その方はグルムバッハといいます』」

「いったいまじめにおっしゃってるの、ダゴベルト」とヴィオレット夫人が割ってはいった。

「夫を巻き添えにするなんて」

「こうするのが一番いいのです。フェルト氏は、グルムバッハがウィーンの一流人士であることをもう知っているはずです。知らないとしてもすぐに耳に入るでしょう。ですから喜んでその申し出に乗るはずです。あの男にとって重要なのは仕事そのものでありません。産業クラブ会長のような一流人士の家は、紳士詐欺師がさらに活躍するための、華麗な踏み台なのです」

ヴィオレット夫人はたいそうめんくらった様子だった。

「それで、わたしも片棒をかつがなくちゃならないのかしら」

「まずは、ご主人にこの件を打ち明けてください。何もかも知ってしまえば、そこにはもはや秘密はありません」

「元気付けてくださってありがたいわ。でもわたし、あんな男とは付き合いたくないし、夫との関わりを許すのさえ嫌なのに、ましてや協力するなんて、とても我慢できない」

「話はお終いまで聞いてください。そんなつもりはありませんとも。グルムバッハは、あの輝かしいまでに推薦に値する紳士を歓迎し、満面に笑みをたたえてこう言うのです。尊敬あたわざる伯爵夫人の願いをすぐかなえられず、まことに遺憾だ。しかし、わが家には目下《もっか》その余裕はない。とはいえ、これほどの推薦はあだやおろそかにはできない。自分の力の及ぶことは、なんなりとさせていただこう。そういえば副会長が有能な個人秘書を探していた」

「でもダゴベルト、副会長ってあなたのことじゃない」

「いかにもわたしは副会長の栄に浴していますから、まずまずの大人物といっておかしくはありません。いいですか、わたしは破格の待遇を申し出るつもりです、そしてこれこれの庇護を与えてやる、将来の展望はこれこれと口に出せば、われわれの紳士はこれに応じることでしょう」

「それであなた、あの男をほんとうに自分の家に入れるおつもりなの」

「願ってもないことです。たまたま個人秘書がいなくて困っていたところですから。これほど簡単で安全な手段はありません。万一あの男が断った場合には、もちろん別の手を考えねばなりません。そのことで頭を絞るのは、あとの楽しみにとっておきましょう」

事はダゴベルトの思惑どおりに運び、オスカル・フェルト博士はダゴベルトの個人秘書となった。

ダゴベルトは以前どおり、週に二度グルムバッハの家で会食した。そのプログラムにひとつの変化が加わり、そうした日には伯爵夫人ケーテもシュヴァルツァーを飲みに現れるようになった。話題の中心になったのは、もちろん新しい個人秘書のことだった。一同はダゴベルトに質問を浴びせ、いっかな聞き飽きることがなかった。ダゴベルトは最初のうち、その話題については口をつぐんでいた。無理強いをしても、「まずはあの男を研究することが先です」と言うばかりだった。しかしだんだんとダゴベルトの口もほぐれ、皆の興味の的である男の性格像が次第に明らかになってきた。

「あえて申しますが」ある日、定例の集まりでダゴベルトは言った。「このフェルト博士は、久しくお目にかかれなかった、きわめて興味深い悪党です。目下の問題は簡単ではありませんが、取り組むだけの価値があるものです。この男のなかでは能力、知性、それから博識が一つとなっています。こんな個性はめったに見られません。いますぐ大臣に登用されても、りっぱに任を果たすことでしょう。

わたし自身にしても、このような秘書がいてくれて、天国にいるような気持ちです。あらゆることを知っていて、あらゆることを理解でき、あらゆることができるのです。わたしは泰然と懐手《ふところで》をして、仕事はみんな、あの男に任せていればよろしい。彼は文字どおり、わたしの共感《シンパシー》を勝ちとりました。いずれは彼と別れなければなりませんが、ほんとうに残念なことです。

とはいえ、あれほど卑劣で無節操な男は、破滅させなければなりません。あれほどの美点をそなえていながら、誘惑にはやすやすと身をゆだねてしまうのですから。まことに一筋縄ではいかぬ性格で、かりに彼の弁護人が病的素質つまり道徳的障害《モラル・インサニティー》（今日の人格障害にあたる当時の用語）を主張したら斥《しりぞ》けられるかどうか、わたしにはわかりません」

「あなたはお忘れですわ、ダゴベルト」伯爵夫人ケーテが注意をうながした。「大事なのはそんなことより、わたしの手紙ではありませんこと」

「忘れてはおりませんとも！　あの男がいないあいだに、身の回りのものはすっかり調べあげました」

「手紙は見つかりまして」

「それは期待していませんでした。ほんとうに肌身離さず持っているのか確かめたかっただけなのです。それさえわかれば、思い切ったこともできますから。あなたはきっと興味をもたれるでしょうが、伯爵夫人、わたしは自分の目で、彼があなたの目の前でしまった場所、つまり紙入れのなかに、手紙がまだあるかどうかを見届けました」

「まあ、どうやったんですの」

「あの男は毎日かなり遅く帰宅します。言うまでもなく、奴には見張りをつけてあります。一挙手一投足が監視されていますし、何に金を使っているのかもクロイツァー単位でわかっています。それにしてもたいそうな使いっぷりです。贅沢な暮らしをして、金のかかる趣味を持っていますから。その趣味はしばしばほんとうに卑しいものですが。高級キャバレーの常連であり、シャンパンを浴びるように飲み、ギャンブルではたいそう負け、金がかかるにもかかわらず『安っぽい』と言わざるをえない情事を楽しんでいます。そしてそれらすべては、いまのところ、あなたのお金で賄《まかな》われているのです！

それにしてもあの男は、鋼《はがね》のような性格を持っているに違いありません。夜の生活があれほど荒れているのに、昼間はうってかわって、非の打ちどころなく仕事をこなすのですから。他の者もすべからく見習うべきですな！　わたしも若いときはずいぶん無茶をしましたが、どうしてなかなか――」

「それで手紙はどうなったのかしら、ダゴベルトさん！」

「いま話そうとしていたところです。ということで、彼はたいそう遅く帰宅します。朝、わたしは彼の部屋に入りました。彼はぐっすりと眠っています。わたしはベッドに近寄りました。ナイトテーブルの上に、時計といっしょに紙入れが置いてありました。危険を承知のうえで、紙入れを手に取りながら、彼を観察しました。あいかわらずおとなしく熟睡しています。そこで紙入れを開け――あなたの手紙を見つけたというわけです」

「それで手紙は手に入れましたの、ダゴベルトさん」

「手紙は紙入れに戻し、紙入れはナイトテーブルに置いて、音をたてぬよう部屋を出ました。知りたいと思っていたこと、知らなければならないことを知れば、それで十分だったのです」

「でもダゴベルト、いったいぜんたい、どうしてそのときすぐ手紙を取り戻さなかったの？」

「なあダゴベルト、俺もそう思う」一家の主人も口をはさんだ。「それが一番簡単で根本的な解決じゃないのか」

「賢明な方法とはいえません」静かにダゴベルトが答えた。「そんなことをすれば、あの男に武器を与えることになります。スキャンダルを恐れるのはどちらでしょう。向こうなのかこちらなのか。彼はきっと窃盗の告訴をするでしょう。伯爵夫人、あなたの手紙が盗まれたとね！どんな騒ぎが起こると思いますか。なぜその手紙は盗まれたのか、何がその手紙に書いてあったのか、世間は興味津々になることでしょう。状況はいまよりもっと厄介なことになります。世間は臆測をたくましくするでしょう。あの手紙はどのみち不用意ではありましたが、ともかくも事のあらましは書いてあります。その手紙がない場合、そこに書いてあることよりもひどいことを世間は想像しかねません。そうなれば恐喝は二重の圧力をもって続けられるでしょう。

だからグルムバッハ、そんなことはやってはいけないのだ。それでなくとも、わたしは盗みはしません。正義のために働いていて、ときには、目的のために、まともとは言いかねる手段をとることもあります。ただし、誘惑がいかに大きかろうと、正義に力を貸して勝利を得させるために、自らが法に反する不正を行うつもりはありません」

「またもやダゴベルトの言うことはもっともだ」グルムバッハも認めた。「なるほどそれはうまくないな。それではどうすればいいのだ」

「それについては、遠からずお伝えできればと思います」

一同の忍耐は厳しい試練にさらされた。それから会合が二、三回持たれたが、この件に関してダゴベルトは何も語らなかったし、語る気もないようだった。口数少なに、すでに周知のことがら、すなわち男の才能と実務能力の賞賛すべき点と性格の恥ずべき点を持ち出すだけだった。

あの話し合いから十日後、ダゴベルトはようやくいつもより上機嫌な表情で姿を見せた。すっかり意気消沈していた伯爵夫人にふたたび希望がよみがえった。そしてもの問いたげな、懇願するような目で陽気なダゴベルトを見た。

「なかなかうまくいっています、伯爵夫人」とダゴベルトは手をもみながら、彼女の無言の問いに答えた。「あの男はわたしのものさえ盗みましたよ」

「それがそんなに嬉しいことなのですか、ダゴベルトさん」

「嬉しいですとも。まるでプレゼントをもらった子どものような気持ちです」

「それ以外に何かありましたか」

「何もありません。それ以外に変わったことは、まったく何もありません」

「それだけがあなたのこれまでの成果なのですか」

「そうですとも。そしてたいそう満足しています」

「ダゴベルトさん、先はまだ長いのではないでしょうか。あの男を逮捕して勾留させることはできるでしょうけれど、それではなんにもなりません。手紙を取り戻さないかぎり！」

「わたしにとって重要なのは手紙だけです。別に彼を勾留させたいわけではありません」

「もしあなたがあの男を盗みで詰問したら、あなたに埋め合わせとして手紙を渡すかしら」

「そんなことはしますまい。それほど愚かな男ではありません。これまでにわたしから盗んだのは七百八十二クローネです。手紙は十万クローネの価値があります。そんな取引はいたしますまい。それにわたしが手紙のことを知っていて、手に入れたいと思っているとは、これっぽかしも気づかせてはいけないのです」

「それじゃどうなさるおつもりなの」

「あと二十四時間の猶予をください。準備はすでにできていて、もし何もかもがうまくいけば、明日中には相手に壊滅的な打撃を与えられるでしょう。覚悟してください、伯爵夫人、明日になれば、ヨーロッパの男がひとり、物笑いの種になって姿を消します。つまりフェルト博士か——さもなくばわたしです」

「あとの場合なら、ヨーロッパの女もひとり、姿を消すことでしょう。ダゴベルトさん、この件を軽々しく冗談にしてくださいますな。これにはわたしの命がかかっているのです」

「ご安心ください、伯爵夫人、真剣そのものでこの件に取り組んでおります。それではまた明日！」

次の日、伯爵夫人ケーテが打ち合わせた会合に現れたとき、気の高ぶりのあまりに真っ青になっていた。そしてすぐさま勢い込んで、事の次第を尋ねた。

「たしかに、今日はいくつかお知らせしたいことありますが」ダゴベルトは穏やかに、ほとんど眠たそうな表情で答えた。

「ああ、ダゴベルトさん、知らせなどはいりません。手紙はどうなったのでしょう、手紙は！」

「お知らせは手紙に関することです」ゆっくりと、耐えがたいほどの無神経さで、彼は念を押した。「もう心配しなくともよろしかろうと思います。わたしはすでに、フェルト博士の窃盗に、満足の意を表明しました」

「ええ、それは聞いたわ」自分もじれったくなったヴィオレットが抗議した。

「ただ言っておきますが」ダゴベルトは続けた。「窃盗それ自体に満足しているわけではないのです。なぜうれしいかと言えば、この事実がわたしに、自分の推測が正しかったことを、あらためて確認させてくれたからです。

真の紳士詐欺師たるもの、そしてフェルト博士は、上質の紳士詐欺師に当然数えられてよい男ですが、小さな窃盗であれ大きな窃盗であれ、機会さえあれば、逃すことはけしてありません。わたしはその機会をたっぷりと与えてやり、フェルトはそれをせっせと活用しました。

ふだんのわたしは、金銭に関しては細かい男です。でも今回は、金にはまったく無頓着で注意散漫なふりをしました。そして、金はわたしの部屋の机の左上の引き出しに入っていると教えてやりました。配達される郵便物のなかには、必ず現金書留が交ざっています――わざとそのように計らったのです――そして彼の目の前で、それを引き出しに入れ、あるいは彼に入れるよう命じました。送金の必要があるときは、引き出しから金を都合させました。わたしの不在のとき請求書が来たならば、引き出しの金から支払う権限も与えました。引き出しのなかはたいそう乱雑でした――見かけ上は。ほんとうは、金庫のなかの金と同様に、最後の一ヘラーにいたるまで正確に知っていました。

われらの紳士には金がたいそう入用でした。夜は豪遊をしていましたから。ところがつい最近、賭け金を吊り上げたところ、みごとに負けてしまいました。いかさま賭博の心得がなかったのかもしれません。もしそうなら、紳士詐欺師としては、看過できない欠点です。懐がかように乏しくなっていますから、近々あなたのもとに、またしても、せっつくような督促状が届いても、不思議には思いません」

「もう届いてますわ、ダゴベルトさん」目に涙を浮かべて伯爵夫人が答えた。「今朝がた届きました。どうすればよろしいのでしょう」

「返事は出さなくてよろしい。かくて奴はいま文無しで、窮地に陥りました。最後の勝負で粘りすぎて、すっからかんになったどころか、八百クローネの借用状まで書く羽目になってしまったのです。借金は今日の午前中に返済しなければなりません。それを知ったうえでわたしは計画を立てました。たかが八百クローネのはした金で、わたしほどの金づるからは逃げられません。かといって、引き出しからこれだけの金額を一度に盗むと目立ってしまいます。そこで他の方法で助けてやらねばなりませんでした」

「ダゴベルトったら、まあなんて思いやりのあること！」と微笑みながらヴィオレットは言った。

「ええ、彼のことは心から愛していますので、いやでも思いやらざるをえないのです。そういうわけで、彼が起床すると、わたしの部屋に呼んで、九二〇〇一番に電話をかけるよう命じました。これは貸し馬車屋ハイメルの番号ですが、そこに、無蓋四輪馬車《パエトーン》と黒馬《あお》を二頭、すぐさまよこしてくれ、わたしの馬は調子がよくないから、と伝えさせたのです。十五分後にわが友、上級警部ヴァインリヒ博士がやってきました。わたしが高く評価する優れた犯罪学者です。あなたにならお教えできますが、あの電話番号は、覆面番号にすぎません。ダゴベルト・トロストラーが電話すると、担当者はすぐに、正しい番号に電話を回します。そのあいだ、秘書にはるためです。


書き物仕事を二、三与えて、自室に引きこもらせました。邪魔されずにヴァインリヒと話をするためです。

『この千クローネ札を見てもらえませんか』彼が席につくとわたしは言いました。『この金は、もうすぐ盗まれるはずなのです。盗まれたあとで、また取り戻さねばなりません。確実に事をはこび、好ましくない取り違えを予防するために、目立たないように印をつけておきましょう。ほら、いま、ドイツ文字の側の左上に、細い針で点を三つ、三角の形にあけました。目立ちすぎてはいけないので、跡は篦《へら》で平らにしておきます。こうすれば肉眼ではもう見えません。でも拡大鏡ならば確認できます。この紙幣を確実に再認識できますか』

『番号を控えておいたからいっそう確実だ、わが友よ』

『さすがは専門家ですね。専門家と仕事をするのは楽しいものです。二頭の黒馬、つまり密偵は連れてきてもらえましたか』

『黒馬は家の近くに配置してある。ちなみに、ひとりは画期的な毛生え薬の宣伝ビラを配っていて——それが副業なのだ——、もうひとりは学生組合に所属する学生で、少し前に決闘で負けた男だ。せっかくの品のある顔が、ガーゼの包帯ですっかり隠れてしまっている』

『すばらしい!』ここでわたしは彼に、説明の要があることを話しました。さしあたって何が大切か、黒馬にどんな指示をすべきかなどです。そして、一時間以内に警察の執務室に立ち寄ると約束し、打ち合わせを終えました。

ヴァインリヒが帰ったあと、わたしは嵐のような剣幕で秘書を呼びつけました。フェルトが来ると、毎日毎日千ものくだらない雑用があって困ると悪態をついてみせました。それから机の上にあるたくさんの手紙やその他の書類をひとからげにかき集めると、彼に押しつけ、お前の判断で処理し、あとで報告するようにと命じました。こうしたくだらんことは、さっさと始末しておけと言い渡したのです。

机にはさきほどの千クローネ札も載っていました。フェルトはそれを見ました。わたしはわざとせかせかと振る舞って、紙幣を書類のあいだに交ぜました。それから召使に手伝わせて上着を着、帽子をかぶりステッキを取り、これから外出すると言いました。フェルトが一抱えの書類を持ち自室に消えたあと、わたしは上着をまた脱いで、浴室に閉じこもり、聞き耳を立てていました。果たしてしばらくすると、わたしの部屋の控えの間から足音が聞こえ、それからすぐドアが開く音がしました。フェルトが外に出て行ったのです。

わたしはすばやく身支度をととのえると、警察のヴァインリヒ博士の執務室に急ぎました。そのときは博士ひとりでしたが、すぐに他の者がやってきました。まず来たのはビラ配りで、フェルト博士を連行していました。フェルトはすぐ居丈高に食ってかかり、不可解で不当な逮捕に対する抗議を調書に口述させろと主張しました。

『そのことについてはあとで話そう』と冷ややかにヴァインリヒ博士は応じました。それから密偵のほうを向き、『この人を第三室に連れて行き、身体検査と身体測定、それに写真撮影をしてくれ。そのあとまたここに連れて来い』と命じました。

フェルトは連れ去られました。そのすぐあと、もうひとりの密偵学生が、見知らぬ紳士を連れてやってきました。わたしの計画は、かくて思惑どおりにいったのです。ヴァインリヒ博士は、わたしの願いをいれて、『黒馬』に分業態勢をしきました。つまり、ひとりは千クローネ札を確保し、もうひとりはフェルトの身柄を確保することになっていました。フェルトはすぐに紙幣を使うのではないかとわたしは考えていました。同じ日の午前中に、賭けの相手を訪ねて、借金を返さねばならないことを知っていましたから。有望な情報は、あだやおろそかに扱ってはいけません。

また、あらかじめ紙幣が両替される可能性も、もちろんあります。第一の密偵の任務は、いかなる場合においても、紙幣を受け取った人物を確認することでした。第二の密偵は、紙幣を使ったあとのフェルトを、上司のもとに連行する任務を帯びていました。すべてはつつがなく運びました。フェルトはある宝石商の店に立ち寄り、ブローチをひとつ買って紙幣をくずしました。店を出たところで、ビラ配りが彼を捕まえました。いっぽう学生は店に入り、彼の任務を果たしました。

ふたたびわれわれのもとに連れてこられたフェルトは、部屋にわたしがいるのを見て、少しあっけにとられた様子でした。それまでは、わたしは巧みに死角に隠れていたのです。ヴァインリヒ博士はなすべきことをてきぱきと行いました。証拠物件を机に置き、彼に履歴を尋ねたあと、訊問へと移りました。『あなたは今日、千クローネ札を使いましたね』

『それはそうですが、高額紙幣を両替したからといって、ひとかどの紳士が疑われたり、ましてや処罰されたりすることはないように願いたいものです』

『それは場合によります。その紙幣の入手先について、根拠をあげて説明できますか』

『もちろんですとも。それは伯爵夫人の——』」ここでケーテ伯爵夫人が口をはさんだ。「わたしの名を出したわけじゃないでしょうね」

「ご安心ください、伯爵夫人、その前に、ヴァインリヒ博士が発言をさえぎりました。そして『すぐにわかるだろう』と言い、今度は見知らぬ紳士のほうを向いて尋ねました。『宮廷宝石商のブルンスさん、あなたはこの男から受け取った紙幣を持っていますか』

『ええ、持っていますとも』

『それがあなたが受け取った紙幣であることを誓えますか』

『誓えます』

『何かの間違いということはありませんか』

『間違いではありえません。紙幣を受け取るとすぐ、この方、つまり、あなたの部下として存じあげている方に要求されてお渡ししました。今日はじめての商いで、手金庫のなかに千クローネ札はそれ一枚しかありませんでしたし』

『よろしい』とヴァインリヒ博士は続けました。『もう少しで終わりです。われわれはある特定の紙幣を捜している。ブルンスさん、調べていただけませんか。その紙幣の番号は七一〇二で、ドイツ文字の側の左上に、小さな針の穴が三つ、三角の形に開いているはずです。もしその印がなければ、わたしたちの捜している千クローネ札ではありませんから、すぐさまフェルト博士を釈放するよう命じましょう。特徴が一致していれば、監獄に入ってもらいます』

宮廷宝石商は紙幣を綿密に調べ、それから裏返しました。特徴は一致しました。フェルトは真っ青になりました。窃盗が立証されたのですから。

ここでわたしは、秘書の肩を持ったため、温かい口ぶりでこう言いました。なるほど窃盗は立証されたが、わたしは自分を被害者とはみなさず、窃盗のかどで告訴をするつもりもない。その代わり、法律上の権利である損害賠償を請求したい。賠償さえしてもらえれば、わたしとしてはフェルト博士はすぐに釈放してもかまわない。

『そうは問屋がおろしません』ヴァインリヒ博士は答えました。『この者の収監を見合わせることはできなくはないが、その場合でも即刻の追放令は下さざるをえません。フェルト博士、あなたは対抗して上訴を行うことができます。ただ申し添えておきますが、上訴の片がつくまであなたは勾留されますし、その後法的な手続きが行われないという保証はありません』

『上訴は行いません』フェルトははっきりとそう言いました。

『それならば事は解決だ。フラハマン君、この紳士をノルトヴェスト駅に連行し、最初に来た列車でいっしょに国境まで行ってくれたまえ――』

『そんなことだろうと思っていました』ここでわたしはまた口をはさみました。『ですから、秘書の持ち物はすべて荷造りして、ここまで運ばせておきました。馬車も戸口で待っています』

そのときフェルトが見せた顔といったら、写真に撮っておきたいくらいでした。もちろん愛情のこもった目つきとは言いかねましたが、ともかくも敬意はありました。それでいながら、どんな理由があってわたしがこれだけの警察機構を動員したのか、とんと見当がつかないらしいのです。

『あなたの所持品を返却しましょう』ヴァインリヒ博士が続けた。『所持品検査で差し押さえられたものを。ざっと見て、あなたのもとよりわれわれのもとで保管したほうが適切なものは押収させてもらいます』

警部はあらゆるものをくまなく捜し、何枚かの書類を手元に置き、残りのものを返却しました。そして道すがら、こう申しわたしたのです。ふたたび国境を越えてはいけない。その場合は容赦なく逮捕され、再審手続きが行われるだろうと。

これで一件は落着です。そしてこれが、伯爵夫人、あなたの恐ろしい手紙です」

「ダゴベルトさん、」感激してケーテ伯爵夫人は言った。「あなたって、なんてすばらしい人なんでしょう！」

特別な事件

いつもの三人がグルムバッハ家の食卓についた。一家の主人《あるじ》、愛らしいヴィオレット夫人、そして二人の古くからの友、ダゴベルト・トロストラー。

白手袋をはめた召使がスープを給仕したちょうどそのとき、隣の部屋で電話が鳴った。主人に目配せされて、召使は電話機のところに行ったが、何分もたたぬうちに戻ってきて伝えた。

「マイアーの奥様からでした。至急の用件とのことです」

夫人は微笑んだが、次の瞬間困惑の表情を浮かべた。微笑んだのは、奇妙な伝言の意味がすぐさまわかったからだった。警察顧問のヴァインリヒ博士とダゴベルトは、電話で連絡をとるとき、互いにこの独特な仮名を使っていた。困惑したというのは、自分に言いきかせねばならなかったからだ。これで楽しみにしていた会食もお終いね。きっとまた、何か探偵活動を要する事件がもちあがったのだわ。ダゴベルトがその手のことを聞いたときは、引き止めても無駄だった。彼の「天職」あるいは「用事」はすべてに優先した。実際、彼はすぐに立ちあがり、ナプキンを食卓のうえに置いた。

「でもダゴベルト」夫人は懇願した。「どんな急なお仕事があっても、食事はしなくちゃ」

「たしかに奥様、食事は必要です。しかし、もっと大事なことがあるときには、後回しにしてもかまいますまい」

「落ち着いて考えて。いったい何が起こったっていうの。また押し込み強盗か何かなの。もし犯人がもう捕まってるのなら、あなたから逃げることはないでしょう。まだ捕まえていないならば、五分もしないうちに捕まるでしょう。どちらにしても、たいした問題じゃないわ」

「わたしの仕事では、奥様、何がたいした問題で何がたいした問題でないかを、あらかじめ知ることはできないのです。いま確かなのは、一秒も無駄にはできないということです」

こうなるととりつくしまもなかった。ダゴベルトはいつものように、今度もあとで何もかも詳しく説明すると約束して、奥方の許しを乞うと、嵐のように階段を駆けおりて馬車に乗った。そして五分後にはヴァインリヒ博士の執務室に姿を見せていた。ヴァインリヒは常にもましてダゴベルトをねんごろに迎えた。

「ダゴベルト、君は」心のこもった挨拶のあと、彼はこう切り出した。「もはやどうしていいかわからなくなったとき、いつもわたしの最後の頼みの綱だ、あるいは、このほうがお気に召すならば、わたしの矢筒の最後の矢だ」

「何を言うのですか、博士！　あなたはいつも自分の力で切り抜けているではありませんか」

「そちらこそお世辞がすぎるというものだ。わたしがいつも現場にいられればいいのだが！またしても少々不運なことが起こった」

「何が起こったのですか」

「殺人だ」

「それはそれは。確かになかなかの不運ですね」

「そういう意味ではない。わたしにつきまとう疫病神は知っているだろう」

「おおなるほど。するとまたしても、端倪《たんげい》すべからざるタデーウス・リッター・フォン・シュクリンスキー博士のお出ましというわけですか」

「まさにそのとおり。昨夜わたしはあいにくウィーンにいなかった——ザンクト・ペルテンで紙幣偽造団の足取りを追いかけていたのだ。ふだんなら殺人が起きたら必ず叩き起こすよう、指示をしているのだが。最初の現場検証がどれほど重要かは、言うまでもなかろう。だがまずいことに、よりによってシュクリンスキーに事件が押しつけられたのだ」

「まだお払い箱にしていなかったのですか！」

「そんなことができるものか。それどころか抜け目なく、わたしといっしょに昇進さえしている。わたしが警察顧問になると、奴は上級警部を拝命した。明日になれば——夕刊時点では情報はまだ抑えてある——ウィーン中がこのセンセーショナルな事件に目を見張り、噂で持ちきりになろう。それなのに、シュクリンスキーが警察の名誉を救う役回りになっているのだ。どうなるか見ものだ。さて、君自身が言ってほしい——わたしは君を盾にして逃げるべきだろうか」

「わたしでよければどうにでもお使いください。しかしどうか、話を始める前に、食べるものを何か持ってきてもらえませんか。さもなくば現場で飢え死にします。ダゴベルトの餓死体からあなたが得るものは何もありますまい」

ヴァインリヒ博士は相応の命を下した。ダゴベルトはきちんと座りなおし、使徒ペテロ風に整えた頭を傾け、彼の話を傾聴した。

「ゼンゼン小路は知っているだろう。騒々しい繁華街へ抜ける小路というのに、ひょっとするとウィーンでもっとも静かで淋しい道かもしれない。特に夜はそうだ。ウィーンの動脈ヴェーリンガー通りからこの小路に折れたとば口に、何軒か家があるだけだ。その先は道の両側に、高くて頑丈な塀がずっと伸びている。この小路は二つの大庭園に挟まれた格好になっている。片側は将校用の養老院、反対の側は歴史的な『愚者の塔』と公共病院の死体安置所があるが、どちらの建物も庭園の奥にあって、街路からはほとんど見えない。用でもないかぎり、夜に通るところではない」

「その場所なら知ってます。あそこなら、真昼間に人が殺されても不思議ではないと言われています」

「そこで実際に殺人があった。日中ではなく、夜の二時ごろだ。考慮にいれなければならぬのは、真夜中になると、街灯が一つおきに消されるということだ。そうなれば、どんな感じになるか想像がつくだろう」

「よくわかります。それでどうなりました」

「車道の養老院側の端で、撲殺死体が発見された」

ダゴベルトは目を見張った。

「誰も犯行を見ていなかったのですか。殺しにいたる前の、喧嘩か何かに気づいた人はいませんでしたか」

「誰もいないのだ。あたり一帯、死んだように静まりかえっていた」

「妙ですね」

「まったくだ。困ったことに妙すぎて、大災厄《カタストロフ》になりかねない。考えてもみたまえ、ウィーンのほとんど中心、それも公道で人が殺されたのに警察がお手上げときては、恐ろしいセンセーションが巻きおこるだろう」

「もっと詳しく話してくれませんか」

「よしておこう。君くらいの優れた犯罪研究家になれば——謙遜《けんそん》にはおよばない、誰でも知っていることだから——できうるかぎり、何も説明すべきでない。他ならぬ君に、改めて供述する証人の供述心理学を参照したまえなどと言うこともなかろう。こちらにしたところで、すべての情報は又聞きあるいは又々聞きだ。情報の細かいところが間違っていたり、あるいは、わたしが情報を誤って理解している可能性は否定できない。さらに、無意識のうちに、正しいとは限らない主観的な見解が、こちらの説明によって示唆《しさ》されてしまうことさえあるかもしれない。だから、これまでに調書上で確認されているがままに、状況を知ってほしい」

「おおいに結構。それではシュクリンスキーを、調書とともにここに来させてください」

「そうしようと思っていたところだ。だが、君は自分なりのやり方で事件を捜査するものと信じている。シュクリンスキーと意見は対立するだろうが気にしないでくれ。どうせ間違った道をたどっているに決まっているのだから」

シュクリンスキー博士が調書をかかえて部屋に入ってくると同時に、ダゴベルト用にあつらえられた食事が運ばれてきた。ダゴベルトはシュクリンスキーに謝り、目の前で空腹を満たす許しを乞うた。

「上級警部殿」はやくも料理をほおばりながら、話し続けた。「わたしは面白い犯罪事件にいささか弱いのです。そこでわたしの特別な、敬愛する友人の警察顧問殿に、すこしばかり鼻をつっこませてもらう許可を願ったのです」

「ダゴベルトさん」ときわめて丁重に上級警部は答えた「あなたはわれわれが親しくおつきあいをさせていただいている方であることは、十分存じています。あなたのこれまでの貢献にはたいそう感謝しています」

「あなたの捜査のお邪魔は断じてしません。ただすこしばかりトレーニングをしたいのです。われわれの仕事では、トレーニングを怠《おこた》らぬことがとても大切なのです」

「そうでしょうとも、ダゴベルトさん」

「あなたの手柄を横取りするようなことは、けしていたしません、上級警部殿。あなたの炯眼《けいがん》をもってすれば、迷宮入りということはよもやありますまいから」

「わたし自身も、すっぱりと解決するつもりでおります」上級警部はそう答え、控えめにお辞儀をした。「この事件は簡単とはいえません。しかしわたしが必要な対策を怠ることはありません。すでに有力な手がかりをつかんでいると言っても、必ずしも誇張ということにはなりますまい」

「ますますすばらしい。では上級警部殿、本題に入りましょう」

そこで上級警部は、この事件ではじめて作成した調書を読みあげた。その概要は下記のとおりだった。

「二月二十三日の午前二時少し前、夜警カエタン・ヴェントレーナーによって、ウィーン九区のゼンゼン小路一四七八番地で、一人の男が意識不明と思われる状態で街路に臥《ふ》しているのが発見された。夜警は男に呼びかけ、体を揺すぶったものの、意識回復にはいたらなかった。そこで救援要請の信号を発し、電話ですぐさま救急援助協会に通報するよう命じた。八分後に救急援助協会の自動車が到着した。検査医は男を手短に診察して死亡を確認、それ以上の関与を拒否した。そこでショッテンリンクの警察署に通報し、即刻捜査態勢が敷かれた。

現場検証の結果は下記のとおり。衣服から判断して死者は富裕層の者と思われる。所持していた数種の名刺などより、なかんずく学生身分証明書により、被害者は医学生エーリッヒ・プフタと推定される。出身地はケルンテン州のフィラッハ、現住所は九区ラツァレット小路一七番地。被害者の帽子には打撃の痕跡が明瞭に残っており、おそらくはその打撃により、被害者の頭には帽子が深々とはまっていた。血糊の凝固あるいは凍結のために後頭部に貼りついたその帽子を、細心の注意をもって剝がしたあとになされた地区警察医ロビチェフ博士の所見によれば、頭頂の腫れと比較的少量の出血の他には、特に損傷は認め得ず、いずれにせよ死は鈍器による強い力でもたらされたと推定されるとのこと。遺体は、死因の確認を行うため、法医学研究機関に移送済み」

「なるほど。それで死体解剖はもう行われたのですか」ダゴベルトが聞いた。

「ええ、剖検調書がここにあります」

「読んでいただけませんか」

「でもお食事中のところ――」

「かまいません。お願いします」

シュクリンスキーは調書を読みあげた。死因となった損傷に関する専門的記述は、夜警の簡潔な報告と矛盾していなかった。内組織の克明な所見にさしかかったとき、警部はこれも読みましょうかと聞いた。

「何か注目すべきところはありますか」ダゴベルトが聞いた。

「特に何もありません。心臓は正常、肝臓はやや肥大し、顆粒《かりゅう》変性が見られる。軽度の脂肪肝の徴候を呈す――」

「その学生は、アルコールを少したしなみ過ぎているようですね」

「おっしゃるとおりです、ダゴベルトさん。これは遺伝によるものかもしれません。フィラッハの警察署が、家庭の状況に関する調査結果を電報で送付してきました。相当に裕福な家庭の出で、一家は工場を経営しています。父親と、成人して事業を手伝っている二人の息子は、頑健ではありますが、そろってかなりの酒飲みです」

「すばらしい！　上級警部殿、それほど迅速につきとめた手際には賞賛を惜しみません。あなたが頼りになる方ということはわかっていました。すぐに完全な解決のお祝いを申し上げられることは疑いえません」

「それもありえなくはありません。なにしろ手がかりを握っていますから――!」

「ますますけっこう。このまま手をゆるめぬようお願いします」

「ゆるめませんとも。犯人は捕縛されたも同然です」

「すばらしい! だがいまは何も聞きますまい」

「いまの段階では何も話さないほうがいいでしょう。ダゴベルトさん自身もよくご存じのこととは思いますが、成功を保証するものはしばしば口の堅さです。そもそも職務上の機密というものがありまして――」

「むろん知っていますとも。上級警部殿、どうか何もお話しなさいませんよう。ところで被害者の衣服や所持品を拝見できませんか」

シュクリンスキー博士は部屋を出て、要求されたものが入っている大きな紙箱を持ってきた。

ダゴベルトはすべてを丹念に調べ、簡潔に意見を述べた。「服は腕のよい仕立屋による高級品です。シャツについた襟やカフスのボタンはゆるんでいません。洗濯代を節約する気はなかったとみえます。帽子は――ハービヒ製ですから、十グルデンのものです。打撃の痕《あと》が鮮やかについています。とりわけ、この痕跡の入念な保存具合にはたいそう感心しました。上級警部、これだけでも、われわれに事件の全体を語ってくれるはずです。紙入れには百四十クローネの金とその他の雑多なものが入っています。二十三歳でありながら、ポケットに百四十クローネもの金を入れている学生――これは注目に値します。それから色鮮やかな学生組合の記章――するとこの若者は、ヴァンダル学生組合に所属していたのですね。この方面を何か調べましたか、上級警部」

「必要ありません、ダゴベルトさん。つまらぬ調査で時間を空費するわけにはいきません。わたしには確実な手がかりがあります。いったん手がかりを見出したからには、いかなる誘惑もわたしをそこから引き離すことはできません」

「それはすばらしい！　あなたの道をお行きなさい。そうすればまたも栄光を得られることでしょう。――おや、これはなんでしょう」ダゴベルトは遺留品の吟味を続けた。「とっぴなものがありますね。柄付き眼鏡《ロルニヨン》、それも長い柄のついた、すばらしく精巧な金細工です。どうやら婦人用のようですね。いったいどこにあったのです」

「それがですね、ダゴベルトさん」と、リッター・フォン・シュクリンスキー博士は答えた。こみあげる笑いを無理に抑えているようだ。「とっぴなものとあなたが言われたまさにその品が、被害者の所有物と認定されたのですよ。よくごらんなさい。レンズは砕けてしまいましたが、その跡の湾曲したところの上部の中央にE.P.とイニシャルが彫ってあるでしょう。さらに、被害者がこのロルニヨンを愛用していたことは、死体の発見されたときもこのロルニヨンを手にしていたという状況から証明されます」

「まさかあなたは、打撃を受けて死ぬ間際に、犯人を見ようとロルニヨンを使ったなどと言いますまいね？」

「わたしは事実そのものと、現場検証から裏付けられることしか申しません。被害者が発見されたとき、ロルニョンのヴェネツィア鎖が途中でちぎれて右手に巻きついていました」

「上級警部、降参です。あなたにはとうてい敵わないことをいさぎよく認めましょう」

シュクリンスキーはにこやかにお辞儀をし、これらの品はもう箱に戻して持ち帰ってかまわないかと尋ねた。

「どの品も持ち帰ってくださってかまいませんが、帽子とロルニョンは残しておいてください。もちろんあなたの仕事の妨げにならなければの話ですが」

「大丈夫ですとも、ダゴベルトさん。たまたまわたしにとっても好都合です。まさにこの二品だけが、わたしのいらないものですから」――

「さて、どうだろう」シュクリンスキーが部屋を出たあとで、ヴァインリヒ博士が聞いた。

「なかなか難しい事件です。状況を思い浮かべてみると、まず闇のなかで男の死体が発見された。あたり一帯人影はまったくない。犯行現場では手がかりはおざなりにしか捜索されていない。そしてまる一日がたったあとで死体解剖報告書を見せられるというわけです」

「そうとも、ダゴベルト、もっと早くに死体を見てもらえばよかった。だがわたしのせいではない。あいにく出張中だったんだ。いまからでも見てみるかい」

「いまからですか？　解剖学者のメスで切り刻まれた死体など、なんの意味もありません。どうやら難題にぶつかったようです」

「ダゴベルトともあろうものが、そんな弱音を吐くとは」

「わが友よ、それは誤解というものです。弱音など吐くものですか。事実をありのまま見ているにすぎません。思ってもみてください。被害者の持ち物はひととおり調べました。これは軽々しくは扱えません。個々の品はおのおの物語を語り、なんらかの推測を許します。だがたちまち矛盾に突きあたり、困惑して軌道を修正せねばならぬのです。あなたもすぐに気づいたでしょう」

「まったく何も気づかなかった、敬愛する友よ、なぜなら、この件になるべく目を向けないようにしているからだ。故意に遠ざけているとさえいっていい。というのも、いまは別のいくつかの重要な事件に時間をとられているからだ。そのため、不必要に頭を悩ませることは、あえて避けている。たいしたことができるはずもないから、深くかかわるつもりはない。だから素人、おむつの取れない赤子、すなわちシュクリンスキー程度の能力しか持っていない者を相手にしていると思ってくれ。ともかく、わたしが気づいた点は何もない」

「なるほど。わたしの見るところ、もっとも重要な手がかりは帽子のはずです」

「もちろん。すくなくとも帽子にはすばらしく明瞭な痕が残っている」

「まさしく。だがまさにこの帽子が、思っても見なかった謎を投げかけるのです。おまけに奇妙なロルニョン――まったくつじつまが合わない！」

「ダゴベルト、君の言うことが理解できない。さっきも言ったが、わたしはこの事件に関しては、おむつの取れない赤子同然だ」

「帽子――だが即断は禁物です。あの夜に夜警をしていたカエタン・ヴェントレーナーを呼んでもらえませんか」

警察顧問は呼び鈴を鳴らし、こう指示を与えた。夜警をすぐにここによこせ。居所を電話で確認しろ。もし勤務中ならば、すぐに交代させろ。辻馬車をつかまえて、何がなんでも三十分以内にここに来させろと。運よく夜警は署内にいたので、二分後に姿を見せた。彼は警察顧問から、ダゴベルト氏の望むことはなんでもせよと命ぜられた。

「さて何から始めよう、ダゴベルト」

「始めるのは――むろん始めるべきところからです。ヴェントレーナー君、いまからいっしょにわたしの馬車で、犯行現場まで行ってくれないか」――

翌日の午前、ダゴベルトはまた警察顧問のもとに立ち寄った。だが顧問は留守だった。日ごとに世間の不安が強まる紙幣偽造団の件で、またもや出張していたのだった。ようやく二日後の日曜になって、ダゴベルトは彼をつかまえることができた。

「さて」期待に満ちた声でヴァインリヒ博士は言った。「いい知らせはあるかい。あってもらわねば困る」

「ありますとも。やはり思っていたとおりでした。市民の興奮はとどまるところを知りません。新聞はこのセンセーショナルな事件をいいように扱っています。警察の公式発表を切り刻んでコラムに仕立てあげるばかりか、社説にまでとりあげる始末です」

「やれやれ。社説はいずれ出るに違いないとはわかっていた。この事件は世間話の種にまでなってしまって、世論はこの話題で持ちきりだからな。現場検証報告とは違って、社説はいわゆる〈大局的見地〉から〈核心〉を突かねばならない。つまりこんな調子だ。『こんなことがあってよいものであろうか。警察は無能だ。組織は速《すみ》やかな改革を要する』つまり適正と認められるいかなる措置もうんぬんというわけだ。署内じゃ誰もが殺気立って、平静を失っている」

「興奮をさますため、何か手を打たなければなりませんね。さもないといま以上に厄介なことになりかねません」

「どういう手を打つというのだ。犯人はもう捕まっているとか、そういうでたらめを発表するわけにもいくまい。そんなことをすれば事態は悪くなる一方だ」

「そんなことは考えていません。別の提案をしたいのです。だがその前に教えてください、もしかしてシュクリンスキーは何かつきとめていませんか」

「なんというか、シュクリンスキーは平静を保っている唯一の男だ」

「あの人はめったなことでは動じませんから」

「そのとおり。海底の岩のように動ぜず、勝利を確信してにこやかに笑っている。それどころかさっそく犯人をつきとめて、逮捕してしまった」

「なんですって？」

「犯人ばかりか、凶器も見つけた」

「犯人より、凶器のほうを知りたいですね」

「あの男の探偵能力について、わたしがどう考えているか、わかっているだろう」

「盲目の雌鶏《めんどり》もまれに的を当てることがあります——われわれの労力は大いにはぶかれるかも

しれません。奇跡だって起こらないとはかぎりますまい。すると犯人はもうここにいるのですね」

「一時間前に収監された。奴に案内させようか」

「さしあたりは結構です。それより状況を話してください」

「お安い御用だ。シュクリンスキーはエーリッヒ・プフタが住んでいた家の管理人に目をつけた」

「ウィーンの家宅管理人が殺人を犯すことはめったにありません。情報提供者として警察とは仲がいいのがふつうです」

「家宅捜索を行ったら、棍棒《クラブ》が二本見つかった」

「棍棒が二本！　少し多すぎるのではないですか。一本あれば十分です。なんという贅沢！　それで動機はなんだと言うのです。何も盗られてやしないじゃないですか。危険を察知して途中で逃げたとしても、いつでも戻ってきて、財布を抜き取れる。怨恨や復讐でしょうか。『ヴァンダル』学生組合員で——組合員の性《さが》として——大酒飲みの者は、管理人の上得意になっているはずです。夜中に玄関の戸を開けてもらうため、チップをはずまなくてはなりませんから。それに階段を抱えてあげてもらうことだってあるでしょう。こうした親切な手助けには、ふさわしい報酬があってしかるべきだし、実際にもそうなのです」

「そればかりではない。管理人は、立証可能なアリバイを申し立てた、それも信頼できるものをだ。つまりその日一晩中勤務についていて、ちょうど犯行推定時刻に扉を開けてやった住人の名を挙げた。この住人にはまだ訊問していないが、その人が管理人の無実を疑問の余地なく証明するのはまず間違いない。それから、例の棍棒だが――」

「いよいよ棍棒ですか。これは面白くなってきた」

「ここに現物がある」

ヴァインリヒ博士はきれいな包装紙を巻きほどいた。包装紙には有名なスポーツ用品店の名が大きく印刷されていた。なかから出てきたのは二本の手ごろな大きさの棍棒で、体操用として年齢を問わず愛用されているものだった。管理人の供述によれば、殺人があった日の前夜、プフタに頼まれてスポーツ用品店から買ってきたものだが、そのまま手渡す機会がなかったということだった。シュクリンスキー博士はいまのところ、この棍棒のうちのどちらかが、被害者を死にいたらしめたと考えている、とヴァインリヒは説明した。

ダゴベルトは二本の棍棒を手早く調べると、満足そうに微笑んだ。

「管理人は犯人ではありません。この言葉を信用して、論証を待たずに彼を即刻釈放するよう指示していただけないでしょうか。しかし、もしわたしが信用できなければ、これから言うことを聞いてください」

「待ってくれ、ダゴベルト。釈放の指示はもう出してある。この机で指示書に署名した。シュクリンスキーにも伝えて、こう言って納得させた。あの男は泳がせておいて、それとなく入念に見張っておいたほうが捜査に都合がいい。そうすれば共犯者も逮捕できるかもしれないとね。その前に、アリバイの立証に持ち出された証人を訊問しなくてはならない。それは、今日中に行われる予定だ。さて今度は君の論証の番だ」

「では聞いてください。まず包装紙からいきましょう。いま開いて棍棒を取り出し、また包んだのにもかかわらず、きれいで皺《しわ》もほとんどありません。シュクリンスキーが押収するより前に、犯人が包装を開け、また包みなおしたとは思えません。それから、さきほど言ったように、二本の棍棒です。そもそも人を殺そうとするものが、ケルントナー通りの高級店で棍棒など買うものでしょうか。きっと他のもので間に合わせます。そもそも、こういった最新流行の高級練習用棍棒の存在を知っているのは、軽体操の愛好家、つまりスポーツマンだけです。それになぜ二本もあるのでしょう。それとも犯人は、棍棒一本だけでは、すぐ使い物にならなくなってしまうほどの大量殺人を企てているとでも言うのでしょうか」

「なるほどもっともだ」微笑みながらヴァインリヒが答えた。「だがそれでも、棍棒はたまたま手に入ったと考えることはできないか——調書にあるように、プフタが棍棒を注文したのは事実だ——管理人がそれに乗じて、その一つを、すくなくとも一つの犯罪的用途に使用した可能性もあるのではないか」

「なるほど。これまでの発言は、単についでに述べたにすぎません。これから肝心なところに移りましょう。それはわたしにとってはこの謎の最も難解な部分を形作っています。順序だてて語らせてください。この前、夜警のヴェントレーナーといっしょにここを出て、犯行現場まで案内してもらいました——手がかりを見つけようとするにはすこしばかり遅すぎましたが。僥倖《ぎょうこう》などは願いませんでしたし、事実、内心見つかったらいいと思っていたものは何もありませんでした。しかしそれはあとで話すとして、わたしがしめしめと思ったことには、問題の場所に土塊《つちくれ》が顔を覗かせていたのです。地面は犯行時には凍っていて、それは現場に着いたときも変わりありませんでした。この小袋に入っているのがその土塊です。ためしに指ですりつぶして、その一部を自分の帽子に撒いてみましょう。こうすると同じように黒い下地が背景になります。これはわたしの懐中拡大鏡です。倍率は六十倍ほどですが、とても鮮やかに見えます」

二人はまず、被害者の帽子にある痕跡を調査し、ダゴベルトの帽子のものと比べた。それからダゴベルトは続けた。「ほら、特徴はまったく同じでしょう。土、砂、埃、それにわずかな石英の結晶まで、完全に一致しています。

でもこれでもって、わざわざ証明するまでもないことを証明しようとしているのだと思われては困ります。つまり死体が発見された場所で殺人があったということです。あそこは犯行にうってつけの場所だし、都会の真ん中でよそから死体をひきずってくる人もいないでしょう。そもそも犯人にそんなことができたならば、その絶好の機会を利用して、一切の証拠を残さずに逃げたに違いありません」

「それは明らかだ」

「重要なのはもっと別のことです。プフタの帽子の痕跡は、目立って土や砂などにまみれています」

「そのとおりだ」

「棍棒が使われた場合、帽子にこのような痕跡が残っているからには、棍棒自身も土や砂などで汚れてなければなりません。では棍棒を見てみましょう。完全な新品で、ほんのわずかな汚れもありません。ていねいに洗ったのでしょうか。それはありえません。棍棒は薄くラッカーが塗られています。完璧なつやを保っています。水で洗われたのならば、すくなくとも部分的には曇《くも》りができるでしょう。そして決定的なことは、ラッカーの塗装のどこを見ても、引っ掻き傷もこすり傷もない。棍棒が二本とも完全な新品である以上、痕を残さざるを得ない殺人に使われたはずはありません」

「その証明は完全に成功している、ダゴベルト。もっともあまり真相が近くなったという感じもしないが」

「話はまだ続きます。まずは管理人と棍棒を推理から排除したかっただけなのです。かくて謎はますます難解になりました。さらなる実験にお誘いしましょう。ここにわたしのしっかりしたフェルト帽があります。わざわざ実験のために持ってきたものです。プフタのものと正確に同じ品です。これを机の上において棍棒でなぐります。ほら！　痕を見てください。楕円形をしてますね。それ以外にはなりえません。つぎにどうかプフタの帽子の痕跡を見てください。ずっと大きくて真ん丸です。といっても棍棒説の反駁《はんばく》のために持ち出したわけではありません。それはすでにしりぞけられていますから。難点は、人を死に至らしめるほどの打撃力をもつ『鈍器』を想像することにあります」

「もっともだ、ダゴベルト。もしわたしがこの事件を調査したり推理したりすることを、故意に辞退していなければ、自分でこの難問に立ち向かわねばならないところだった」

「丸太などであるわけはないし、棍棒でもありません。鉈《なた》の裏側でもなさそうです。鉈ならば痕が四角になるはずですから。丸い痕もつかないとはいえませんが――でもこんなに大きな背をもつ鉈は見たことがありません。同じ理由で、ハンマーなどではなおさらありえません。もっとも木製ハンマーならこれほど大きなものもあるかもしれませんが、もしかしたら、もっと他の、この痕くらいに大きくて丸みをおびた面を持つ『鈍器』かもしれません。ただそこで疑問が生じます。そんな凶器で、丈夫な頭蓋骨を持つ頑健な男を一撃で即死に至らしめられるでしょうか」

「そうなんだ、ダゴベルト。司法手続き上必要とされる『使用された凶器』をまだわれわれは見つけられないでいる」

「もうひとつの状況にも注意すべきです。帽子に残った痕を見るかぎり、凶器の丸みをおびた面は幾重にも土や砂で覆われていたに違いありません。ここに一番大きな謎があります。犯行時は地面が凍っていて、その状態では、土は湿っているときのような粘《ねば》つきを持ちません。そしてその凶器をどんなに激しく地面に転がしたとしても、こんな多量の土の痕を残すことはできません」

「そこまでは考えなかった、だが完全に納得できる説明だ」

「さっぱり理解できないことがわかってもらえますか。いくつか疑問点を挙げましたが、それは一歩歩むために上げた足を下ろしたにすぎません。すなわち、一歩目から先へ進んではいないのです、お恥ずかしいことです」

「だが最初の一歩が何より大切だ。十歩進んでも、方向が違っていたらなんにもならない」

「われらの友シュクリンスキーのようにですね。いまここにあるような痕を残せる凶器といえば、ただひとつしか思い浮かびません。だがそれが使われなかったことは明らかなのです」

「その凶器とはなんなんだ、ダゴベルト」

「『撞槌《ドモアゼル》』です、警察顧問どの」

「知らないな」

「大きな擂粉木《すりこぎ》みたいな形をしたもので、左右に取っ手がついています。道路の舗装夫が、重い花崗岩の切り石を嵌《は》め込むときに使うものです。丸っこい表面は合致しているし、これなら打撲痕に土や砂がいっぱいについていることも十分に説明できます。

おや、疑わしそうな顔をしていますね。さっきも言いましたが、わたしだって、そんなはずはないと考えています。犯行に必要な状況を思い浮かべてみましょう。打撃は上から垂直に受けています。だから犯人は、室内画家が用いるような二重梯子を用意していなければなりません。犯人はゼンゼン小路に梯子を据えつけて、『撞槌《ドモアゼル》』を持って上ります。それから犠牲者に場所を指定して、しばらくそこを動かないでくれとお願いしてから、おもむろに頭蓋骨を砕くというわけです。少々回りくどすぎるし、おまけにいささか現実ばなれしています」

「だから捜査は始めから一歩しか進んでいないというわけか。だがダゴベルト、これからどうしたらいいだろう。何か手は打たねばならない。世間があまりにもうるさくなっている」

「こうしたらどうでしょう。われわれはまだ何もつきとめていませんし、これからもずっと何もつきとめられないかもしれません。もちろん希望はまだ捨ててはいませんが、わたしの見るところ、この事件は難しく、解決にはかなりの日数を要するかもしれません。そもそも謀殺か故殺（謀殺は計画的殺人、故殺はそうでない殺人。オーストリア刑法では前者のほうが刑が重い）かもわかっていないのです。わたしは故殺のような気がしていますが。

それから別の可能性も考えられます。プフタは事故にあったのかもしれません。あるいは自殺かもしれません」

「その二つは除外できるんじゃないか、ダゴベルト」

「わたしもそう思います。しかしあらゆる可能性を考えてみるべきです。事故だとすると、たとえば四階か五階から植木鉢が頭のうえに落ちてきたのでしょうか。それならば打撲の痕は説明できないこともありません。

何か言いたそうな顔をしていますね。そうですとも、あのあたりに人家はありません。頭蓋を骨折したまま歩き続けられるはずもありません。即死してその場に倒れたはずです。それに現場から植木鉢の破片や培養土も発見されませんでした」

「培養土なら帽子や衣服からも発見されていいはずだ」

「もちろんです。だからこの仮定は完全に捨てました。では事故の可能性はどうでしょう。われわれがすでに知るところによれば、あの男は酔っていました。だから転んだひょうしに頭を打って、死にいたる重傷を負ったとも考えられます——あなたの反論はもうわかっています。

これは問題外です。軽業師でもないかぎり、頭からまっ逆さまに転ぶなんてありえませんから。この思いつきも捨てましょう。

でもまだ二つの可能性があります。一つは事故、もう一つは自殺です。あの男はなんらかの方法で、高い塀によじ登って、そこから誤って落ちたか――この場合は事故になります――あるいは、ほろ酔い気分のまま、頭から落ちて自殺を図ったか」

「すくなくともある程度はもっともらしい説じゃないか」

「とても真相とは思えませんが、とめどなく騒ぐ世間は、これで鎮《しず》められましょう。こんな公式表明をしてはどうでしょう。『これまでの捜査の結果、なんらかの犯罪が行われた可能性は非常に少ない。あらゆる見地からみて、被害者は不慮の事故の犠牲になったと考えられる』つまり不幸にも頭から落ちてそのまま死にいたったというわけです。請けあってもいいですが、世間はすぐに静かになるでしょう」

「悪くないアイデアだ。なにしろ世間が神経過敏になって、四方八方から攻撃が来ているようでは、おちおち捜査もできない」

「そうでしょう。わたしの案で損なわれるものはありません。たとえ迷宮入りになったとしても、事件は自然に人の記憶から消えていくでしょう。真相が判明した場合でも、そのために警察の功績が小さくなるということもありません。捜査を続けていくためには、まずは世間の注目をこの事件からそらさなくてはなりません」

「君の助力のおかげで、ダゴベルト、わたしも望みが持てるというものだ」

「人はできることをやるまでです」

＊　　＊　　＊

それから八か月が過ぎた十月二十日のこと、ヴァインリヒ警察顧問はヴィオレット・グルムバッハから招待状を受け取った。来たる十月二十三日午後六時、晩餐《ばんさん》に招待いたしたくお出でを乞うというのだ。ダゴベルトの計らいだった。主人役の夫婦、ヴァインリヒ博士、そしてダゴベルトが食卓を囲んだ。

一同はこの集会になんらかの意図があることに感づいてはいたが、召使が給仕をする場では、けして本題には入らないというダゴベルトの習慣を承知していた。かくて一同はもっぱらすばらしい料理を味わい、会話はあたりさわりのない世間話に終始した。食後のシュヴァルツァーが、誰にも邪魔されることのない喫煙室で供されてはじめて、ヴィオレット夫人はもちまえの好奇心とせっかちをあらわにした。

「ほら、ダゴベルト、お話しなさいな。何か言いたいことがあるんでしょう？」

「ええもちろん。今日は約束を果たしに来たのです。もっとも奥様自身はとうの昔にお忘れになっているかもしれませんが。八か月前の約束です」

「覚えてないわ」

「二月二十三日のことです。呼び出しを受けて、いきなり席を外したことがありましたでしょう」

「ええ、あのときはほんとうに残念だった」

「そのときあなたは約束を迫りました。いつか話してくれるようにと――」

「あれ以来、面白い話をたくさんしてくださったじゃないの。だから、あの約束はどうでもよくなっていたの」

「それでも奥様、これからする話にはきっと目を見張られることでしょう」

「どうして?」

「いまにわかります」

「ああ、なんとか思い出してきたわ、それもかなりはっきり。あのときは、若い医学生が殺されたのでしょう。でもそのあと、実は事故だということになったから、それ以上気にすることもなかった」

「その事件のことなのです。われわれの共通の友、ヴァインリヒ博士に報告をしなくてはいけません。だから同じ話を二度せずにすむよう、博士にもここにお出ましを願ったわけです。わたしの報告は純粋に私的かつ個人的な性格のものですが、だからといって警察顧問が、職権上自己の義務とみなす行動を起こすことを妨げはしません」

「ほんとうに謎が解けたのか、ダゴベルト」驚きの表情もあらわに、警察顧問が聞いた。

「完全に解けました。当初知られていた事実といえば、頭蓋骨を砕かれたエーリッヒ・プフタの死体が発見されたこと、われらの友シュクリンスキーがすぐさま筋違いの捜査を始めたこと、それから世間がとんでもなく騒いだこと、これだけです。死亡が単なる事故で殺人ではないことが推測されるに及んで、騒ぎがようやく収まりました。ところが、実は事故ではなかったのです」

「やはり殺人だったのね」

「もうすこしご辛抱ください、奥様。わたしは死体が身につけていたものを詳しく調べ、二つのものから調査をはじめることにしました。まず、記章から、プフタは『ヴァンダル』組合に加入していることがわかりました。わたしはもと『アレマン』組合に所属していましたから、『ヴァンダル』に連絡するのは簡単でしたし、さらに、亡くなった組合員を追悼して催された酒宴《ザラマンダー》にも招待されたのです。

その席で聞いたのですが、あの問題の夜に、盛大な飲み会があって、プフタは飲み仲間のロベルト・ゲルマン、通称モッピといっしょに帰路についたのでした。ゲルマンのぼんやりした記憶によると、プフタとはゼンゼン小路で別れたとのことでした。というのも、いまは思い出せない何かの理由で、もうこれ以上歩くのはごめんだとプフタが言い出したのだそうです。時間を計算してみると、事件は二人が別れてから何分もたたぬうちに起こったはずです。しかしここで糸は切れて、それ以上たぐることはできませんでした。

そこでこの線をこれ以上追うことはやめて、別方向から攻めてみることにしました。プフタの持ち物のなかに、珍しい形をした豪華な金縁のロルニョンがありました。そこには彼のイニシャルE.P.が彫り付けてありましたが、これをプフタ自身のものと決めつけるには、どうにも違和感がありました。柄が長く、ロココ風の装飾がほどこされたそれは、疑いなく婦人用のものでしたから――」

「ダゴベルト！」驚いてヴィオレット夫人が声をあげた。「それってもしかして――」

「まさしくそうなのです。でも奥様、落ち着いてください。驚くのはまだ早すぎます。『ヴァンダル』組合員ともあろうものが、こんなものを持ち歩くのは滑稽の感を免《まぬが》れません。他の持ち物はすべて『ヴァンダル』にふさわしいものでしたのに。

考える手がかりとして二つの事実がありました。第一に、ロルニョンはプフタのポケットから見つかったわけではありません。その細い金鎖がプフタの手に巻き付いていたのです。第二に、他のプフタの持ち物は、あらゆるものが、アルコールと煙草の混じった酒場特有の臭いを放っていました。ところが、ロルニョンからは、ほとんど気づかないほどですが、白檀《びゃくだん》の香りがしていたのです。むかし、ささやかながら、いろいろな香水のあいだを渡り歩いたことがありましたもので、間違いなく白檀とわかりました。

なぜプフタは、こんなロルニョンを持っていたのでしょう。学友に聞いても、こんなものは見たことがないと言うのです。そこでこう考えざるをえませんでした。何か争いごとがあって、その結果プフタは命を落としたのではないか。その争いの場にひとりの婦人が居合わせ、勢いのあまり、おそらくは無意識のうちに、プフタはロルニョンをもぎとったのではないかと。かくて事件はますます謎めいてきました。

次にロルニョンを高名な宮廷宝石商フリーディンガーの店に持ち込み、鑑定を依頼しました。宝石商は慣れた手つきで検《しら》べて、このすばらしい細工はパリの製品で、八百クローネ以下ではとうてい買えまいと言いました。

それではこの品はウィーンの宝石店でも売っているだろうか、もしそうならどこで買ったのだろう、とさらに聞きますと、こういう品は宝石店ではめったに取り扱わない、むしろ眼鏡屋ではないか、とのことでした。ただ眼鏡屋が売るには高価すぎる品だが、と答えながら宝石商は、何か月か前に、コールマルクト五八番地の二階に〈オプタルミオン〉という、上流人士向けの眼鏡屋が店を開いたのを思い出しました。豪勢なインテリアの店で、お客は一人ずつ小部屋に案内され、専属の眼科医によって無料の検査を受けられるということでした。そして必要なレンズの度数が専門家の手で決定されるのです。このロルニョンはその店の品かもしれない、と宝石商は言いました。

そこでその〈オプタルミオン〉に行くと、たちまち店員が眼科医に引き合わせようとしました。目は悪くないからと言って断り、こう説明しました。親しい女性に美しいロルニョンを贈りたい、だがレンズの度のことは後回しにしてもらいたい、まずはいきなりプレゼントをして驚かせてやりたいのだ、と。

すると百クローネ、二百クローネ、あるいは三百クローネと、いくつも見本を見せられました。じれったくなってきて、もっと高価なものでもいい、ただ美しいものでないと困る、と言ってやりました。商売熱心な店員は、より高価なものを取り出して見せてくれましたが、そのなかに二つ、持ってきたロルニョンとまさに同じ見本がありました。

そこでようやくこう言ったのです。

『こいつは気に入った。いくらだい』

店員は滔々《とうとう》とその品を説明したあげく、七百八十クローネでございますと答えました。

『よかろう。二つのうちどちらかを買ってもいい。だがその前に質問させてもらえないか。この型の品はいままでにいくつも売れているかい』

『ただ一つだけでございます、お客さま』店員は如才なく答えました。『これはどこにでもある品ではございません。わたくしどもも手を尽くして、ようやく三品だけパリから取り寄せたのでございます』

『誰がそれを買ったか、教えてもらえないだろうか。このロルニョンを、ある女性に贈りたい。だからどういう方が同じ品を持つのか、無関心ではいられないのだ』

『そうでございましょうとも。しかしご心配は無用でございます。わたくしどものお得意さまは、一流の方ばかりでございますから』

『それでも念には念を入れたい。だからそれを購入の条件にしたい』

『幸いわたくしどものところには正確な情報がございます。その品はほんの二、三日まえに戻ってきたのでございます。若干修理せねばならぬところがありましたから』

『ますますけっこう。それで？』

『プランク男爵にお買い上げいただきました。いかがでしょう。申し分のないお客さまではありませんか』

『父君のほうかい、それともご子息か』

『閣下ご自身ではございません。ご子息でございます』

『なるほど。しかしあの方は結婚されていなかったはずだ。ちなみに造兵廠長官《ぞうへいしょう》の閣下のほうは奥様を亡くされている。そのロルニョンは誰の手に渡ったのか、教えてもらえないだろうか。非の打ちどころのない青年男爵が、非の打ちどころのないとは言いかねるご婦人と、たまたま友誼《ゆうぎ》を結ぶことだってありえるからな』

店員はすこしためらったあと、そのロルニョンは男爵がある婦人のため購入したのだと白状しました。

『君、わたしには念には念を入れる必要があるのだ。なんとかしてその女性の名を突きとめられないか』

店員は帳簿を調べましたが、ただ請求書が男爵宛に送付され、代金が支払い済みなことが確認できただけでした。それでも落胆することなく、さらに聞いてみました。『まだ何かわかることはないだろうか。この店の仕事はとても良心的で専門的だ。ロルニョンは、最終的にはレンズをはめないかぎり役に立たない。そのご婦人は視力検査に来たのではないかな』

『そのとおりでございます。この帳簿によれば、品物は去年の十二月二十二日にお買い上げいただきました。きっとクリスマスプレゼントでございましょう。もしわたくしどもの診察室に来ていただければ――』

診察室の医師は日録を調べました。記録によると、医師が十二月二十二日に診療した人は、フォン・コーンハイム夫人、宮中顧問官フォン・シュトックハマー、商業顧問官ハインリヒ・

ヴィーフィンガー、ミス・エルシー・ポンディチェリー――。

そこで『待った！』と店員が叫びました。『その方です。いまはっきり思い出しました。その方が男爵に連れられていらっしゃったのでございます』

店員がそう言う前に、わたしは正しい名に行きあたったことに気づいていました。イニシャルがE. P. に一致していたからです。そこで、『そのご婦人は若いのかね』と聞いてみました。『ええ』と店員が言い、医師も同意するようにうなずきました。『さらにつけくわえれば、たいそう美しい方でございました。あの方より美しい女性は見たことがございません。もちろん、お客さまに信じていただきたいというつもりはありません。ええ、けしてございませんとも。人にはそれぞれ見方がございます。それにしてもあの方は、まさに淑女《レディ》の模範のような方でした』

医師がふたたび同意するようにうなずきました。

『それではどのみち問題はない。この品を買おう。レンズはといえば――これは驚かせるための贈り物で、レンズならあとで交換もできようから――ミス・エルシー・ポンディチェリーのロルニョンと同じレンズを入れてもらえればいい』

こうして支払いをすませ店を出たのですが、何を思って高価なロルニョンを買ったのか、われながら不可解でした。たしかにそのときまでロココ様式の金のロルニョンの跡を懸命に追っていたのは事実でしたが、そのために買ったのでないことは明らかでした。しかし後悔はしませんでした。なんらかの有力な手がかりになるかもしれませんし、何かの役に立ってくれるかもしれません。たとえ役に立たなかったとしても、わが犯罪貴重品コレクションの興味深い一品にはなるでしょうし、事件が解決できなかった場合には、気のきいた記念品にもなりましょう。

歩きながらさらに考えました。プランク家の名は——名前だけですが——知っていました。父親のほうのオトマー・フォン・プランク男爵閣下は、造兵廠長官、現職の帝国枢密《すうみつ》顧問官、世襲貴族院議員であり、騎士道精神をそなえた古きよき軍人の鑑《かがみ》です。ここで利用できそうなことを思い出しました。フォン・プランク閣下は中央銀行に巨額の預金をしています。わが友グルムバッハのおかげで、わたしはこの銀行の取締役になっています。ですからいざというときには自然に男爵と近づきになれるでしょう。

息子のほうの男爵アルブレヒト・フォン・プランクは何年間か龍騎兵を務めたのち退役しました。いまは特に職を持たず、スポーツマンとして活動しています。特にいわゆる重競技（レスリングや重量挙げなどの競技の総称）の後援者として知られ、ボクシングやレスリングの選手の崇拝の的です。彼自身も練習をかかさず、催しがあれば会長を務め、適宜《てきぎ》スポーツマンの名誉となる賞を出すよう配慮しています。

さて、かくいうわたしも、重競技の後援者のひとりたる栄を担っています。ですからスポーツ上重要な理念か何かを語り合うという口実で、訪問しようと思えばできないこともありません。すこし思案したあと、レンヴェークにあるプランク邸へ向かいました。ところが門番の話を聞いて、がっかりしてしまいました。父と子は二人そろって、インドに虎狩りに出かけたというのです。

いつ出発したか聞くと、二月二十三日の午前九時ということでした。旅行はいきなり決められ、こまごました準備は何もされなかったそうです。これは見過ごせない事実です。夜の二時に故殺なり謀殺なりがあって、それに息子のほうのプランクは、ほんの些細《ささい》なつながりかもしれませんが、とにかくなんらかの関わりを持っている可能性があります。その男爵が何時間もたたぬうちにあわただしく出発したというのですよ。もはや逃亡といえるのではないでしょうか。おまけに父親もいっしょとは！

謎が深まるにつれ、それを解こうとする熱意も大きくなってきました。さてそれから、警察本部に行きました。住民登録課でミス・エルシー・ポンディチェリーの身上書を閲覧するためです。ほどなく次の情報が得られました。ミストレス・メイベル・ポンディチェリー、語学教師、ブライトン出身、五十六歳。娘エルシー、二十四歳、オペルン小路二番地五階。

わたしはすぐさま、自分の英語に磨きをかけることにしました。すでに流暢《りゅうちょう》に話せはしますが、完璧すぎて困るということはありません。そこでその住所に馬車で乗りつけ、階段を五階までのぼりました。若い淑女がドアを開けてくれました。眼鏡屋の熱狂的な賛辞は誇張ではありませんでした。実際、美しく高貴な正真正銘の淑女《レディ》だったのです。これまではもっぱらウィーン贔屓《びいき》でしたが、イギリス女性も本物の美女となると、失礼ながらいさぎよく脱帽し、一目置かざるをえません」

「いまはだめ、ダゴベルト」ヴィオレット夫人が懇願した。「そんな話、いつだってできるわ。

それからどうなったの。早く先を聞かせて」

「遺憾ながら認めざるをえませんが、わが審美観の開陳はとかく敬遠されがちとみえます。これには深く傷ついていると申しておくだけにして、いまは先に進みましょう。その前にもう一言二言お許しください。姿かたちは見目麗しく、あれほどまでに輝かしい金髪はついぞ見たことがありません。そしてそのまなざし、まなざしときたら――」

「ダゴベルト!」

「もうやめます。ということでポンディチェリー夫人に面会を求めました。英会話をもうすこし洗練させたいと考えていたところ、ある人にこちらを推薦されましたと言ってみたのです。ところが令嬢は目に涙を浮かべて、母は病気、それも心臓病なのだと言うではありませんか。おまけに近ごろは興奮すると病状が目立って悪くなるため、彼女自身が、すくなくとも当分のあいだは、母親に代わってレッスンをしているそうなのです。母ほど有能でないし経験もありませんがと謙遜しつつ、会話の練習には差し支えないと思いますと彼女は答えました。

わたしはこれを聞いて、酷薄なことに、母親の病気を非常に悲しみはしませんでした。そして一日一時間のレッスンを取り決めたのです。

英会話は調子よくはじまりました。早まってだいなしになるといけませんから、いきなり聞き込みをするのは控えました。そしてまずは惜しみない忠誠によって信頼をかちえるべく努めました。忠誠心を奮い起こすことは簡単でした。というのも、ミス・エルシーはわが崇拝と心からの共感をたちまちにして獲得したのですから。何か言いたそうですね、奥様――しかし男とはそういうものなのです。ことに感銘を与えたのは、彼女のまわりに漂う、かすかな悲しみの気配でした。はじめて会ったとき気づいた、この胸を打つ悲哀の雰囲気は、その後レッスンを重ねるたび、ますます明瞭になってきました。ミス・エルシーは愚痴をこぼすこともなく、自分のことは何も喋りませんでしたが、心理学者ならずとも、何か最近の痛ましい体験がヴェールのように覆いかぶさり、若い心を翳《かげ》らせていることはわかりました。

こちらにはもともと、とても有利なことがありました。レッスンのとき、会話を意図的に誘導できるのです。彼女は不審がりもしませんでした。そこで自分からはけして言い出しそうにもないことも、察知することができました。ほどなく、ふとした機会から母親とも話をするようになりました。この病気の婦人は、夜も昼も彼女の部屋で安楽椅子に座っているのです。もはや横にさえなれなかったのでした。しばしばわたしは彼女の傍《かたわ》らに座って話し相手になりました。彼女は話し好きで、病状がましなときは、自ら進んで、自分と娘のこれまでの、いわば伝記を話してくれるのでした。もっともわたしが特に興味を持つ例の事件が話題に上ることはありませんでした。

彼女のご主人はイギリスで大きな輸出会社を経営していて、ずっと裕福に暮らしていたそうです。しかし事業の破綻と時を同じくして夫が亡くなり、彼女はすっかり貧しくなってしまいました。以前の社会では生活ができず、娘といっしょに、大陸で英会話を教えて暮らしていくことになりました。

ミス・エルシーは、ときたまわたしを母堂と二人だけにしました。来客があったときや、何かの家事をやらねばならぬときとかです。そのような機会はできるだけ活用することにしました。ミセス・メイベルは、娘の話題となると、喜んで話してくれました。そこでわたしは彼女のことや、ミス・エルシーの悩みの原因や、そして彼女自身の病気がどんなに重くなっているかを知ったのです。彼女の話によれば、りっぱで気品のある良家の青年がエルシーに求婚したということでした。エルシーは彼を愛していたので、承諾しました。婚礼に向けた準備がすべて整ったある日、青天の霹靂《へきれき》のように、短い走り書きの手紙が来て――婚約破棄を知らせてきたそうなのです。

『なんの説明もなかったのですか』とわたしは聞いてみました。

『つじつまがあわず、わけのわからない説明しかありませんでしたの。良心の命ずるところに従うと手紙には書いてありました。それ以来、わたしたちはその方には、二度とお会いしておりません』

『その手紙がいつ来たか、覚えておられますか』

『忘れようたって忘れられません。二月二十三日でした』

またもや二月二十三日とは！　よもや偶然ではありますまいが、なぜ同じ日なのか、あいかわらずさっぱりわかりません。そこで今度はあえて正面から攻撃することにしました。その次の日のレッスンで、なにげなくミス・エルシーに、ついさっき買った、きれいなものを見せてあげましょうと言ってみました。しゃれたケースを見て、彼女はすぐに好奇心を起こしました。そこでこの前買ったロルニョンを見せたのです。かわいそうなことに、彼女は真っ青になり、目に涙を浮かべました。そして急いで手を伸ばすと、真剣な目でイニシャルはないかと探していました。それからロルニョンをわたしに返すと、涙をこらえながら言いました。

『わたしも似たものを持っていました』

『いまはないのですか、ミス・エルシー?』

『失くしてしまったのです』

『悲しいことを思い出させてしまったようですね』

『あなたのせいではありませんわ、ミスター・ダゴベルト』

わたしは自分が恥ずかしくなりましたが、それでも会話を続けました。『大事な思い出の品だったのでしょうか』

『ええ、大事な記念の品でした。でも失くなってしまいました』

『すると、愛する人からの贈り物なのですか』

『ええ、ミスター・ダゴベルト、愛《いと》しい人からいただいたものです。でもいまはありませんし、すべては過去のものとなってしまいました』

これ以上彼女の心を詮索するのはやめにしました。それから何日かあとに、わたしたちに深い衝撃を与えるできごとがあったのです。いつものように時間どおりに行くと、ミス・エルシーが目に涙を浮かべて現れました。彼女の顔は蒼白で、その白さをいっそう引き立てていたのは——彼女が着ていた喪服でした。

その朝、彼女の母は目を覚まさなかったのでした。病状の進んでいた母親は苦しみもせずに、発条《ぜんまい》が伸びきって止まった時計のように、穏やかに永遠の眠りについたのでした。

エルシーは精一杯の努力をしてわたしと平静に応対しようとしているようでしたが、最後まで悲痛に打ち克つことはできませんでした。椅子に沈み込み、顔を手でおおい、しゃくりあげる、そのあまりにも苦しげでつらそうな様子を見ていますと、心優しい性格とは言いかねるわたしも、彼女の頭に手をやり、声をたてずにともに泣かざるをえませんでした。

彼女に話しかけ慰めようとしましたが、このような状況では筋道立った言葉が出ようはずもありませんし、どんな言葉も無益でしょう。わたしは気をとりなおし、いまは言葉よりも行動が先だと思い、すぐさま必要な措置にとりかかりました。エルシーはたいへん打ちひしがれてはいましたが、葬式に必要なものを調えるため、いっしょに連れていかざるをえませんでした。それから埋葬と花輪の手配をしました。

埋葬はおごそかに行われました。エルシーはわが腕に支えられ、墓地のなかを、墓口の開いているところまで歩みました。彼女が世界で一番大切にしていた人を、いまこの地面が包み込むのでした。すべてが終わったあと、わたしは彼女を連れて、寂しくなった家に戻りました。わたしはできるだけ親身になって話しかけ、とりわけ、この先何があろうと、わたしを忠実な友にして保護者として頼りにしていいことを確信させようと努めました。そして何日かあとになって、ともかくも重要な問題を話し合うことができました。すなわち今後どう生計を立てていこうと考えているかということです。

『ミスター・ダゴベルト、このまま英語の授業を続けていくほか、どうしようもありませんわ』

『そうとばかりはかぎりません。ミス・エルシー、どうかお聞きください。この件をよく考えてみて、ひとつの解決策を見つけたのです。ただ、あなたに賛成していただけるかどうかが問題です。上流社会のある婦人にあなたのことを話したところ、話し相手《コンパニオン》として、あなたを引き取りたいというのです』

『話し相手に――わたしのようなものを？』

『その方はあなたの不幸を知っています。あなたの身の上に同情して、一も二もなくわたしに同意してくださったのです。その方の優しい心はわたしも十分承知しています。あなたはきっと大切にしてもらえるでしょう。くりかえしますが、それはウィーンでも一流の家に数えられるところです』」

「ダゴベルト、あなたってほんとうに驚いた人ね」ヴィオレット夫人が話をさえぎった。「もちろんわたしは賛成しましたし、それを後悔したことはないわ。でもなんらかのかたちで殺人の訴訟に巻き込まれるかもしれないなんて、一言もほのめかしさえしなかったじゃないの」

「あなたを不安にさせるまでもないと思ったのです、奥様。ミス・エルシーが殺人犯などではないことは、その時点でもはっきりとしていましたから」

「あの子は天使よ。もしずっと家にいてもらえたならば、どんなにか幸せだったことでしょうに。でも時を違《たが》えず何もかも説明するのは、あなたの義務だったはずよ」

「わが義務は、不注意から生ずるあらゆる事態を未然にふせぐことです」

「それを議論するのはいまはよしとくわ。さっさと続きをお話しなさい！」

「ミス・エルシーがあなたの家に移って半年ほどたち、彼女に血色と人生に立ち向かう力が戻ってきたころ、わたしが捜査を引き受けたあの事件は、世間から忘れ去られていました。しかし、プランク親子の消息は不明のままであったわけではありません。フォン・プランク閣下が中央銀行に預金していたことはさきほどお話ししました。その後ときおり送金指示が、ボンベイから、ヨコハマから、あるいはサン・フランシスコからやってくるのです。

わたしはそれを書きとめておいたのですが、そこから親子の旅行のルートがつきとめられました。事実父子は世界一周旅行をしていたのでした。とりわけ日本や清国ではかなりの豪遊をしたに違いありません。二人への送金額はそうとうな額にのぼっていましたから。最後の指示はヴェネツィアからで、若男爵あてに金を送るようにとのことでした。同じころ、閣下が長旅から帰還し、兵役を志願した旨の報道が新聞でなされました。

わたしはむしょうにヴェネツィアに行きたくなりました。そこで次の急行に乗って自ら金を届けることにしました。銀行も郵便料金を節約できるというものです。あらかじめ電報で知らせておきましたので、若男爵は指定した時刻に、そのとき宿泊していたパラッツォ・グラッシで待っていました。

男爵の顔は以前から知っていましたが、ほとんど変わってはいませんでした。ただ日に焼けて褐色になり、立ち振る舞いは以前ほど軽佻《けいちょう》でも陽気でもなくなっています。その他の点では長身で筋肉質の体、剛《こわ》い短髪、褐色の髭《ひげ》を長方形に刈った立派な人物でした。

まずは送金の事務手続きをすませたあと、わたしが現金書留運搬人となったのは、急いであなたと折り入って二人だけで話すための口実にすぎないと白状し、本題に入りました。

『わたしでお役に立つことならなんなりと』男爵は愛想よい口調で言ってくれました。

『失礼ですが男爵、わたしの名をご存じでしょうか――』

『承知しておりますとも』微笑んで男爵は言いました。『ご高名はつねづねうかがっています』

『信頼できる人物としてご存じかをお聞きしたいのです』

『ええ、信頼に値する人物としてあなたのことは存じています』

『それでは、これからわたしは腹を割って話しますので、あなたもわたしを信頼していただきたいのです、さもないと、この会合はなんの意味もなくなります。これからお話ししようとすることは、たいへん微妙で、しかも私的なものです。そしてわたしが〈私的〉と言ったからには、われわれの会話については、あなたの許しがないかぎり、ただの一言も漏らさないことを保証します』

『どうぞお続けください』

『ここで予審判事を気取るつもりはありません。つまり、あなたが発言を望まれないことを、策略を用いて、無理やり吐き出させるような真似はいたしません。わたしが知っていること、いくつかの事柄を組み合わせて知ったと信じたことを包み隠さずお話しします。そのうえで、わたしの見解の正当性を認めるか否かはあなたに委《ゆだ》ねることにします。

それにもかかわらずあなたの信頼をお願いしましたが、それはわたしの自己愛がなせるわざでもあります。つまり、難しい謎をおおよそ解くことができた勝利を嚙みしめたいと思ったのです。もっとも、芸術家としての野心はあえて否定いたしません。しかしもっと大切なことがあります。率直な発言によって、あなたと、それからもう一人の方のお役に立てるのではないかと考えているのです』

『あなたの前置きはどうも謎めいていますね。本題に入っていただけませんか』

『失礼しました。では本題ですが、二月二十三日の午前二時ころ、ウィーンのゼンゼン小路で、若い男の死体が発見されました。あなたが苦痛なしにこの話を聞けないのはわかっています、男爵。しかしこの事件を腹蔵なく冷静に話しあうことには、いくつもの利点があるのです。

事件はたいへんなセンセーションを巻き起こしました。警察はなすすべを知りませんでした。わたしは刑事部の顧問の友人です。彼によって事件の詳細を知りました。そこで好奇心のおもむくままに、自分でも調査をはじめたのです。警察に雇われているわけではありませんので、自らの発見を報告する義務は負っていません。さらに申しておきたいのですが、警察の捜査からはまったく何も得られませんでした。つまり警察でこの事件は、いわば未解決のまま眠っているのです。もし外部からの助力がなければ、ふたたび目覚めることもないでしょう』

『それが一番かもしれませんね』

『それはどうでしょうか、男爵。世間はもうこの事件に関心がありません。不慮の事故の可能性が高いことを公式に表明するよう、わたしが勧めたからです。おかげで沸きたっていた世論も鎮まり、事件は忘れ去られました。けれどもわたしの調査は無駄ではなかったのです』

『何を発見したというのです』

『わたしは核心から始めました、すなわち男爵、あなたがこの事件に密接に関係しているということです』

『なぜそう言えるのです。証明はできますか、ダゴベルトさん』

『証明できないことは口にはしません。どうしてそう言えるかは、たやすく説明できます。あなたは問題の時刻に、問題の場所で、医学生のエーリッヒ・プフタに出くわしました。この出会いの犠牲となって、この青年はそこに横たわることになったのです。何時間か後、あなたはご尊父とともに世界一周の旅に旅立ちました。この旅行は逃亡とみなされますから、あなたにとっては不利な事実です』

『何もかも、わたしが犯人という前提に立ったうえでのお話ではありませんか。なぜわたしが犯人だと断定できるのですか。そもそも、問題の時刻に、わたしが現場にいた証拠があるのですか』

『きっとその場にいらっしゃったに違いないのです。もうそうでなければ、あなたはあの若者と格闘をしなかったでしょうし、婦人用ロルニョンの金鎖が相手の手に残ることもなかったでしょうから』

『ロルニョンが見つかったのですか』

『被害者の手のなかにありました。E.P.というアルファベットが彫ってあって、これはエーリッヒ・プフタの頭文字と一致します。ですから警察はすぐさま、それをプフタのものと推定したのです。だがわたしはそうは考えず、あなたがこのロルニョンを、十二月二十二日にコールマルクトの店で七百八十クローネで買ったことを突きとめました。さらにあなたはその数週間後、発条《ばね》を修理に出しています。あの不運なできごとの前日、あなたは、それを受け取って帰り、鎖はポケットからぶら下がっていました。あのアルファベットはエーリッヒ・プフタではなく、エルシー・ポンディチェリー嬢への贈り物とするために彫られたことをわたしはつきとめました』

『ダゴベルトさん、あなたは恐ろしい人だ！』

『さてこれから肝心の点に移ります。すなわちあなたに対するもっとも重い犯罪証拠です。正直に白状しますと、死因の真相はいくら考えてもわかりませんでした。いまでも不明のままです。あらかじめ計画したとはとても思えませんし、かといって状況から考えると突発的な殺人としても無理があります。つまるところ、非常に珍しい事故ではないかという気がしていますが、もしそうならば男爵ご自身が有罪の証拠を残しています。あなたが彼を殺したのです』

『有罪の証拠とはなんでしょう』

『逃亡したという事実ではありません。それもあなたには不利な事実ですが、あなたがもっと些細な罪しか犯していなかったとしても、逃亡した動機なら説明ができます。つまり、立派な家名をもつ者が、ある事情によって、裁判所と関わりあうこと、それにともなって家名の不名誉が世間に漏れることを回避したいという動機です。

　しかし高貴な気質を持ち、名誉を心得る男が、不運な事件のあと、惜しみない敬意と真情を捧げている女性との婚約を破棄したという事実はどうでしょう。あなたの良心がそれを強《し》いたのでしょうけれども、それこそ、心理学的に説明する以外に説明のしようがないものです。あなたの良心は忌まわしい運命のなかに彼女を引きずり込むことを拒みました。求婚の手を差し伸べることを拒んだのです。なぜならその手は血で汚れていましたから』

プランクは手のなかに顔を埋め、しばらく一言も口をききませんでした。

『反論しても無駄なようです、ダゴベルトさん。あなたは人の心を奥底まで見通す人だ。まったくお説のとおりです。寸分の狂いもありません。僕には他にやりようがなかった。そのため己の人生を不幸に陥れてしまったのです』

『それについては、あとでゆっくりお話ししましょう。まずは犯行の状況を確認しておきたいのです。二つの重要な点で、わたしの知恵は尽きてしまいました。痛くなるほど頭を絞ったのですが、動機もわからなければ、凶器がいまだに説明できません』

『そればかりはあなたの天才的な推理をもってしても解明できなかったのですね。何もかも包み隠さず懺悔《ざんげ》しましょう。

父はわたしを愛していました。これ以上望みようもない、あたうかぎりの優しさをもった父親でした。ただ一つの点で、その頑固さがわたしに重くのしかかっていたのでした――幸いにもいまは〈でした〉と過去形で言えるのですが。

すでに三十を越えているのに、父の目にはわたしは未熟な赤子も同然で、ことあるごとに自分の意見を押し付けたのです。この点で歳月は父になんの影響も与えませんでした。十五年前と同じく、わたしは、どんなときでも、いやおうなく父の命令に従わねばなりませんでした。

父はわたしを何不自由なくしてくれましたが、資産の独立処分権をわたしに譲ろうとはしませんでした。何も所有権の問題を重要視するわけではありません。財産は父の手できちんと管理されていました。しかしわたしが今後の生涯を決する問題に——あなたには、何を申しているかおわかりでしょう——決断を下さねばならぬ時が来たのです。父はどうしても了承してくれませんでした。わたしも譲歩する気はありませんでしたから、争いは深刻になり、決裂は不可避と思われました。

あの運命の夜、父とわたしはともに、ある貴族の夜会に招かれていました。そこを辞去するとき、馬車を先に帰して歩いて帰りましょうと父に提案してみました。もう一度だけ、もしかしたら最後になるかもしれない話し合いをしたいと思ったからです。いっしょに歩くあいだ、父はまったくわたしに耳を貸さず、自分の意見を変えようとはしませんでした。わたしは感情が高ぶってきて、怒りのあまり、父を置き去りにしてすたすた先に進みました。父はゆったりとした歩調で歩き続けましたから、父とわたしのあいだには、すぐにかなりの距離が開きました。

ゼンゼン小路にさしかかったとき、明らかに酔っ払った二人の男がさかんに議論しているのを見かけました。憤懣《ふんまん》はまだおさまっていませんでしたが、二人のかけあいを面白がる余裕はありました。一人は分別くさく、もう家に帰ろうと説得していました。もう一人は庭園の塀の柱にもたれ、歩くことをかたくなに拒み、こう言っていました。俺はここにいる。そして最初に通りかかった奴に、平手打ちを食わしてやる。友人のほうは千鳥足《ちどりあし》で歩み去りながらこんな捨てぜりふを吐きました。俺は惨《みじ》めだ、胸が張り裂ける。一番の友が俺についてきてくれない、一番の友が俺を愛してくれない。

まったく愉快な眺めでした。しかし次の瞬間、恐怖で胸が締め付けられそうになりました。次にやってきたのは、なんと父ではありませんか！

急いで走って戻りましたが、時すでに遅く、不運は起こったあとでした。父は血を流して地面に横たわり、酔っ払いはますます荒れ狂いながら父に打ってかかっていました。落ち着いて考える間もなく、わたしは背後から酔っ払いを抱きかかえ、父から引き離し、その体を持ち上げました。――そのときの摑み方が不運のもとでした。つまり逆手《さかて》だったのです』

『なるほど、サンテュール・ア・ルブールだったのか。これでようやく腑《ふ》に落ちました。しかもおそらく、サンテュール・ア・ルブール・ド・デリエールだったのですね。これで状況はすっかり明らかになりました。あなたが襲いかかったとき、彼は頭をあなたのほうに向け伏せていました。あなたは酔っぱらいの下にいるご尊父を、できるだけ早く、自由にしなければならなかった。そのためしかたなく、襲撃者を引き剝がすために、彼の胴体をつかんで上に持ち上げた。その際あなたは、腰を後ろからつかまざるをえなかった。これはレスリングの手のなかで、もっとも危険なものです。それに対して有効な受け方は存在しません』

『そのとおりです、ダゴベルトさん。あなたはこの分野でも専門家なのですね。あのときはとても気が高ぶっていて、レスリングの理論のことなどは頭にありませんでした。その男を高く掲げて、ちゃんと立たせてやろうとしました。ところが勢いよく頭から下におろしてしまったのです。もはや生命のない物体がわたしの手から崩れ落ちました』
『これですべて理解できました、男爵！　不幸な男はもがきながら本能的に何かを摑もうとして、たまたまロルニョンの鎖がそこに垂れていたわけですね』
『父はすばやく逃げようとしました。いやしくも世襲貴族院議員にして造兵廠長官、皇帝の現職枢密院顧問官にしてマリア・テレジア十字勲章受勲者ともあろうものが、酔っ払った学生に横面を張られるとは、前代未聞の椿事《ちんじ》でしたから。
わたしたちはあわてて、誰にも見られないようにその場を去り、その夜のうちに旅行の支度を整えたのです』
『そしてその夜のうちに、手紙を書きましたね』
『ええ――その手紙がわたしの運命を決めました。自らに死刑宣告の判決文をしたためたともいえましょう。わたしの動機をみごとにお当てになりましたね、ダゴベルトさん。わたしは殺人罪をわが身に負ったのです。それは一生涯、わたしの心にのしかかるでしょう。とはいえ、もし今後また同じ羽目に陥っても――神よわれを護りたまえ――やはり、同じ行動をせざるをえないでしょう。
己の罪ははっきりと自覚しています。しかしいまだにわからないのは、いかなる方法で責任を負わねばならぬかということです。わかっているのはただ、純真な女性の運命を巻き添えにする権利は、自分にはないということだけです』
『最上の策は、男爵、たとえいかなる責任であろうと、自ら進んで、正々堂々と、それをわが身に引き受けることです』

『それは無理というものです。父のことも考えねばなりませんから。ただしこの災難にもよいことが、一つだけありました。広い世界を時間をかけて旅しているうち、父とわたしは固く結びつくようになりました。わたしたちのあいだに入って邪魔をしていたものが消えてくれたのです。父はわたしの独立の権利を尊重してくれ、ついにわたしは自由な人間となりました。わたしの人生の悲劇は、待ち望んでいたこの自由をやっと手に入れたと思ったとたんに、その自由が無価値になったということです』

『そんなことはありません、男爵。あなたの哲学にはまったく同意できません。率直に意見を述べることを、お許しください。あなたの動機にはある種の正当性があります。しかし、自分の義務を前にして怖気づいたに違いありません。あなたにはおろそかにできぬ義務があるのですよ、男爵！　あなたは不運な目にあいました。しかしこれ以上、若い命をむざむざ、手を拱《こまぬ》いたまま奪ってはなりません。ゼンゼン小路における、あなたのとっさの行為は、あのような結果になってしまいましたが、それがあなたの名誉を傷つけるわけではありません。あらゆる点で立派な男の愛と尊敬にふさわしい女性——誰のことかは言うまでもありますまいが——その女性の現在と未来が失われようとしているのです。ミス・エルシーの母親は、ご存じないかもしれませんが、お亡くなりになりました』

『知りませんでした。それで、いったいエルシーはどうなったのですか』

『身寄りもなく世間に放り出されかねなかったところを、ほんとうに高貴で卓越した女性が、母親役兼友人として、自分の家に引き取ったのです』

『こうしてはいられない、今日にでもウィーンに行かねば！』

『まずは使者を派遣されてはどうでしょう、男爵。ことに必要な権限をすべて、わたしに委ねてさえいただければ、あなたの満足のいくように使命を成しとげましょう』

『いかなる権限も、あなたのお望みのままにさしあげます！』

そこでわたしはヴェネツィアをあとにしたのです。その後どうなったかは、奥様、あなたはご存じでしょう」

「ええ、みんな知ってますとも。でも、何がどうなってるのかは、やっといまになってわかったわ。マリオネットみたいに、いいように操られてたこともね」

「なにとぞお許しを願います、奥様。そうする他なかったのです。これからの話は、あなたはとうにご存じでしょうが、一番肝心なところですので、わが友警察顧問殿にはお話しせねばなりません。

かくてわたしは、与えられた全権にものをいわせて、すぐさま仲人としてミス・エルシーのもとに現れました。彼女はすべての事情を聞いたうえで、目に涙を浮かべて結婚を承諾しました。その眩《まばゆ》い涙は、難事件の報酬としてこれまで得たなかで、もっとも美しいものでした。一週間前、内々で婚礼が行われ、花嫁の母の役はわれらの奥方が務められ、立会人は造兵廠長官閣下でした」

「それはそれとして、ダゴベルト、ひとつ気になることがある」警察顧問が口を出した。「いま君は洗いざらい喋ってしまったじゃないか！」

「その許可は、ちゃんと文書でもらっています。それはわたしには譲れない点でした。こんな秘密を一生持ち歩いていてもなんにもならないと、男爵にはきっぱりと申しわたしました。お上《かみ》に知れたら知れたで、彼らがよかれと思うことをさせておけばいいではありませんかと。

　プランク親子もついには同意してくれました。ただし、アルブレヒト男爵はひとつ条件を持ち出しました。いまの自分の幸福を、警察あるいは法廷による訊問で曇らせたくないと言うのです。そこで新婚夫婦はそのまま世界一周旅行へと旅立ちました。男爵は、自分が少し前にはじめて魅惑された世界のすばらしさを、妻にもくまなく見せてやりたいと思ったのです。捕吏が来るのは帰国後でも別にかまいますまい」

「これはどうにも困った」警察顧問が言った。「わたしはどうすればいいんだ。いまは私的に報告を受けたわけだが――」

「気持ちはわかります。しかし真相をもみ消してもらいたくはありません。いま考えているのはこういうことです。内密に警視総監に面会し、ここだけの話ということにして、迷宮入りの事件が解明できたと報告してはいかがでしょう。総監はまず愕然とし、それから誰にも口外するなと命ずるでしょう。自らの責任で指示を出す勇気は総監にはありますまい。まずは〈上〉にお伺いをたてるでしょう。

　現職の帝国枢密顧問官にして造兵廠長官等々の称号を持つお方が路上でびんたを食らわされた――これを表沙汰にしてはまかりならぬ！　ということになり、しばらくたつと、きっとあなたは呼びだされ、こう告げられます。貴君はフランツ・ヨーゼフ勲章はすでに受けているから、ここに三等鉄王冠勲章を無償で授与することとした。貴君の英知はもとより、貴君の如才ない沈黙への褒章とも考えてもらいたい。同時に、今後も慎ましく口をつぐんでいるよう、穏やかに要請されるでしょう。一件がそう収まることに、百対一で賭けてもいいですよ！」

そして事実そのとおりになった——。

ダゴベルト休暇中の仕事

すばらしい晩餐《ばんさん》のあと、グルムバッハ家の皆はいつものように喫煙室へと移った。すでにコーヒーマシンがこぽこぽと音をたて、芳《かぐわ》しいモカの香をまきちらしている。たらふく食べたすぐあとでは、たいそう誘惑的な香りだった。出席者はわずか三人だったが、晩餐にはある賑わいがあった。というのも今晩はダゴベルトの帰還を祝う会であり、支度もいつもよりいくぶん華やかだったからだ。

ダゴベルトと会うのもまるまる二か月ぶりだった。グルムバッハ夫妻はスフェヴェニンゲンで海水浴をしたあと、スイスに観光に出かけたのだが、そのあいだダゴベルトの行方は杳《よう》として知れなかった。ヴィオレット夫人の好奇心はすでにおそろしく高まっていた。葉巻に火をつける男たちに、手ずからシュヴァルツァーの小カップを献じたあと、自分の定位置、大理石の暖炉のそばにある長いすの端に陣取った。そしてわくわくして、向かいに座るダゴベルトに目をやった。

「さあダゴベルト、お話しなさい」

「奥様はいつもわたしに話すことがあるものと決めてかかっていますね」

「あたりまえじゃない。いつもそうだったのだもの。二か月もご無沙汰だったでしょ。ダゴベルトが二か月ものあいだ、何もやらなかったなんて、そんなことがあるわけないわ」

「二か月のあいだ、わたしも休暇をとっていました」

「たしかにね、そしてきっとたしかに、犯行を見破っていたに違いないわ。ごまかそうとしてもむだ。早くお話しなさい」

「まともに探偵といえるものは何もありませんでした」

「ふうん、じゃ、まともでなく探偵といえるものはどうなの」

「ご明察のとおり、休暇中の課題を片づけていたのです。でもそれに関わったのはまったくの偶然です。ほんとうは人並みにのんびり過ごすつもりでした。のんびり過ごすことにかけては、われながらすばらしい才能があると思っています。この輝くばかりの才能を存分に発揮できないのが、わが人生の悲劇というものです」

「またはじまったわねダゴベルト、自分のやったことを話せと言われると、きっと哲学者や詩人きどりになるんだから」

「わたしがやったことですね。よろしい、ちゃんと用意はしてあります。どのみち報告せねばならないのは覚悟していましたから。慈悲深くも自らに許した二か月の休暇を、どうのんびりと過ごそうかと考えていたちょうどそのとき、奇妙な手紙が舞いこんできて、すべての計画に抹消線を引いてしまったのです。手紙はいまここにあります。失礼して読ませていただきましょう。『親愛なる先生、畏れながら末尾に署名するものには、ひとつご教示願いたいことがあります。あなたの作品に登場するダゴベルト氏は……』」

「するとあなた宛の手紙じゃないのね！」

「そうとは申しませんでしたよ。手紙はわたしたちの共通の友人から転送されてきたものです。その友人は、あなたもご存じのように、わたしのささやかな冒険を一般大衆に報告しています。そして自分も楽しみながら、わたしの宣伝に一役買ってくれているのです」

「あなた、宣伝は嫌いじゃなかったの」

「すくなくとも口ではそう言います。芸術家は皆そうです。でも他の芸術家と同じく、わたしも内心はとてもうれしく思っています。特にわたしの場合、おかげで面白い事件に関わることもありますから。そうでもなければとてもお目にかかれなかったような事件にです。

ということで先を続けさせてください。『……あなたの作品に登場するダゴベルト氏は架空の存在なのでしょうか、それとも実在されるのですか。もしほんとうにいらっしゃるのでしたら、一つお願いがあります。どうかダゴベルト氏の住所をお教え願えませんでしょうか。と申しますのも、わたしは得体の知れない事件にまきこまれているのです。それが起こったのは一八四九年ですが、いまだに解決を見ていません。子供が取り替えられた疑いがあります。あるいは他の犯罪にも結びついているかもしれません。事件の当事者はわたしの母です。母はいま、わたしと同居していますが、両親が誰だかを知りません。自分の素性を知ろうといろいろ調べたのですが、うまくいかなかったということでした。ただひとつ確かなのは、実の両親だとされている人物が、ほんとうの両親ではないことだけなのです。わたし自身は裕福ではありませんが、真相が解明された暁《あかつき》には、母に少なからぬ資産がもたらされるかもしれません。というのも、富豪がこの話にからんでいるからです。その事件が起こったのはハンガリーとジーベンビュルゲンとの境界に近いフンナンデル郡のサルミゼゲトゥシャという村です。ダゴベルト氏ならきっとわたしに真相へいたる道を示してくれるでしょう。前もってあなたの親切な情報に感謝しつつ、ロートホーフ・アム・ラインに住むフリードリヒ・ローデヴァルトはここに筆を置きます』（原注：この手紙は実在のものです。ただし地名と人名は変えてあります）」

「あらあら、ダゴベルト。それで首をつっこみたくなったのね。六十年近く前の事件に！　いまさら何かわかるのかしら」

主人もまた、見込みのないことはやらぬ前からわかっているという意見をさしはさんだ。

「わたし自身もほとんど望みを持っていませんでした」ダゴベルトも認めた。「こんなに時が経ったあとでは！　ほんとうに下手人がいたとしても、とうの昔に死んでいるでしょう。この手紙の書き手が自分のため、あるいは母親のために、まだ資産を救えると思っているのなら、幻影に溺れているのは一見して明らかでした。そもそも証拠のひとかけらがあったとしても、とうの昔に捨てられているか朽ちているに違いありません。たとえ残っていたとしても、どうやって見つければいいのでしょう。ほとんどありえないことですが、万一見つかったとしても――なんの役に立ちましょう。何もかもとうの昔に時効になっています。

この件に首をつっこむ気持ちは少しもありませんでした。しかし――夏の計画を立てようとするたび、きまって頭のすみにロートホーフ・アム・ライン村のまぼろしがちらつくのです。

とうとうそのまぼろしを追い払うのをあきらめました。それというのも奥様、あなたのせいなのですよ」

「またなんでもかんでもわたしのせいにするつもりね。いつもそうじゃないの。すきあらば人に責任をなすりつけようとするんだから」

「でもほんとうにそうなのです。ロートホーフはデュッセルドルフの近くにあります。そしてデュッセルドルフからスフェヴェニンゲンまでは猫の一飛びくらいの距離です」

「それはまた大きな猫ですこと」

「猫にできることならわたしにもできましょう。そこにスフェヴェニンゲンからあなたの絵葉書が来てわたしを招いたのです。ロートホーフに行けばあなたを急襲することもできます。すばらしい夏のプランではないでしょうか」

「プランはたしかにすばらしいけど、来てくれなかったじゃないの」

「仕事が第一ですから、奥様」

「勤勉なのね」

「そう軽蔑の目で見ないでください。あなたのご主人はわたしを信頼して、いくつもの事業に関与させてくれているのですよ。ご主人の面目がまるつぶれになるではないですか。実際わたしは拙《つたな》い仕事をやったとは思っていません」

「あなたは仕事においてはいつも一目置かれていることだけは知っているけど」

「ということでわたしはデュッセルドルフへと出発し、そこからロートホーフへの支道にそれ、手紙の主に会いに行ったのです」

「それでどうしたの」

「驚くことがいくつもありました。ライン河に沿った村の美しさときたら、とても言葉ではあらわせません」

「情景描写は今度でいいわ」

「そこは屋根が赤い二階建てのきれいな家で、正面と脇の塀には野葡萄《ぶどう》がからまっていました。仕事場にしつらえられている一階で、フリードリヒ・ローデヴァルトが仕事をしていました――息子の手卓の向かい側にはお母さんが座っていて――よく似ていたのですぐわかりました――息子の手伝いをしていました。そこは時計作りの仕事場だったのです」

「村で時計作りですって。あまりはやりそうにないわね」

「ちょうどそのことを言うつもりでした。わたしは自己紹介をしました。わたしたちの共通の友が、わたしを世間に紹介するときのように、『ダゴベルトです』とだけ言ったのです。それ以上あれこれ言っても意味はありません。

若者は飛びあがりました――見たところ二十八くらいで、三十にはなっていますまい――心からの喜びに輝いたその表情はたいそう人懐こく、魅力にあふれていました。しかし同時に困惑ともとれる表情も見てとれました。これは母親に黙って手紙を書いたな、とわたしは推測しました。気まずさを救うために、今日は仕事の話で来ましたと言いつくろいました。母親が立ち上がり、人をひきつける愛想のよさでつつましくわたしに席をゆずり、われわれを二人だけにするため、如才なくその場を外しました。非の打ちどころのない女性でした。

母親の顔も息子の顔も――二人の顔は本質的に同じなのですが――一目見たときから、わたしの思考をとりこにしました。なぜかは自分でもわかりませんでした。何かの記憶がかすかにその存在を主張しているのですが、意識の上まで浮かんでこないのです。母親の髪は輝くばかりの銀色でしたが、息子の髪は濃い栗色で、綿毛のようなキリスト風の髭《ひげ》はそれよりやや淡い色でした。髪の一房が乱れていて、話すとき――潑剌《はつらつ》としていて、微笑ましくなるほど懸命な話し振りでしたが――その一房が額にかかると、うるさそうに頭を後ろに振るのです。その動作にはどことなく、ものにかまわない芸術家風なところがありました。

この頭髪の相違を別にすれば、母子の顔は瓜二つで、どちらも際立った特徴を持っているのでした。何よりもきわめて繊細でありながら精力的な印象を与えるかぎ鼻が、弓形をした奇妙な鼻孔とともに目を引きました。思わずわたしは――やや失礼な形容ですが――馬を連想しました。それも高貴な血をひく純血種の馬です。

さらに母子の不揃いの眉は、パッセすなわち指名手配書ならば、『著《いちじる》しい特徴』として注記されるに違いないくらいに類を見ないものでした。左の眉は端が大胆に跳ね上がり、いっぽう右はメランコリックに少し下がっているのです。そのうえ二人とも愛嬌のある栗色の目をしていますす。母子の顔は同じ一つの顔と言っていいほどで、一度見たら忘れられない特異なものでした。おまけに二人とも目立って背が高いのです。

息子と二人きりになると、すぐに根掘り葉掘り質問をはじめました、そして彼が話しているあいだ、その顔をつぶさに見ていました。鑑識課の人体測定係に無料奉仕して得た経験を、無駄にしたくはありませんから。わたしは彼の耳の形、目や唇の輪郭を仔細に眺め、あとで場合によっては意味を持つかもしれないいかなる細部も見落とさぬよう努めました。

遺憾なことに、青年が教えてくれた情報はほんのわずかでした。そこでは疑いなく願望が着想の母になっていました。どこともしれぬ宙に浮かぶ莫大な資産に魅いられているのです。話してくれた薄弱な手がかりでは、いまさらどうしようもありません。この件から手を引くべきということはすぐさまわかりました。とはいえあっさりと失望させたくはありませんでしたので、あなたのお母さんの意見も聞いたほうがいいでしょうと言っておきました。そうすれば一世代だけ情報源に近くなりますし、お母さんのほうがより信頼できる報告をしてくれることもありえなくはないと。

わたしたちがそう話していると、戸外の陽光を浴びて、窓の向こうを、軽快な四輪馬車がお仕着せ姿の御者に操られて通りすぎました。馬車には夏服を着た、魅力的な若い淑女が乗っていました。彼女は身を乗り出し、こちらに向かって親しげに会釈《えしゃく》しました。ローデヴァルトは五分の一秒ばかり気づくのが遅すぎました。彼はぴょこんと飛びあがって、あたうかぎりの熱心さで敬意を表しました。わたしもまた、挨拶するため立ち上がりました。そのとき彼の顔を観察しました。いかにも嬉しそうな晴れ晴れとした笑顔です。気持ちの高ぶりは見落とすべくもありません。少女のように赤面したかと思うと、すぐその赤らみは消え、かすかに青白くなるのです。

なるほど！　すぐに合点がいきました。この若者は恋しているのです。ですが、いまちらりと見たように、こちらは簡素な仕事場、先方は豪華な馬車とお仕着せの御者と目もあやな衣裳――どう見ても、前途は有望とも思われません。しかし、誰もがいやというほど知っているでしょうが、恋するものの恐ろしい苦しみは、同時に幸福でもあります。それもとても大きな！巨万の富への奇妙な憧憬、それを天から射落としたいという願望は、先ほどよりずっと納得しやすいものになりました。

青年はそわそわしだしました。こんなありさまではまともに話はできまいと思っていましたから、彼が中座を告げたとき、内心うれしく思いました。くどくどと弁解するには、何がなんでも工員たちを見てやらねばならない、さもなくばのちになってまたもや揉め事が広がってしまう、せいぜい三十分ばかりです、きっとまた戻ってきます。そのあいだは母がもっと詳しく説明いたします。母は僕より情報を提供するにふさわしい人ですと彼は言いました。

わたしはこの言い訳を悪くはとりませんでした。誰が恋する男に腹を立てるなどできましょう。むろん工員の件が口実なのはわかりきっています。村の時計作りがそんな工員を雇うわけはありませんもの。そもそも工員が仕事場にいなければ、どこにいるというのでしょう。きっと馬車に再度出会える近道か何かを知っていたのでしょう。まったく重要な業務上の行為ですとも！

これは母親から話を聞くうってつけの機会でした。二重に好機ともいえました。なにしろ息子を交えず話ができるわけですから。彼はあわただしく部屋を出て行きました。隣の部屋で早口に母親に言い聞かせている声がしました。おそらく必要なことを伝えているのでしょう。そのあとすぐ、あわてて走り過ぎる姿が窓越しに見えました。

何分もたたぬうちにローデヴァルト夫人が現れました。薄青色のエプロンをつけた彼女は、わたしに軽食を勧めました。遠出のおかげで腹を空かせていたせいもあって、まったくおいしくいただきました。愛想よい素振りで大きな緑金色のワイングラスにしきりに注いでくれたラインワインに、わたしはあらゆる敬意を表しました。

ローデヴァルト夫人は気品があって分別のある女性とわたしに映りました。彼女との会話は非常に気持ちのよいものでした。まず彼女は優雅な微笑みとともに、はるばるお出でくださったのに、無駄足になってしまうのではとこちらを気遣ってくれました。

どちらにせよ、悔いることはないでしょう、とわたしは答えました。ライン河を見て、親切な方たちと知り合いになれましたから」

「さすがはダゴベルトだな、いかなるときも女性には愛想よく礼儀正しい」と主人が半畳《はんじょう》を入れた。主婦はすぐに良人の口出しをたしなめ、ダゴベルトは話を続けた。

「ローデヴァルト夫人はこう打ち明けました。いままで息子は問い合わせの手紙を書いたことを黙っていました。もっと早く言ってくれたならば、もちろん思いとどまらせたことでしょうに。自分の生い立ちについては、ほとんど何も知りません。わたしの知っていることはほんのわずかで、どんな要求の根拠にもなるとは思えません。そう言うと彼女は小さな書架から讃美歌集を持ってきて、そこからすっかり黄ばんだ紙片を取り出しました。読み取りにくい文字で何か書いてあります。わたしの前に広げたのを見るとそれは彼女の受洗証明書でした。奇妙な文書でした。ミレナ・ディミトレスク、一八四九年七月二日、サルミゼゲトゥシャにて出生。同年七月四日にギリシア正教式典礼にて、エラキリウ司祭により洗礼を受ける。父はジュオン・ディミトレスク、母はオリンピア、旧姓アウレリアーノ。

『驚きました』わたしは声に出して言いました。『あなたはミレナ・ディミトレスクとして生まれてギリシア正教徒だったのですね。誰がそう思うでしょう』

『最初の点はおそらく正しくありませんし、二番目の点ははっきりと誤りです、すくなくともいまは誤りです。わたしは成人に達したとき、プロテスタントに改宗いたしました。もっともわたしの養父母は、幼いころからわたしをプロテスタント式に育てたのですが。養父母の希望によって、正式の改宗は、わたしの自発的な意思で、したがって十分な年齢に達してから行われたのです』

『ようやくわかりかけてきました、ローデヴァルトさん。それにしてもディミトレスクとギリシア正教とはなんということでしょう。あなたがプロテスタントの牧師の娘とはまさか思いませんでしたが、牧師の寡婦だとは思っていました』

『慧眼《けいがん》ですわ、ダゴベルトさま。わたしの夫は牧師でございました』

『慧眼は、ローデヴァルトさん、わたしの商売道具なのです。それではあなたの養父母についてお話しいただけますか。どなたでどういう方だったのでしょうか。そしてどんな風にあなたのもとにやってきたのでしょうか』

『わたしの養父はオトカル・ゲルシュラーガーと申し、ポツダムで王室庭園管理人をしておりました』

『なるほど。もうお亡くなりなのですね』

『亡くなってもう三十年近くになります』

『そして養母の方は』

『養父《ちち》が亡くなったとき、養母《はは》は重い病気に罹《かか》りました。そしてほんの数日後に養父の後を追ったのでございます』

『お二方があなたを引き取ったのはどういう事情だったのでしょうか』

『わたしの父は――というのはゲルシュラーガーのことですが、わたしにとって、いついかなるときもほんとうの父でした。その父はすでに一八四八年の革命の前から、庭師頭《がしら》として、あるハンガリー貴族に雇われていました』

『その貴族はなんという名前ですか』

『あいにく存じません。父は最後まで教えてくれませんでした。わたしの両親は――というのはもちろん養父母のことですが――どうやらしめしあわせて、わたしの面前では、わたしの幼いころのことを何も話さないようにしていたらしいのです。父母の意向によって、わたしがほんとうの子ではないことは一言も聞かされませんでした。二十歳になってようやく、非常にわずかな説明ではありましたが、いくぶん知ることができたのです。

ゲルシュラーガーは、貴族《マグナート》のもとで庭師頭の地位を得たときすでに結婚していて、妻とともに赴任したのでした。ところがまだ若い母は、まったくの孤独のなかで、重い病気に罹りました。赴任先は、父が管理する庭園を一歩出ると、まったくの荒野でした。母はホームシックになりました。故郷のチューリンゲンの山をあこがれるあまり、ほんとうの病気になってしまったのです。

彼女のもっとも深いあこがれはしかし子供へのあこがれでした。この若夫婦は子供に恵まれませんでした。革命の余波で伯爵の家は崩壊せんばかりになりました。使用人たちは暇を出されました。両親はふたたびドイツに転居しました。ここではじめて彼らはわたしの両親となったのです。つまり、引っ越しのとき、わたしをもらい子として連れていったのです。これがわたしのお話しできることのおおよそすべてです』

『すこしばかり漠然としたお話ですが、どこからあなたはそれを知ったのですか』

『ええ、それをちょうどこれからお話ししようと思っていました。わたしが二十歳になったとき、牧師を志願するフリードリヒ・アウグスト・ローデヴァルト博士がわたしに求婚したのです。彼を愛していたので承諾の返事をしました。両親はこのことをたいそう喜んでくれました。さっそく嫁入り支度を調えねばということになりました。しかしわたしたちのつましい生活では、すぐというわけにはいきません。もっとも時間の余裕はありました。結婚はローデヴァルトが確かな地位についてからでないと無理でしたし、それにはまだまだかかりそうでしたから。

婚約期間は十年続きました。ある日、わたしといっしょに針仕事をしていたとき、母はほんとうは話すべきでないことを話しておかなければという気持ちになりました。そしていまあなたにお話ししたことを話してくれたのです。

母は言いました。爪に火を灯すようにして、ひたすら辛抱するなんて、心臓が押しつぶされるような気がするよ。この世に正義があれば、お前の手には大きな資産が落ちていたはずなんだよ。受洗証明書にはお前の父はジュオン・ディミトレスクと書いてあるけど、お前がほんの小さな子どもだったころから、そんなことは信じていなかったし、いまではますます信じられないよ。

母がなおも話し続けようとしたところに、父が部屋に入ってきました。母のあわてようから、何かが起こったことを父は感づきました。そしてそのとき話していたことを知ると、口論がはじまりました。まったく平和に暮らしていた善良な夫婦のあいだで最初で最後の、嵐のような口論でした。父は文字どおり荒れ狂い、こう言いました。ほんとうかどうかもわからない昔話をこの子に聞かせるんじゃない。益体《やくたい》もないお喋りはこの子の心に針を刺し、安息を永遠に奪いかねない。馬鹿げているばかりか、良心のかけらもないけしからん行為だ。この子が俺たちの子になったのは、この子の運命だ。だからそれで満足せねばならぬ。すべての馬鹿げた妄想は、たった一人の子を遠ざけるばかりだ。それは母としてもっとも大きな不正だ、お前が今後またそれを持ちだすようなことがあれば、俺は家を出て二度と帰らないと。

もちろんそれについては二度と話には出ませんでしたし、父の心配は取り越し苦労でした。わたしはその話にわくわくすることもありませんでしたし、不安にもなりませんでした。そしてあいかわらず、自分を両親の子だと思っていました。そうでなかったらいいのにとは、もちろん思いませんでしたし、いまでも思っていません』

『ローデヴァルトさん、あなたはしかし、その後、闇に光をもたらそうとしましたね』

『ええ、ダゴベルトさま、わたしはこの件について、たいへんな過ちを二つ犯しました。わたしはついには牧師の妻となりました。そしてフリッツが生まれたとき、たいそう誇らしく幸福でした。あなたも息子をご覧になりましたね。それに免じて、わたしがいまだに誇らしく幸福に思っていることをお許しください。当時もすでに産褥《さんじょく》のなかで、この子をできるだけ幸せにしてやろうと思っていました。ところが幸せということを思うと、そこにはいつも栄光と富のまぼろしが重なってくるのです。幸福と愛に満たされて産褥に横たわっていると、かわいそうな母の、この世に正義があれば！　という嘆きの声が頭に浮かんでくるのです。

かくてわたしもまた、どこかの宙に浮かぶ富を夢見はじめました。そしてある決心をしたのですが、それを実行するには、たいそうな根気がいりました。ほんとうの父を捜しに行ける額になるまで、毎日、わずかな家計費から十ペニヒずつを貯め続けたのです。あなたさまはこの十ペニヒ法をお笑いになるかもしれません、ダゴベルトさま。あなたは都会からやってきたのですし、あなたご自身も世慣れた紳士でしょうから。

でも、ほんのわずかな生活費のなかではほかにやりようがありませんし、それさえもとても難しいものでした。出発点としては受洗証明書という証拠がありました。わたしが生まれたというサルミゼゲトゥシャについては、長いあいだ手がかりは何もありませんでした。どんな地理の本にも、どんな事典にも、どんな時刻表にも、どんな地図にも、その名は見あたりません。

誰に聞いても知らないと言うのです。

　わたしたちの家をときどき訪ねてくれるお客に、若い考古学者の方がいらっしゃいました。その方がとうとう光をもたらしてくれました。ドイツの学者は本物の学者であるかぎり、半ばでも自分の分野にひっかかるものはなんでも知っているのですね。その方のお話によれば、サルミゼゲトゥシャには、いまでは毀《こわ》れ崩れているものの、ローマ時代の建築や彫刻があちこちに散らばっていて、それ以外にも、いまではよく覚えてはいませんが、ゴシックだったかロマネスクだったかの様式の地下聖堂に古い壁画の跡が残っているのだそうです。後《のち》の世になって、こうした古代の残骸を、収納するためであるかのように、みすぼらしい礼拝堂が建てられたということでした。

　こういう考古学のお話にもまして、わたしの興味をそそったのは、その村がずっと南のほうの、ジーベンビュルゲンとの西境《にしざかい》にあるという話でした。それはとても小さなワラキアの村で、主な街道のいずれからも遠く離れたところにあるそうなのです。

　百二十マルクもあればなんとかなると見当をつけて、旅費を整えました。わたしの両親、ジユオン・ディミトレスクと妻のオリンピア、旧姓アウレリアーノを捜しに行くつもりになったのでした。ただし、その村では見つからないだろうとは思っていました。近くにお城があって、そこに両親がいるはずでした。二人がまだ生きていればの話ですが』

『その方たちは見つかったのですか、ローデヴァルトさん』

『ええ、てっとりばやく申しますと、ダゴベルトさま、とても気まずい結果になりました。村は神さまに見捨てられたように荒れはてていました。崩れかけのみすぼらしい土の小屋がならび、日々の労働の気配はどこにもありません。どこに行っても汚いものや腐ったものが目につきます。

わたしは村でただ一軒だけあった、こざっぱりとした立派な家を訪《おとな》いました。聞いてみようと思ったのです。すくなくともそのときは運がついていました。というのもそこに住んでいたのはドイツ人で、領主のレントマイスターつまり地所差配人のような人だったからです。

わたしはジュオン・ディミトレスク氏について何かご存じでしょうか、と尋ねました。彼はわたしを驚いたように見つめ、わたしの問いに奇妙な笑みで答えました。やがて彼はうなずくと、尋ね人のところにすぐに案内してあげようと言いました。『しかし、面白くない目にあうかもしれませんよ、牧師の奥さん』と彼はつけくわえました。『話しかけられるかどうかもわからない。なにしろ李《すもも》の時期だから』そのときは意味がわからなかったこの言葉も、ほどなくいやというほど思い知らされました。数分も歩かないうちに地所差配人は立ち止まりました。差配人さんは目の前の汚い小屋を指さし、『ここがジュオン・ディミトレスク〈氏〉の邸宅ですよ。そしてここに、氏おん自らがお休みになっておられる』

彼が身振りをするほうに目をやると、ぼろぼろの服を着た男が戸口の前で、酔っ払って獣のように地面に寝転んでいました。それを見ながら差配人さんは、〈話かけられないとき〉の説明もしてくれたのです。『李が熟すころになると、ここの者は自分で蒸留酒をこしらえるんです。それからはずうっと酒びたりの日々です。男たちは殴りあい、女房や子供を半殺しにしたり全殺しにしたりするんです。

その何週間かというものの、ここで始末せねばならないことの多さときたら、一年の他の季節をすべてひっくるめた十倍にもなりましょうか。ジュオン〈氏〉を起こしてもなんにもなりますまい。いまの有様を見てもわかりましょうが、もっとまともな状態であってもとても話し相手にはならないでしょう』

つまりそういったわけなのでした。もちろんわたしとしても、なんの覚悟もせずに来たわけではありません。あらかじめ、慎重に、身の安全に気をつけつつも、いわゆる〈内心の導き〉に従った結果を確かめようと思っていたのです。わたしはその導きを信じましたし、いまでも信じています。ところが湧きおこるのは嫌悪ばかり、そしてそれにもまして、何もかもがどうでもいいという気持ちでした。わたしは男の野卑で自堕落な表情をしげしげと眺めました。心を動かすものは微塵もありませんでした。

わたしは穏やかな気持ちでそこを去りました。あの人はわたしの父ではありません。包み隠さず申し上げれば、たとえ内心の導きを感じたとしても、一言も声をかけずに立ち去ったことでしょう。わたしは夫のことを考えました。息子のことを考えました。わたしたちの慎ましい、品位のある家庭を思い浮かべました。いまさら声をかけてどうなるというのでしょう。

それからもう二十五年たちました。何もかもすっかり過去のできごととなりました。あそこを訪問したのはわたしの過ちでした。いまでは苦い後悔の思いしかありません。

『ご自分を責めなければならぬほどの過ちとも思えません。ところで、あなたはさきほど——

二つの過ちとおっしゃいましたね』
『ええ、ダゴベルトさま、すくなくともあなたに関するかぎり、二つ目のほうが本題なのです。できごとも遺伝するのでしょうか。母がおかし、父の機嫌をたいそう悪くさせたあの過ちを、まるでそっくりな状況で、わたしもおかしたのです。
ある日、息子が打ち明けるには、僕は有頂天で、言葉に尽くせないほど幸せだというのです。息子は自信満々でしたが、わたしはまったく臆病でした。考えてもみてください、ダゴベルトさま――息子は貧しい時計作りで――相手の方は――とても口に出せません』
『相手の方は――お仕着せの召使を連れて歩くほど裕福なお嬢さんだというのですね。ローデヴァルトさん、ご安心してお話ししてくださって結構です。その肝心な点はわたしも存じています』
『息子の言ったことは正しかったようですね』ローデヴァルト夫人は続けた。『あの子が急いで立ち去るとき、あなたに何もかもお話しするように、早口で言い残しました。あなたさまは魔法使いで、すべてを、隠されたものまでを、しようと思えば明るみに出せる人であると』
『せっかくのお褒めの言葉がだいなしにならなければいいのですが。ところでその過ちとはなんだったのでしょう』
『あの子はとても幸せそうでしたが、どことなく気後れした様子でもありました。そこでわたしの口から、あの嘆きがつい出てしまったのです。もしこの世に正義があれば、と。息子は尋ね、せっつきました、そこで、母から教わったことを漏らしてしまいました。以来それは息子の頭を離れないようでした。とうとうあなたさまに手紙までさしあげてしまったのです』

この信頼はわたしの自尊心をくすぐり、なんとか期待に応えたいものだと思いました。とは言うものの、何もしてあげられないことは考えるまでもありませんでした。わたしはこの人たちをたいそう好きになりました。せっかくここまで来たのだから、なんとか役に立ってあげることはできないでしょうか。もしかしたら、別の方向からそれができるかもしれません。そこでわたしは若者の仕事の様子について尋ねました。時計作りはうまくいってますかと。

『フリッツはそこらの時計作りとは違います』ローデヴァルト夫人は、いかにも母親らしい誇りを顔にあらわして答えました。『名人といっていいですわ。パリとスイスで修業して、たくさんのことを学んできましたもの』

『そうでしょうとも。ただ、そもそもどうして時計職人を志されたのか、その点をおうかがいしたかったのです』

『亡くなった主人は、フリッツにも神学を修めてほしいと思っていました。しかしフリッツの才能はほかのところにありました。むしろ技術や物理のセンスがあったのです。ほんの小さなころから、いつもおもちゃの機関車や電気機械で遊んでいて、自分で時計を組み立てては、いろいろな実験をしていました。ちょうどあの子がギムナジウムを卒業するころ、主人が亡くなりました。わたしは息子を、それはつまりはわたしの望みであったのですが、工科大学にやることができなくなりました。そこで息子を、これは息子自身が願ったことでしたが、ケルンの時計職人のもとに修業に出すことにしました。そこで技術を習得し、専門の仕上げをするために、スイスに移ったのです』

『息子さんがそれほど有能な時計職人ならば、このような、と言ったら失礼ですが、村に住み着くという、実際的とはとうてい言いかねる行動をなぜされたのでしょうか』

『ダゴベルトさま、それには息子なりの理由があるのです。だからこそ息子は単なる村の時計作りではないのです。そもそもの原因はあの馬車に乗ったお嬢さんにあります。この地にはとても大きな製鉄所があって、ローデリヒ・ビターマンさんという方の持ち物です。奥さんを亡くされて、アルバさんというお子さんが一人あるきりなのですが、それがあのお嬢さんです。フリッツとお嬢さんはボーデンゼーを渡る汽船のなかで知り合いになりました。それから息子はチューリヒでお嬢さんにばったり出くわし、二年ほどあとに、今度はパリで会いました。そこで二人は再会の嬉しさのあまりに、結婚を約束しあったのです。アルバさんは息子に仕えることを望むとおごそかに誓いましたが、同時にきっぱりと、父には何も漏らさないようにと忠告し、こう言ったそうです。あなたはまずひとかどの男にならなくちゃ。さもないと、パパはあたしにたいそう期待しているから、とても賛成してくれやしないわ』

『そこであなたの息子さんは、この村里でひとかどの男になったのですね』

『一見とんでもない話に思えましょうが、そうでもありません。息子がお嬢さんの近くに住みたがるのは無理もありませんし、それ以外に、他でもないここに仕事場を置く実際的な理由もあります。村の人たちが息子の気にいったのです』

『なんと、村の住民がというのですか。村の人たちがそれほど善良で賢い人たちであったとしても、時計職人を養ってはとてもいけますまい』

『息子の計画はそういうものではありません。ダゴベルトさま、ですがこの村でも何ごとかをなせますし、じっさいある程度まではうまくいっているのです。ここに越してきて二年になりますが、息子はめざましいことをやってのけました』

『ほほう、それはどういったことでしょうか』

『息子はまったく新しい、簡単だけれども正確な卓上時計のモデルを発明し、特許をとったのです。安価でよい時計です』

『すばらしい。しかしそれなら、それを持って都会に行ったほうがよくはありませんか』

『そうではありませんのよ、ダゴベルトさま。この時計は工場生産に向いていながら、同時に大量生産には適しないのです。息子はここロートホーフを時計職人の村にするつもりなのです。そしてそれは部分的にはもう実現しています。ここの方たちは賢くて、手先が器用です。仕事は村の人たちにたいそう歓迎されています。男たちが製鉄所で働いているあいだに、夫人や娘さんもまた、なにがしかを稼げるのですから。つらい仕事でもありませんし。せいぜい日に二、三時間ですから』

『たいそう興味深いお話です。そうすると事業はうまくいっているのですね』

『可能なかぎりうまくいっています。去年などは、千個の時計を製造しました。でもその二倍は売れてもおかしくはありません。もしそれだけの量を出荷できればの話ですが』

『その時計はどのくらいの値段なのですか』

『わたしたちは三十マルクで卸しています。小売業者はそれを五十マルクで売ります。もしかしたらすでにあなたもどこかで目にしたことがあるかもしれませんよ。わたしたちの商標は〈ヘリオス〉というのです』

『残念ながら見たことはありません。ウィーンにも納めていますか』

『ええ、ダゴベルトさん』

『それはすばらしい。わが友人たちにもおおいに宣伝することにしましょう。どうぞおまかせください！　ところでもうひとつ、ローデヴァルトさん、さきほど〈二倍ほども売れるのに〉とおっしゃいましたね。どうして二倍生産しないのですか』

『それが困っている点なのですよ、ダゴベルトさま。わたしどもにはできないのです。たくさんの時計を作るには、フリッツはもっと特別な機械を調達しなければならないのです』

『なるほど。資金の問題なのですね。いかほど必要なのでしょう』

『それが少ない額ではないのです、ダゴベルトさま――八千マルクでございますの』

『そしてその機械さえあれば、年に二千個の時計を製造し販売することができるのですね』

『ええ軽々と。いまでも引き合いはたいそう多いのですけれど、製造が追いつかないのです』

わたしは小切手帳を取り出して、八千マルクの小切手を切りました。奥様、そんな意味ありげににやにや笑うのはやめていただけますか。それは端的に侮辱というものですよ。わたしは心ならずも喜劇的な役を演ずるような男ではありません。奥様もよくご存じのはずです。断じて善行以外の意図はありません。この親子は信用できる人たちだと思いましたし、その事業も、それに劣らず信用できると思いました。つまり目の前にあるのは、有望な投資の機会だったのです。わたしはこう提案してみました。さきほど話に出た額を息子さんの事業に出資したく思っています。かなりの利益配分にもあずかれるでしょうから。ローデヴァルト夫人はわたしの提案をとても喜んでくれました。やがて息子も、〈工員〉の件にうまく片をつけてわたしたちに加わりました。わたしの提案を聞くと、彼はこう自分の意見を述べました。

あなたの出資によって、事業の規模はじっさい拡張され、二倍にさえなることでしょう。しかしそこからは実質的な利益はまったく得られません、なぜなら収益の半分は出資したあなたのものになるのですから。僕は現状をこのまま維持したく思います。

ですからあなたにお願いするとすれば、もちろん無理にとは申しませんが、あなたの出資額を、かなりの高額に引き上げていただくか、あるいは、貸付けの形で資金を提供いただけないでしょうか。貸付けの場合は、利息をちゃんと支払います。そうしていただければ、あなたの資金はまさに神の賜物《たまもの》といっていいほど、助けになります。といいますのも、あなたの助けがなければ、僕だけでは、とうていこれだけの金額を調達することは無理でしょうから。この元手からは、疑いなく利益が得られます。平均して二十パーセントの収益をもたらすでしょう。僕が借入金に対して、四パーセントか五パーセントを払わねばならないとしても、きちんと利息を払えるでしょうし、数年後には元本の全額を返済できるでしょう、そうしてやっと、僕も〈ひとかどの男〉になれるのです。

まことにもっともな話でした。わたしにしても、これ以上出資する勇気はありませんでしたので、貸付けをするにとどめました。わたしはこの成り行きにたいそう満足しました。すくなくとも何ごとかはできたわけですし、調査旅行もまったく成果がなかったわけでもなくなりました。しかし、わたしをここまで導いた肝心の問題は、宙ぶらりんにせざるをえませんでした。その問題は頭から振り落とすことにしました。この老婦人がなんらかの不当な目にあったのは事実かもしれません。しかしなにしろ、もう六十年もたってますし――おまけになんとも曖昧な説明でしたので――どうすることもできないのは明らかでした。人に無益な期待を植えつけ、それを持ち続けさせようとするのは、愚かなことではありますまいか。過去はそのまま忘れて埋葬するように、この件はこれでお終いにするようにと、わたしは勧めました。過去を断ち切って、未来に希望を持つようにと！

　そしてわたしは暇乞《いとまご》いしたのです」

＊　　＊　　＊

「だがなんとしたことでしょう、二十四時間後には、ふたたびロートホーフに舞い戻ることになりました、それも行動意欲に燃えて。舞台がくるりと転回しました。過去はやはり埋葬してはなりません――わたしは手がかりをつかんだのです」

「ありえないわ、ダゴベルト」ヴィオレットが叫んだ。その声は期待に満ちている。「でも、われらの偉大な探偵ダゴベルトを知るものにとって、それほどありえないことでもないわ」

「奥様、ほんとうに偉大な探偵はただ一人しかいません。その名を『偶然』といいます。わたしは運よく、その偉大な探偵の助けを借りられました。偶然なくしてはわたしはへまな奴のままだったでしょう」

「それでどうなったの」

「わたしはロートホーフからデュッセルドルフへ引き返しました。そこでひとつ用事があったのです。わたしが風景画家のヘーフリンクに目がないことは奥様もご存じでしょう。画商や展覧会を通して、手にはいるかぎりのものはことごとく買い占めて、わがささやかなギャラリーには、もう六枚も彼の絵があります、ヘーフリンクはデュッセルドルフに住んでいました。ですから彼を訪ねようと思ったのです。アトリエを襲うと、イーゼルの上に、いまとりかかったばかりの風景画がありました。わたしは有頂天になって宣言しました。『この絵を買わせていただきます』仕事のあとには娯楽があるべきです、デュッセルドルフではちょうどレンバッハの回顧展が開催されていました。これは行かねばなりません」

「でもダゴベルト、探偵譚を話してくれるのを忘れちゃいけないわ。旅行のみやげ話はほかの機会にとっておいてくださいな」

「すぐにします。レンバッハを批判したい人にはさせておけばよろしい。彼をすこしばかり貶《おとし》めることが、目下《もっか》の流行になっています。油絵具の酸化による褐色化、土瀝青《どれきせい》の使用、ときたま見られるぞんざいなデッサン――それらについては議論の余地もありましょう――しかし彼はまごうことなく偉大な芸術家なのです！　彼が絵を描けば、その全人格が、魂が、くまなくむき出しになって表れるのです」

「ねえダゴベルト、あなたったらまた芸術のほうで道草を食っていることよ。何度でも呼び返しますから、真面目にお話しなさいな」

「まさにその話をしているわけです。ある絵の前で、わたしははたと立ち止まりました。雷に打たれたような気持ちでした。地方領主《マグナート》の衣裳を着けた、ハンガリー貴族の肖像画でした。カタログには、〈A伯爵の肖像〉としか説明がありません。わたしを形容しがたいほど興奮させたのは、このきわめて印象的な顔を、いわば二重の複写として見たことがあったからなのでした。さきほど会ったばかりの老婦人と、若々しい青年がまさに同一の、過ちようもなく同一の特徴を呈していました。彫りの深い横顔も同じなら、湾曲した鼻孔も、一種独特の眉の湾曲も同じです。

もっとくわしく知ろうと、わたしは事務室へ駆け込みました。A伯爵。一八七七年没。芸術家協会の要請により、ハンガリー、フニャド郡パウリス城のアレクサンドラ・アドリアン伯爵夫人から寄贈。これは捨ててはおけません。わたしのなかで狩人の心が頭をもたげてきました。これはたいした手がかりではないでしょうか。わたしは奮い立たずにはいられませんでした。レジの脇には、展示された個々の絵の写真版が販売されていました。幸いなことに、わたしの心をひどくとらえた絵の写真も、そのなかにありました。残念ながらキャビネ版でしたが、ないよりはましです。

それからわたしは、もっとも近い本屋へと走り、ゴータ年鑑を求めました。伯爵の家系、すくなくとも一時しのぎになる程度には、アドリアン家についての情報を仕入れるためにです。そのあとわたしは改めてロートホーフに向かいました。そして発見した手がかりのことはおくびにも出さず、老婦人にはただ、この件をもう一度考えてみたが、いまや、彼女の謎めいた一家の事件について活動する準備が調ったので、それをできるかぎり追求してみたいと言いました。そして母と息子の二人に、すぐにいっしょにデュッセルドルフまで行っていただけませんかとお願いしたのです。

二人は承知してくれました。わたしはまず写真屋に二人を連れていきました。フォーマットと姿勢と照明はわたしが決めました。細かいところまで指示して、できるかぎり正確に、わたしがひそかに持っているオリジナルと照合できるような写真がほしかったのです。

それからわたしは、二人を伴《ともな》って公証人のところに行きました。法律行為、契約、和議等に関する全権を無条件にわたしに委任する旨の書類を作成してもらいました。公証人の前でわたしは二人に注意をうながしました。これであなたがたは何もかもわたしの手に委《ゆだ》ねることになります。しようと思えば、あなたがたの持つすべてを易々と奪うこともできるのですよ。こう言うとローデヴァルト夫人はすこし驚いていましたが、息子が署名すると、すぐさまそれに倣《なら》いました。

次の日には写真が届きましたから、そのままウィーンに直行しました。奥様、かくてすばらしいスフェヴェニンゲン行きの計画はだいなしになったのです。アドリアンという名には心当たりがありました。いうなれば歴史上の人物だったはずです。そこで細部まで正確に知る必要を感じ、帝国図書館に行きました。三日ばかり勤勉に調査をすると、必要な情報がすべて蒐集できました。なかでも重要な情報は、『一八七七年死亡』というものです。ここから探索を始められます。日付さえ見つけられればしめたものです。新聞や雑誌から、たやすく肖像や追悼の辞や略伝が調べられますから。

ここでわたしの記憶が役立ってくれました。肖像画で見たハンガリー貴族の衣裳を着けたゲオルク・アドリアン伯爵の姿に、一度直《じか》にお目にかかったことがあったのです。それは宮廷の主催による舞踏会でした。接見の折には皇帝や皇后も伯爵を賓客として遇していました。舞踏会にはわたしも軽騎兵少尉として出席していたのです。

いまでもありありと目に浮かぶのですが、そのときからすでに、彼の秀でた容貌は異彩を放っていました。特徴のある眉と、そして何よりも、イギリスの純血種の馬を思わせる湾曲した鼻孔。そうした印象さえも、当時わたしは高貴で純粋な血筋の証《あかし》として理解しようとしていたのでした。

歴史書にもひととおり目を通しましたが、革命について当時の新聞はそれよりずっとたくさんのことを教えてくれました」

「するとあなたは実際にもっと証拠を見つけたのね、ダゴベルト」ヴィオレット夫人が聞いた。

「ちょうどその話をするところでした。しかしまったく簡単というわけにはいきませんでした。手間をいとわず重要と思われることについてメモを取りましたが、多くの点で推測を働かせる必要がありました。それでもなお事件は曖昧なのです。人はとかく間違うものです。大筋はすでに解明できたと思いました。次にいくつかの事実を知るため、なかんずく、そもそもまだ何かできることがあるかどうかを確認するため現場検証をする必要がありました。

世間がゲオルク・アドリアン伯爵について知っていることといえば、政治家としての活動でしょう。それは一八六一年から一八七七年にわたっています。あの憲法をめぐる戦いにおいて、伯爵は勇敢な忠臣の一人でした。その戦いのなかでハンガリーは一八六七年にオーストリアと併合し、それとともに二重君主国と政治的独立を勝ちとったのです。彼は主導者の一員でした。祖国の賢者フェレンツ・デアーク、それから真正の政治家ジュラ・アンドラーシ伯爵のもとに結集した一人だったのです。これらのおそらくは伯爵の人生にとって重要な期間は、われわれの話とは関係ありません。われわれにとってより大切なのは、その前史ともいうべきものです。奥様、あなたにお願いせねばなりませんが、わたしの説明に特に注意をはらってくださいますよう」

「言われなくても注意深く聞いてますわ、ダゴベルト」

「事実や日付や年号をいくつも挙げねばなりません。だから混乱しないよう気をつけてください。いいですか、ゲオルク・アドリアンは一八一八年五月十八日に生まれました。一八三九年にオーストリアの龍騎兵連隊に入りました。一八四八年の四月にジェラルディンと結婚しました。この方は一八二七年二月十日生まれで、アヴァルシイの女伯爵でした。

同じ年の晩秋、伯爵はオーストリア陸軍の他の百人の将校とともに、革命軍へ参じました。資料には彼の若い妻も熱烈な愛国者として描写されていて、夫と志を同じくしていたことが、くりかえし強調されていました。彼女はまた美しさにも秀で、その結婚生活は短いが理想的なものだったそうです。この結婚によってアレクサンドラという娘が——ペテーフィにちなんでそう洗礼名がつけられたのです——一八四九年の六月十四日に生まれました。出産のとき父親は戦場にいました、そして母はその後二度と夫に会うことがありませんでした。分娩のせいで、一八四九年八月五日、パウリス城で亡くなったのです。八日後に大いなる歴史的破局《カタストロフ》が勃発しました。八月十三日に、優勢なロシア軍を前にして、ハンガリー革命軍がヴィラーゴシュで降伏したのです。オーストリアの将軍ハイナウが大規模な軍事裁判を開きました。数かぎりない処刑が行われました、十月六日にアラドで十三人のハンガリー将軍に絞首刑が執行されました。アドリアンはただの大佐でしたので、八年の重禁固刑を宣告されました。ノイアラド砦の装甲室で刑期を務めあげ、そのあいだに太陽の光を見たのは、足に重い鎖をつけて街路清掃をさせられたときだけだったといいます。

　こうした情報と、それに加え千もの細部を新聞や書物から拾い集めて準備を調えたあと、サルミゼゲトゥシャに旅立ったのです。それはわたしのさらなる調査の出発点となりました。

　まさにローデヴァルト夫人の話のとおりでした。彼女に考古学的な情報を与えたドイツの学者は、よく事情に通じていました。この村はいまでこそすっかり寂れていますが、いたるところにある、いまでは顧《かえり》みるものもない大理石の残骸は、過去の栄光を証しだてていました。

　まるで時間が静止しているような感じなのです。何もかも昔から変わっていないようでした。二十五年前のローデヴァルト夫人と同じく、わたしも村でただ一軒のまともな家を訪いました。

そして彼女と同様に、わたしもまた、そこで立派な風采のドイツ人の差配人と会ったのです。ただし彼は二代目で、先代の差配人は亡くなったということでした。フリードリヒ・アウグスト・ディーリッツ二世氏はザクセンのタラントで農学を修めたのち——一家はフォークトラントのプラウエンの出ということでした——父の仕事を継いだというわけです。

わたしは差配人に旅行者だと自己紹介しました。そして僻地《へきち》の文化をとりわけ愛していると言ったのです。ディーリッツさんはこの奇特なわたしの趣味に微笑み、並々ならぬ親愛の情を示してくれました。彼の言によると、ようやく教養のある人間に会えたということでした。そして親切にもわたしに幾日でもかまわないから泊まっていくようにと言ってくれました。わたしは、条件を提示したうえで、それを受け入れました。というのも、いかなる謝礼も最初彼は固辞したからです。

わたしはのんびり構えることにしました。なんらかの疑惑や臆測を招いてしまったら、事はだいなしになりかねません。差配人が巡視するときはお供をし、それとなく彼から、役立つかもしれないことを聞き出すようつとめました。ジュオン・ディミトレスクのことを、彼はまだ覚えていました。もう何年も前に亡くなったそうです。あるよく晴れた日に、シュナップスの酔いから二度と覚めなかったのです。惨《みじ》めな生にふさわしい最期です。妻のオリンピアは健在とのことでした。ある女伯爵の乳母だったのですが、その女伯爵は、年老いてすっかり子供っぽくなってしまったオリンピアをまだ手元に置いているとのことでした。女伯爵はどうかと聞くと、『やはり悪趣味な婆さんですよ』という、いささか礼儀を欠いた答えが返ってきました

——。

ひとまずこの話題は打ち切りにしました。これからもそこに戻る機会は十分あるでしょうから。女伯爵はこの村から一時間ほどかかるところにあるパウリス城に住んでいるとのことです。なんとかして、その城に入れてもらうようにせねばなりません。入ろうと思えば入れないこともないでしょう。しかしわたしは招待されるほうを望みました。というのも奥様、そうすれば、無理に入れてもらったときより、わたしの立場はずっと有利になるはずですから」

「よくわかるわ」

「いかにしてわたしのことを知ってもらえばいいのか、頭をしぼりました。でもいい考えは浮かんできません。するとまたもや偶然が助けてくれたのです。

ある日、差配人から、猪狩りはいかがですかと誘われました。むろん望むところでした。彼はわたしに猪狩り用の槍を持たせ、銃身の短い猟銃を手に取らせました。そしてわたしたちは勢子《せこ》と猟犬をしたがえて出発したのです。一時間ほども森を——まったくの原生林のなかをつき進むと、まるで並木道のような、細長く延びた空き地にたどりつきました。わたしたちは二手に分かれました。差配人は左の森の縁に沿って、そしてわたしは右に。数分後に猛々しい猪が空き地を勢いよくこちらにやってきました。差配人は、撃つようにと、わたしに叫びました、わたしは叫び返しました。『すぐに！』射的なら得意ですが、狩りに出るといつも手こずるのです。わたしはあまり機敏ではありません。照準と照星、そしてひと時もじっとしていない標的を一直線に合わせるには、すこし手間がかかります。差配人がふたたび呼びかけてきました、前よりせかすような感じです、わたしはふたたび叫び返しました。次の瞬間、二発分の銃声が同時に轟きました。猛獣は火を吹いて倒れました。

もちろんわたしは勝利者の栄誉は自分に帰すと主張しました。勢子がさっと近寄ってきました。わたしは財布を出すと、得意満面の表情で、鷹揚にも百クローネ札をチップとして渡しました。そのおかげで、たくましい猪を検分したとき、かえって恥をかくことになったのです。猪は肩甲部をみごとに撃たれていました――それは間違いないのですが、弾痕はわたしの位置とは反対側にありました。つまり仕留めたのはわたしではなく、差配人だったのです。差配人は腹をかかえて笑いました。勢子はいちはやく姿を消していました。ところが次の日、わたしは城から招待を受けたのです」

「どういう風のふきまわしなのかしら」

「まったく簡単なことです。差配人がわたしのことを笑うと、一時間後には村中が笑い、ほどなく郡全体が笑い、とうとう城のなかでも笑う人が出てきたというわけです。そこで、かの地では絶対の掟《おきて》である歓待の出番ということになりました。よそからやって来た者が大盤振る舞いをして、撃ち損じをしたのに、勢子が半年暮らせるほどの心付けを与えたそうだ。これは相当のやんごとなき方に違いない。ぜひ城にご招待申しあげねば、というわけでした。

お仕着せを着た召使に案内され、すばらしく設計され、非の打ちどころなく管理された庭園のただなか、大きな菩提樹の下で、宮廷の作法どおり食器の並べられた朝食を前に、女伯爵が席についていました。その隣に、けばけばしい黄色の絹服――ワラキアの民族衣裳です――を着た、ひどく年をとって皺《しわ》だらけの女性がいましたが、わたしに気づいた素振りさえ見せませんでした。女伯爵は席を立ち歓迎の辞を述べ、老婦人のことを謝罪しました。彼女は元乳母で、目も耳もひどく不自由だというのでした」

「そして伯爵はどんな方でしたの。どんな服をお召しになっていて」

「伯爵は白いレースの部屋着姿でした。いささかぞっとしませんでした。もっともすぐに付け加えねばなりませんが、最初こそ怖ろしさを感じたものの、すぐに薄れ、よりよい印象に座を譲りました。二言三言会話すると、彼女は、賢く教養ある話し方をこころえた、敬虔で人柄がよく、言葉のはしばしに細やかな配慮を忘れない、教育のいきとどいた淑女だとわかりました」

「でもそうなら、最初の印象はなぜ悪いものだったのかしら」

「それは純粋に外見の問題です。この高貴な女性は、わたしに敬意を表するためか、傍目《はため》にもそれとわかる化粧をしていました。わたしはできるだけがまんしました。『過ぎたるは及ばざるがごとし』という含蓄の深い言葉があります。この淑女は、あるいは、未婚の方ですから令嬢とも言えましょうが、何十年ものあいだ、孤独のまま世を避けて暮らしてきました。いまや彼女は六十歳で、外見も相応に老けてみえます。顔から色つやが失われ、一本目の小皺があらわれはじめたときに、世捨て人の境遇のなかで、自然を少しばかり修正しようと、最初の試みがなされたのです。

化粧はたいそうな危険をともないます。非常に緩慢にではありますが、だんだんと目測能力が失われていくのです。色はますます鮮明で華やかに、そして塗りはますます厚くなります。

戯画《カリカチユア》の域をとうに越えているのに、自分ではそれと気づけないのです。唇は幅広に紅で塗られ、まるで道化師のようでした。頰はこれみよがしに赤と白で彩られ、眉は黒く太く引かれていて、まぶたは青色に光っています。それらすべてが黄色く不揃いな歯と鮮やかな対照をなしているのです――まったくありがたくない眺めでした。

しかし――数分もたたぬうちに、これらの不愉快さはまったく消えてしまいました。もはや腹のなかで彼女を嘲《あざけ》り、こっそりと笑いものにする気は失せました。単に自分がどう見えるか気づいていないだけで、彼女の振る舞いは自然で、分別があり、配慮のあるものでしたから。

朝食をともにするよう勧められました。わたしは非の打ちどころなくもてなされたと言わねばなりません。きわめてフランス貴族風の作法でした。ほどなく気づいたのですが、傍《かたわ》らの老女は、目と耳が不自由なだけではなく、精神も衰弱しているようでした。朝食のあと、伯爵は庭園を案内してくれました。ゲルシュラーガー親方の天才的な造園術には敬意をはらわざるをえません。六十年以上も前に、すばらしい洞察力で、未来の効果をはかって設計したのですから。散歩がすむと城の見学でした。何もかも偉大な様式の豪邸にふさわしいものでした。建物は晴朗なバロック様式で、華やぎがありながら堅牢で、フィッシャー・フォン・エルラッハの設計と思われました。部屋は豪華な家具で飾られ、あらゆるものがぴかぴかに磨き上げられていました。部屋のどこにも埃ひとつないのです。

わたしがそう言って褒めると、女伯爵は答えました。時間だけはたっぷりありますから、すべてがきちんとできるのですと。城内には精選された美術品にも欠けてはいませんでした。早期ルネサンスではマサッチオのパネル画がありました。アダムとイヴの絵です。女伯爵が語るには、文書室《アルヒーフ》に残っている古文書によれば、一四二〇年頃にアドリアン伯爵家の一人がこの巨匠をフィレンツェから連れてきて、ここで仕事をさせたのだそうです。

サロンでは正面の壁に空いた箇所があるのが目につきました。するとここが、例のレンバッハの絵が掛けてあった場所なのでしょう。わたしの懐中にその複製があるあの絵です。空いた場所のすぐ下に台座があり、釣鐘形のガラスの覆いをかけられた古い木製の時計が置いてありました。もの問いたげな目を向けると、女伯爵は説明してくれました。これは彼女にとって敬うべき聖遺物なのだと。この時計は、内部の歯車がすべて木でできており、彼女の父が獄中にあるとき、孤独を慰めるために彫って作ったものなのだということでした」

「まあダゴベルト、なんてことでしょう」

「この説明を、どんなにわたしが興味深く、また重要なものとして聞いたか、女伯爵は気づきませんでした。わたしの計画と意図を知らない以上、それも無理もありません。

そのうち食事の時間になりました。わたしは伯爵に手を貸して食卓に向かいました。運よく二人きりになれたわけです。いつもは最愛の乳母と食事をするのですが、お客様と同席して気詰まりな思いをさせたくないのです、と伯爵は率直に話してくれました。

事になんらかの決着をつけるにはいまここを措《お》いてはない、とわたしは決意を固めました。しかし必要な勇気がわいてきません。ようやく目的の話を持ち出したのは、コーヒーが出されたあとでした。

驚いたことに女伯爵はそれを覚悟していたのです。まず彼女はからかうように『ダゴベルトさん』と呼びかけました。わたしが驚いて目を見張ると、笑いながらこう説明してくれました。彼女は新刊の小説を追いかけるのが好きで、わたしの手柄話も何篇か楽しく読んだということなのです。わたしはいつも正義のために戦っているので、その活躍に好感を持っているとも言っていただけました。

こうして話の糸口が見つかりました。

『よろしいですか、伯爵』わたしは彼女の目を見据え、歯に衣《きぬ》着せず言いました。『わたしは、あなたの前に座るいまも、正義のために戦っているのです』

彼女はわたしをじっと見つめました。『するとあなたがここにいらっしゃったのは偶然ではないのですね』

『おっしゃるとおりです。わたしはあらかじめ十分に考え抜いたあと、ここにまいりました』

『敵意のある意図でいらしたのですか』

『違います、伯爵、敵意はありません。わたしをここに導いた用件は、とても重要なもので、あなたにも密接にかかわりがあるのです。しかし前もって保証いたしますが、あなたに自発的に同意していただけないかぎり、わたしは何をしようとも思いません』

『わたしが前もって、いかなるお説も受け入れるつもりはないと断言したならば、あなたはどうなさるおつもりなの』

『何もいたしません。手ぶらでここを去るばかりです』

『正義のための戦いだというのに、そんなにあっさりとあきらめるつもりなのですか、ダゴベルト様』

『ほかにやりようがないのです。法にかなった闘争手段をわたしは有しておりませんから』

『ダゴベルト様、ではさしあたり、皇帝陛下の髭にかけて争うことにいたしましょう。そもそも何が問題なのかを、包み隠さずおっしゃってください』

『わたしは、すでに申しましたように、正義のために戦うつもりでここにまいりました』

『それならばわたしも、同じように、あなたが納得するまで説明いたしましょう。けっして意識的に正義にたてついたり、不正を擁護したりはしますまい』

『それならばわたしも心置きなく話せます。これからわたしが言わなければならぬことは、きっとあなたにはつらいことでしょうが』

『どうぞ聞かせてくださいませ』

『単刀直入に申しましょう。あなたは不正にこの城にお住まいになっておられます』

『聞き捨てなりませんわ。証拠でもございまして』

『証拠はありません』

『ではあなたは、証拠もない主張、単なる推測をたてにとって、わたしにあらゆる権利を放棄せよとおっしゃるのでしょうか』

『そのつもりはありません、伯爵。いま証拠がないと申しましたのは、法廷に出すには十分な証拠はないかもしれないという意味です。わたしにとっては十分な証拠です。しかしそれは重要なことではありません。わたしは行使すべきいかなる権力も持っていません。おまけに完全無欠の証拠さえ、法廷の前では、さほど役に立たないかもしれません。あなたが自発的に歩み寄ることを望まれなければ、あなたの立場は非常に有利になります。仮に訴訟手続きが行われたとしても、あなたにはとても強力な、無敵と言っていいほど有利な点が二つあります。

まず訴訟は非常に高いものにつきます。あなたにはそのための資力がありますが、あなたの敵対者は貧乏です。第二にわたしの依頼人にとって、訴訟はやる前から見込みがないのです。すでに時効になっているからです。ですから、この城はまったく難攻不落の要塞なのです』」

「わからないわ、ダゴベルト」ここでヴィオレットが口をはさんだ。「どうしてあなたは自分の弱みを、そんなにあっさりとさらしてしまうの」

「意図がないわけではないのですよ、奥様。わたしの見るところ、この件はもともと法的に処理することのできないものです。むしろ心理学に頼らねばなりません。肝心なことを口にせず、わざと回りくどく話をしているのを、奥様、あなたは不思議に思っていますでしょう。これにもまたわけがあるのです。わたしは最初の言葉で、伯爵に心当たりのあるのがわかりました。これが心理的にわたしを有利にしてくれました。これを利用しない手はありません。伯爵自身がまったく事の次第を知らなかったとしたら、ずっと難しかったことでしょう。罪の意識を持つものとしてわたしの前にいるのであれば、時間をかせぎ、観察するほうがいいのです。そうすれば、目的はおのずから達せられるでしょう。

『わたしが申し上げたいのは』正面から伯爵を見据えて、わたしは続けました。『あなたがゲオルク・アドリアン伯爵とその奥方の伯爵、旧姓アヴァルシイのあいだの正統な娘ではないということです。あなたの父親はサルミゼゲトゥシャ村のジュオン・ディミトレスクであり、あなたの母親はオリンピア、旧姓アウレリアーノ、すなわち、わたしに乳母として紹介してくださった女性にほかなりません。名誉と良心にかけてお答えください、あなたはそれをご存じですね』

『ええ』

『いつからご存じでしたか』

『四十年近く前ですわ。それを聞かされた瞬間は、わたしの全生涯に影を落としました。ダゴベルト様、それまでわたしは幸福な花嫁でございました。婚礼の日を間近にひかえる、十九歳の花嫁でした。乳母のオリンピア——わたしはいまでもそう呼んでおりますが——は、わたしが結婚してしまうと、お払い箱になるのではないかと恐れたのです。実のところ、ほんとうにそうなっていたかもしれません。そこで、自らを救うため、ずっと胸に秘めていた秘密を漏らしたのです』

『すぐにそれを信じましたか』

『ええ。オリンピアの話はたいそうもっともらしいものでしたから。少しは疑っていたかもしれませんが、独特の形の母斑《ぼはん》が、わたしたちのどちらにもあるのを見せられたとき、その疑いも消えました』

『それであなたはどうされましたか』

『自分のなすべきことをしました。愛していないと偽って求婚者をしりぞけたのです。あの方を愛していたからこそ、そう申しました。——露見の日は、必ず来ると思っていましたから——それが今日でした。さんざん待ちもうけていた日が、こんなに遅く来るとは思ってもみませんでした——わたしはただ、婚約者とわたし自身と、生まれてくるかもしれない子供たちの不名誉を避けたかったのです。

わたしは修道院で育てられましたが、あの修道院にまた戻ろうと思います。なにも身を犠牲にするつもりではありません。心の声がそうしろと命じているのです。ダゴベルト様、わたしは包み隠さず何もかも申しています。ですから教えてくださいませ。あなたはどうしてこの件に関わることになったのでしょう。あなたの主張の裏付けのため、あなたは何を持ち出すつもりだったのでしょうか』

わたしは懐中から写真の包みを取り出し、まずアドリアン伯爵の肖像を見せました。彼女はすぐに、自分の所有するレンバッハの原画を撮影したものだと認めました。それから、比較のために、ローデヴァルト夫人と息子の写真を見せました。伯爵はすぐに、近親者としか思えない類似があることを認めました。『この若者の名は』とわたしは説明しました。『言いますまい。またこの若者にも、あなたの名前、あるいは、彼の祖父アドリアン伯爵の名は言わないでおこうと思っています——意味があるとも思いませんから——ともかくこの若者は、母親の出自に疑問を感じ、わたしに相談しようと考えたのです。

わたしは調査し、収集したデータと、そこから喚起された推測によって、真相を次のように想定するのが妥当だと考えたのです。あの婦人は洗礼証明書を持っています。そこに記されたところによれば、オリンピア・ディミトレスクは一八四九年七月二日、娘を出産し、娘はミレナという名で洗礼を受けました。同じ年の六月十四日、ジェラルディン伯爵夫人にも娘が生まれ、アレクサンドラとして洗礼を受けました。このときオリンピア・ディミトレスクが乳母として城に雇われました。アドリアン伯爵は城を空けていました。反乱軍に加わって戦っていたのです。伯爵夫人は娘を産んで数か月後に亡くなりました。伯爵は子供に見《まみ》えることなく、一八四九年に投獄されました。そのまま何年も幽閉されていたのです。

革命が鎮圧されたあとも、この地域におけるハンガリーの貴族一家の生活は、煽動されたルーマニアの農民のため、安全とはいえないものになりました。一家は幼い女伯爵を連れて首都へ逃げなければなりませんでした――これは当時は、一週間にわたる危険にみちた道行でした。城の庭園を造った庭師頭のゲルシュラーガーとその若い妻も共に逃れました。彼らのあいだには子はなく、子をほしがっていました。いっしょにドイツに連れていきたく思っていたのです。オリンピア・ディミトレスクは、彼らに伯爵の子を譲りました――自分の子と偽って。このような状況では、子供のすりかえは危険もなくたやすくできたことでしょう。誰もその子を知らないという真っ白な環境のもとでは。二人の子は数週しか年が違わず、目鼻だちもまだ判然としませんでしたから、誰が疑いをもつでしょうか、あるいは証拠を要求するでしょうか。かくて伯爵、わたしの考えでは一件はなされたのです』

『実際にそのとおりのことが起こったのです。ダゴベルト様、あなたさまの明察には驚くほかありません。あなたはすべてを明るみに出しました。それでこれからどうするおつもりですか』
『正直に申しますと、伯爵、それについてはわたし自身もはっきりした考えはありませんでした。まずあなたと知り合いにならねばなりませんでした。結果的に伯爵、あなたはわたしの計画に飛び込んできたのです。場合によっては抗争もやむを得ないと思っていました、けれどもあなたはわたしの武器を捨てさせました。一件は、あなたの分別と良心を信頼したうえで、秘め隠したままでおくのが最善の策と思われます』
『あなたの見解に感謝いたします、ダゴベルト様。わたしはいかなる正当な義務からも逃れるつもりはありません。こう申すことが許されるならば、わが良き友のあなたさまに、それは信じていただきたく思います。提案がおありならおっしゃってくださいませ。できうるかぎり応じるつもりでおります。
ただ、ひとつだけ前もって言わせてください。わたしは年老いた女です。いまになってわたしの名を、スキャンダルとしてヨーロッパに広めないでくださいませ。これはわたし一人のためばかりではなく、家名を辱《はずかし》めないためでもあります。アドリアンの家名はずっと敬意を表されてきました。この名を忌まわしい噂話のなかに置きたくはありません。わたし自身も屈辱的に追い出されたくありません。それ以外のことならなんでも、甘んじて受け入れましょう』
『わたしがそんなことを考えてはいないということは、わざわざ保証するまでもありますまい。わたしの依頼主は、何も事情を知りません。長々と続く訴訟に巻き込まれても、益することはないでしょう。貴族の称号も、彼らにとってさほど大切なものとは思えません。母親は牧師の寡婦ですが、伯爵の家柄をいまになって突然誇示することに、あこがれたりはいたしますまい。息子は牧師の子で、いまさら伯爵になりたいとも思わないでしょう。彼は時計職人なのです』

『よりによって時計職人とは不思議なことですわ』

わたしにはわかりました。このとき、二人ともあの、ガラスの釣鐘の下にあった木の時計のことを考えていたのです。

『息子は』わたしは続けました。『有能な男で、自らの道を開こうとしています。わたしの目標は、ただ、二人の人生の道をいくぶん楽なものにすることだけです』

『それならば話の余地はあります、ダゴベルト様。なんでもおっしゃってください』

『その前にお聞きしたいことがあります。ぶしつけかもしれませんが、あなたが誤解することはないでしょう。資産状況を教えていただけませんか』

『順調と受け取っていただいて結構です』彼女は微笑んで答えました。『かなり増加してさえいます。しかしある程度の制限は免れません。資産は三つに分割されていて、わたしの意のままになるのはそのうちの一つだけです。もっともそれでも相当なものなのですが。もっとはっきり説明いたしましょう。四十年にわたって、わたしは一族の代々の資産からの収入を享受してきました。あなたも見たように、わたしは世捨て人の生活を送っていて、収入の十分の一さえ使いきれないくらいです。毎年貯蓄したものは、三つに等分されます。その第一は一族の資産を増やすのに使われます。減らさないようにするばかりでなく、できるかぎり増やして後世の一族の手に渡るようにしたいのです。それはすでに遺言によって決められており、変更することはできません』

『まったくふさわしい処置です』

『二つ目の部分は教会に遺贈され、敬虔で慈悲深い目的に用立てられます。その部分も動かすことはできません。誓約をしていますから』

『そして三番目はなんでしょう』

『三番目はわたしだけの秘密でした。ダゴベルト様、それをいま打ち明けますが、あなたはそれを知る唯一の方です。わたしは四十年ものあいだ、この栄光の影で、罪の意識と良心の呵責《かしやく》に苛《さいな》まれて生きてきました。本来はわたしの罪ではないのですが、罪の一端はわたしにもあります。知りながら黙っていたからです。いつかここを追い出されるという考えが頭を離れませんでした。惨めな境遇に陥るのも、他人の施しを受けるのも望みませんでした。そうした場合にそなえて、ひそかに蓄えをしておいたのです。わたしは許されるものと思います。なぜなら正直に節約して、賢明に支出することができたのですから。この節約したペニヒは――ペニヒというのを文字どおり受け取らないでくださいまし――わたしの自由になります』

『よろしい、それでは今後のことを相談しましょう。わたしはあの婦人に生活の心配のない老後を保証したいのです。一年に四千マルクあれば、彼女は安楽に暮らせます。あなたのへそくりは十万マルクに届きますか』

『ええ、それ以上ありますわ』

『それだけではありません。息子のことも気にかけてやらねばなりません。彼は大規模で健全な事業を企てています。それから、あえて申しますと、彼は立派な男なのですが、いまの境遇からは少々高望みの相手に惚れているのです。わたしたちが彼の事業を支援してやれば、彼を世界で一番幸福な男にしてやることができます。ですから、彼にもまた、十万マルクを分け与えることを考えています』

『ダゴベルト様、わたしはそれ以上のことを考えています。同じ額だけさらに結婚の祝いとして加えましょう。この額は、事業に投資してはなりません。将来の家族の保障のためのものです』

『幾重にもお礼を申します、伯爵。あなたの決定は文字どおりに実行されますのでご安心ください。ちゃんとわたくしが配慮いたします』

『もうひとつ申し上げることがあります、ダゴベルト様。わたしはあなたの依頼者を存じませんし、これからお目にかかるつもりもありません。しかしわたしは自分の義務を感じます。わたしの蓄えはいま取り決められた献呈によってもまだ尽きはしません。そして、神がわたしに生を与えてくれるかぎり、今後も増えていくでしょう。あなたの依頼人の名と住所を教えていただけませんでしょうか。先に申しあげた第三の部分を遺言によって残すのが正当と思いますから』

わたしとしても、名前をこれ以上隠しておく理由はありませんでした。それどころか、彼女に知らせるほうが有益かもしれません。そこでローデヴァルト親子の住所と名を明かし、署名の入った全権委任状を懐中から出し、名前と住所はここにありますからと教え、女伯爵に渡しました。財産をさらに処分したいと思ったとき、必要な情報を見出せる状況にあるように、この紙片をちゃんと保管しておいてくださいと彼女にお願いしました。

そこで女伯爵は書き物机に向かい、わたしたちの取り決めに沿って小切手に記入しました。わたしたちの仕事は終わりました。わたしは女伯爵の温情に感謝し、別れの挨拶として手にキスをしました。彼女はぜひまたいらしてください、たとえ仕事の御用でなくとも歓迎いたしますと請けあってくれました。

門の前で、豪華な馬車がわたしを待っていました。そこでわが友であり狩猟仲間でもある差配人のもとへ馬車を走らせ、彼にもまた別れの挨拶をしました。そしてそのままウィーンへ直行し、小切手を提示すると、つつがなく現金化できました。それからふたたびロートホーフへと足を向けたのです。二人に向けて個人的にわたしの努力の成功を披露するという喜びをみずからに拒もうとは思わなかったのです。

またわたしはいくつかの点で注意深くせねばならぬと思いました。すべての場合を考えねばなりません。あとから起こるかもしれない非難に対して、自分の安全を保証したく思ったのです。ローデヴァルト親子への報告の席において、わたしはこう説明しました。証跡を見つけることに成功しました。しかし特別な事情があって、あなたがた、あるいは他の誰にも詳しい説明をすることができません。実のところそれにはかなりの額の資産が関係しているのです。訴訟を行ったところで、埒《らち》があくとも思えません。もっともあなたがたはそうお考えにはならないかもしれません。そのときは、弁護士にこの一件を委任すればよろしい。しかしその弁護士はみずからの手で証跡を探さねばならないことでしょう。わたしからはいかなる情報も提供するつもりはありませんから。弁護士が証拠をつかむことができるかは、かなり疑わしいと思います。また、訴訟を起こしたとしても、それに勝てるかどうかは、さらに疑わしいでしょう。確かなのは、訴訟は何年もかかり、かなりの金もかかるということです。

ローデヴァルト親子は、訴訟には関心がなさそうでした。

『それならばあとに残るのは和解だけです。そしてわたしは、全権を委任されていましたから、その方向でことを収めました。あなたがたもまたそれを受け入れねばならないと考えます。ただあなたがたはそれで満足されるでしょうか。わたしがいま一万マルク全額を持ってきたならば、あなたがたはどう思われますか』

『一万マルクを手にできるなら、僕は小国の王になれる』息子のほうのローデヴァルトは興奮して叫びました。

『天からの贈り物でしょうね』母親も心を動かされた様子で付け加えました。

そこでわたしも一安心しました。これ以上はいかなる質問もしないでくださいと前置きしてから、彼らの前で紙幣を数えて見せました。奥様、思ってもみてごらんなさい、いつ果てるともしれない勘定のあいだ、親子とも目を丸くしていましたよ。三十万マルクについて正規の受領証を書いてもらい、ウィーンから女伯爵あてに送りました。

もたもたしているうちにスフェヴェニンゲンに行く機会は逃してしまいましたから、そのあとすぐウィーンに戻りました。あなたがたはもうスイスに移ったあとでしたから。さてわたしは休養して元気快復を考えねばなりません。比較的短い期間に三千キロ以上の距離を移動したわけですから。というわけでアーバー湖の岸辺のザンクト・ギルゲンで待望の休息をとりました。それはきわめて正当な報酬と信じます。これで満足していただけましたか」

ヴィオレットは彼の手を握りしめて言った。

「それでこそダゴベルトよ！」

ある逮捕

グルムバッハ家で、一同はシュヴァルツァーを前に座っていた。ささやかな集まりだった。一家の主人グルムバッハ、気品のあるその夫人ヴィオレット、それから夫妻の古くからの親友ダゴベルト・トロストラー。

今日はとくに新しい話題はなかった。

なんだか面白くないわ、とヴィオレットは思っていた。次の木曜日に、またダゴベルトを招こうとしたのに、なんと二人の殿方は、彼女抜きで食事をするらしい。なんでもその日、二人は断るのが難しい招待をされたということだった。

ヴィオレット夫人はふくれ面をした。

「どういうことなの」少し気を悪くして彼女は言った。「なぜできないとおっしゃるの。殿方には義務というものがありませんこと。妻としては、夫は正しい立場に立つことを期待できると思いますわ。ひとりだけ招待をうけるというのが正しい立場なのかしら」

「ねえお前」あわてて主人は奥方をなだめにかかった。「これが他のことなら、正しい立場になんていくらでも立つとも。でもこれは特別なんだ。招待状にははっきり、紳士のみの正餐《せいさん》会と書いてある」

「あらそうだったの。どうりで――」

「またそう変な気を回す。とんでもないことだ。招待状には正餐と書いてはあるが、昼間に行われるのだ」

「同じことですわ。夜から昼にかけてだろうと、昼から夜だろうと、あなたたちが――あなたたちを信じるとすれば二人きりで――行こうとするのには変わりはないでしょう。これが問題だわ。そんないかがわしいお楽しみがあるんなら、わたしがお留守番なのは当然ね。ちゃあんとわかっているんですから」

「お前の疑いはぜんぜん見当ちがいだ、ヴィオレット。ごく普通の園遊会《ガーデン・パーティー》という話なのだよ」

「いつもそうじゃない。俺だってつきあいがあるんだとか、もっともらしい弁解ばかりして。ダゴベルトだって、もう先約があるとかいうんでしょ。でもあたしは、何かもっといいことがあったときは、あたりまえのように背景に押しやられる。遠慮なさらずにどこへでもお行きになったら？　止めやしませんわ」

「でも奥様」ダゴベルトが仲裁にはいった。「ほんとうになんでもないんです。二人ともヴァイスバッハ男爵に招待されましてね。男爵はご存じのように国際委員会の副会長で、そのほかに、あなたのご主人が社長を務めているほとんどすべての会社の重役なのです。ですからアンドレアスは断れないのですよ」

「あら、ヴァイスバッハさんというと、あの新米男爵の方ね」

「あの方を見くびってはいけません。あの方は尊敬に値する人です。わたしが祝辞を送ると、しゃれた返事を書いてよこしました。他の貴族は家柄の古さを誇るけれど、わたしは家柄の若さを誇りますとね」

「でも、どうしてあの人、貴族に列位されたのかしら」すでに半分機嫌を直しているヴィオレットが聞いた。

「それもまた、なかなかの美談なのです。大都市はどこもそうですが、ウィーンでも公共病院が不足しています――とくに小児科が。そこである日ヴァイスバッハ氏が――そのときはまだヴァイスバッハ男爵ではありませんでした――自腹を切って小児科病院の設立に百万クローネを寄付しました。最新式の設備をそなえたその病院が開業すると、今度はヴァイスバッハ夫人がその円滑な運営のためにと、もう百万クローネ寄付しました。一週間前にその開院祝いが行われたとき、皇帝陛下も臣下を引き連れて臨席していました。寄付をした夫婦に紹介されると、陛下はこうのたまわれたのです、『ヴァイスバッハ男爵よ、余は惜しみなく汝を賞賛する、そして汝、男爵夫人よ、汝にも寛大なる行為を感謝する』このようにして貴族への列位がなされたのです。これほど即座に貴族に列せられたのは、オーストリアではじめてかもしれません」

ヴィオレット夫人は感激した。ヴァイスバッハ夫妻にも皇帝にも。そして他のことにもすっかり機嫌を直した。ただ、ひとつ攻撃するのは忘れなかった。

「アンドレが軽々しく断れないのはわかったけれど、ダゴベルト、あなたなら、お断りしても角も立たないんじゃないかしら。なのにちゃっかり招待を受けるなんて！」

「わたしとて、断るわけにはいかないのは同じです、奥様。すべてはそもそも、このわたしのせいなのですから」

「何があなたのせいなの」

「すべてがです、病院の設立や男爵への列位も何もかもです。そもそも、事の発端となったのは奥様、あなたなのですよ」

「どうしてそんなことになるの」

「簡単なことです。あなたに頼まれると、わたしはしばしば、あなたの慈善事業組合のために寄付金を集める手伝いをしていますでしょう」

「あら、もしそれが面倒なら――」

「どういたしまして――たいしたことではありません。説明の都合上触れただけです。わたしが最初に訪ねるのはきまってヴァイスバッハでした。そこでわたしはいつも確実に、なにがしかの寄付金をもらいました。ふつうは千クローネ、しばしば一万クローネ、一度などは二万クローネもむしり取りました。しかしわたしは、きっとヴァイスバッハが期待したであろう感激の表情を見せたことはありませんでした。

そこで彼はいちど辛辣な質問をしました、喉まで金を詰めるのをあたりまえと思っているのか、と。わたしは答えました、もちろんそれはあたりまえどころではなく、あなたの親切の賜《たま》物《もの》で、誇るにたるべき行為です。しかし概して金持ちの人には、慈善行為をなすにあたって喜びを感じていない、自発性が感じられない、と言わざるをえません。彼はなんとも答えず、言うことをまったく持たない人の目でわたしを見ました。その後、われわれがこの件についてふたたび話すことはありませんでした。しかし一週間前、例の病院が開業したとき、彼はわたしをわきにひっぱっていって、見まがうことのない内心の満足を目にたたえて、これで〈喜び〉や〈自発性〉は十分ですかと聞いたのです」

いまやヴィオレット夫人にも、この招待は断るわけにはいかないのだと了解された。そして冗談まじりに、それじゃ木曜はあたら若い身を寂しさのうちにすごすしかないわね、と言った。ダゴベルトは同じく冗談まじりに、いつも十二は用意している機知の一つで応じた。「かといって奥様も昼食はとらないわけにはいきますまい。こうすればどうでしょう。わたしとて昼食はとらないわけにはいきません。ですからわたしも自分の分け前をいただくことにしましょう。あなたさえよろしければの話ですが、次の日、金曜に、また招待いただけませんか」

ヴィオレット夫人は諸手を挙げて賛成した。そしてさらに、すくなくとも木曜のいくぶんかを取り戻そうと、最後のだめ押しをした。「主人の言によれば、紳士だけの正餐は昼間にやるのね。ということは、夜にはふたたび体があくことになるわ。せっかくのお楽しみの邪魔をするような女にはなりたくはありませんから、無理強いはしません。でも、もし遅くならないようなら、こちらにまた、お茶を飲みに来ていただけないかしら。十時までは待ってるわ」

「すばらしい思いつきです、奥様」ダゴベルトは感じ入って叫んだ。「はげしい戦いのあとには、いつもお茶を一杯飲むことにしています。正餐では舌戦もあるかもしれませんし、この家のお茶ほどおいしいものはありませんから。それにあなたのおっしゃるとおり、それほど遅くはならないでしょう。招待状にははっきり『十時から六時まで』と書いてあります。これほどはっきりした指定は好感がもてます。ですから七時にはまたここでお茶をご馳走になれるでしょうし、いくぶんなりとも土産話もできるというものです」

そして実際そうなった。木曜の晩——七時になるかならないかのうちに——二人はヴィオレット夫人のもとに戻り、勢いよくお茶の権利を主張した。二人は上機嫌だった。特にグルムバッハはしじゅう笑っていた。ふだんの生真面目で重々しい様子とはうってかわって、みさかいなく「機知」をふりまいた。自分で自分の機知にさかんに笑ったところから見ると、さぞや気の利いた機知であったのだろう。

お茶はすぐに用意された。そしていま、一同はふたたび心地よい喫煙室でいっしょになった。ヴィオレット夫人はすでにおそろしいほど好奇心のとりこになっていたから、最初の質問はもちろん、「で、どうでしたの」というものだった。

「ああ、すばらしいものだったよ」グルムバッハが発言の主導権を握り褒めたたえた。いつにない彼の多弁は驚くべきものだった。「思ったとおり、ヴァイスバッハ君は——ああ、またやってしまった——ヴァイスバッハ男爵だったな——この呼び方にも早く慣れなきゃな——それにしても華麗な変身じゃないか」

この「華麗な変身」をグルムバッハはことのほか気に入ったようで、いつまでも笑い続けていた。

「十時から六時までと区切ったのにはわけがあったのです」グルムバッハがけたたましく笑っているあいだ、ダゴベルトはヴィオレット夫人のほうを向き、グルムバッハをちらと横目で見て言った。「よいワインは人を陽気にしますから」

「ヴァイスバッハ男爵が」グルムバッハがふたたび言葉をひきとった、「ははは、これは傑作だ。はて、どこからこんな話になったのだろう。俺は何を言うつもりだったかな」

「思ったとおり、ヴァイスバッハ男爵が大盤振る舞いをしたということですよ」尊敬すべき友よりもずっと酒に強いダゴベルトが助け舟を出した。

「まさしく――よろしい――そのとおりだ。なにもかも結構ずくめだった、豪勢で、貴族的《セニョーリアル》――言い得て妙だろう――なものだった。あの男は人生がわかっていて、客をもてなすすべを知っている。俺たちはおおいに楽しんだ、すばらしかった！　だが笑わないわけにはいかない」

――そしてグルムバッハは笑った。「いちばん傑作だったのは――お前もいればよかった、ヴィオレット――ダゴベルトが探偵術を心ならずも披露したあげく、ボヘミアの亜麻布のように縮みかえったことだ。警部のヴァインリヒ博士が現れて、輝かしい捕り物をやってのけた。ダゴベルトはすっかりしょげていた。ヨーロッパ中さがしても、あれほどまで恥をかいた男はあまりなかろう」

記憶がよみがえり、グルムバッハはまたもや笑いに身を震わせた。ヴィオレットは目を見開いた。なんですって、それじゃ犯罪があったのね。ダゴベルトが行くところ、いつでも悪いことが起こるってほんとうに変ねえ。

好奇心に火がつき、彼女は詳しいことを知りたくなった。しかし夫君の話術は、特にいまのようにはしゃいでいるときは、あまり信がおけない。そこでダゴベルトのほうを向いて、話してくれるようねだった。

「ダゴベルトは多くを話したがらないんじゃないか、ヴィオレット」グルムバッハが口をはさんだ。「今回はまんまと一杯くってしまったからな。ダゴベルトはあることをたくらんで、ヴァインリヒをひっかけるはずだった。だがヴァインリヒはひっかからず、ちゃんと逮捕すべき者を逮捕したのだ。そのときのダゴベルトの顔を、お前にも見せたかったね。まったくの見ものだった！」

「ほんとうなの、ダゴベルト」ヴィオレットが聞いた。「運が悪かったのかしら」

「それどころか、奥様。運はむしろよかったのです。少しばかりの幸運がなければ、わたしの仕事はうまくいかなかったことでしょう」

「でも失敗したんでしょ」

「誰がそんなことを言いましたか」

「この人がたったいま――」

「奥様！」ダゴベルトはグルムバッハに同情にあふれた一瞥を投げかけた。「このかわいそうな男は事の次第をよく理解していないのですよ」

「それならお話しなさいよ」

「俺も聞きたい」と一家の主人も賛成した。「面白くなってきたぞ、さて、こいつはどうごまかして言いぬけるかな」

　ダゴベルトはこの無礼なあてこすりに言葉を返すこともなく、余裕の笑みでやり過ごし、話をはじめた。その際、夫人のほうを向き、夫人にだけ語りかけた。それはグルムバッハへの罰であった。

「ヴァイスバッハ男爵は、あなたもご存じかもしれませんが、ジーフェリンクに別荘《ヴィラ》を建てました。ウィーン名物のひとつに数えられているほどの壮麗な邸宅です。背後にはウィーンの森《ヴィーナーヴァルト》の丘がひかえ、目をそちらに向けると、まるで都会の喧騒から何マイルも離れた、静かな森のなかに一人でいるような気分になります。ところがそのまま体を半回転させると、きらめくドナウの流れと、何百万の人が住む華やかな都会が足元にひろがっているのです。

　別荘はオットー・ヴァーグナーによって設計されました。ですからちょっと見にはなんとなく妙な感じがするのですが、実はまさしく洗練された配慮とともに、まぎれもない必然性と、考えられるかぎりの快適さのもとで配置されているのです。オットー・ヴァーグナーの様式は、従来の様式から一歩進んだものです。どうかそれについて議論するのをお許しいただけませんか」

「いいえ、ダゴベルト、絶対にだめ。美学と建築批評はまたの機会もあるでしょう。そのときは我慢して聞いてあげてもいいわ、でもいまは話題をそらさないで」

「なるほど。審美家としてのわたしは、まともな評価を受けたためしがありません。こうした不当な扱いには慣れっこです。しかし奥様、当然のこととして、別荘のよく手入れのされたみごとな庭園について、一言口をはさんでもかまいませんでしょうか」

「まあいいわ、許してあげる」

「心から感謝いたします。もちろんそれは本題にもつながっています。かくてヴァイスバッハはわれわれを、二重の理由から招待しました。ひとつには新しい別荘の披露のため、それからわれわれの祝いにお返しをするためです。十二人が招待されていました。招待客はもっとも親しい友人たちで、彼に授けられた皇帝陛下の恩寵《おんちょう》をともに喜ぶべき人々でした」

「でも、どうして殿方ばかりなのかしら」ヴィオレット夫人が聞いた。そのかすかな不満は、いまでも完全には解消していなかったのだ。

「なぜならば、別荘にはまだ男性一人、つまり男爵自身しかいなかったからです。奥方やご子息やお嬢さんは、みんなすでに旅行に出ていたのです。北海やパリやスイスに」

「それならそうとすぐ言ってくれなくちゃ」

「そうともグルムバッハ、君はすぐに言うべきだった」とダゴベルトも同意し、友のよしみで責任をすべて主人に押しつけた。「朝食は十時と告げられました。しかしわれわれはみな、時間より早く集まりました。そこでヴァイスバッハは、邸内を披露に及びました。彼が案内役《チチエローネ》となって客を案内したのです。わたしは少し遅れてついていきました。ひととおり見る機会が、以前に何度かありましたから。

　階段の踊り場にさしかかると、グループの最後尾《しんがり》にいたために、たまたま、小さなのぞき窓を通して、一階にある控室が目にはいりました。そこには客の上着がかけてあるのです。その部屋の薄暗がりのなかに、かすかに白く光るものを認めたような気がしました。まずはそれが何かをはっきりさせなければなりません。腕、手のひら、閃光――誰かが上着の一着から、銀のシガレットケースを盗んでいるところだったのです」

「そら尻尾をつかまえたぞ。ヴィオレット」グルムバッハがわが意を得たりとばかりに口をはさんだ。「ダゴベルトを信用するな！　俺たちにはまったく違うように説明した。そのシガレットケースは自分で盗んだと言ったのだ。ヴァインリヒ博士を罠にかけるために」

「そうとも、実際にそう言った。それにはちゃんとした理由があった。奥様、これからの話を聞けば、わたしが正しいことがおわかりでしょう。そこでわたしは一行が階段を上るのを尻目に、邸内を迂回して走りました。わたしの興味を引いた人物に、正面から、疑いをもたれることなく出会えるようにするためです」

「それでうまくいったの」

「ヴァイスバッハ自身の邪魔さえはいらなければ、うまくいくはずでした。彼は二階の窓からわたしを見つけて、呼びかけたのです。よりによって、その男がこちらに向かってくるのを見たそのときにです。ヴァイスバッハはしつこく、すぐに上がってこいと呼びかけます。わたしがまだ見ていない何かがそこにあると言うのです。しかたなく呼びかけに従わざるをえませんでした。しかしその前に、わたしにたいそうな興味をかきたてさせた問題の男をとくと見ました。身なりから男がこの家の使用人であることがすぐわかり、わたしは安心しました。あとでもきっとその男は見つけ出せると思ってその場を離れたのです」

「でも、絶好の機会がふいになったわけね。後からでは、シガレットケースをどこかに隠してしまうかもしれませんもの」

「まったくおっしゃるとおりです、奥様。わたしの見るところ、あなたは高貴な探偵の才に、敬愛するあなたのご主人よりもずっと恵まれておられます。しかし、シガレットケースはもういささかも重要ではなくなりました。というのもすでにもう一つの、より重要なことがわたしの心をとらえたからです。そこでわたしはその場を去りました。ヴァイスバッハがわたしに見せようとしたものは、ルードルフ・アルトの水彩画でした。高齢の巨匠が死の数週間前に描いた、まさしく逸品と言うにふさわしい絵でした。アルトの技巧の特異性はどこにあるかといいますと……」

「それはもう結構、ダゴベルト。美術批評は今度にしてちょうだい」

「承知しました。ヴァイスバッハとはそんなお喋りをしていたのです。この絵がどれほどの掘り出し物か、どれくらいの値がしたかなどを聞きました。適当に答えを聞いたあと、話題を自分の望む方向にもっていきました。つまり、わたしが下で会ったあの男を知っているかと聞いたのです。

『うちの庭師ですよ。なかなか優れた男でね』

『どんな点で優れているのですか』

『あらゆる点でですよ。まず自分の仕事を根本から理解している。あなたがここの庭園や温室をご覧になれば、彼の技量はすぐに納得がいきましょう』

『一部はすでに拝見しました。それ以外には何か』

『肝心な点は――誠実そのものということです。この別荘は都会から少し離れた淋しいところにあります。家族は遠くにいて、わたしは一人きりで生活しています。わたしは特に胆が太いわけではありません。ウィーン郊外の治安の悪さは諺《ことわざ》にまでなるほどです。ですから夜中にこの別荘で一人でいると――おちおち目を閉じることもできません。だからここで一人住むようになってからは、庭師のトラウトヴァインを、隣の部屋で寝させています。それ以来安心して眠れるようになりました。この庭師は心を鎮《しず》めてくれる得がたい存在です。庭に出る機会があったら、彼の手を見てやってください。もし賊が侵入してきてもあの手にかかったら――ひとたまりもないでしょうね』

この男をもっと知りたく思い、わたしはできるかぎり早くその場を離れました。彼は温室で、有名な青のヴンダーグロットの手入れをしていました。これはすばらしいブーゲンヴィリアのただ一つの株なのです。このときわたしは、先ほど一目見たとき、そうに違いないと思ったことを確認できました。奥様、あえて言いますが、わたしは純粋でしみじみした喜びを味わったのです」

「その有名なブーゲンヴィリアはわたしも聞いたことがあるわ」

「喜んだのはそのことではありません。世にもまれな幸運にでくわしたのです。この世でもっとも悪辣な強盗殺人犯と会話ができたのでした。彼については、犯罪録にもちゃんと記載されています」

「なるほど。さぞ嬉しかったでしょうねえ」

「そうなのですよ、奥様。こんな機会にでくわすことはめったにありません。幸運の女神が微笑んだのでしょう。どんなことでもそうですが、わたしの仕事に関しては特にそうなのです。もし運にまったく見放されたとしたら、さぞかしわたしは悲惨なことになりましょう」

「どうしてそんなにすぐ、その人は強盗殺人犯だってわかったの。この人は強盗殺人犯だってあなたが知っている人が、そんなにあちこちうろついているわけじゃないでしょう」

グルムバッハはこの話に目を丸くした。何もかもが初耳だったからだ。どこまで信じていいやら、すでにわからなくなっていた。もしかしたらダゴベルトの奴、妻にとんでもない嘘八百を並べているのではないだろうか。

だが経験の教えるところによれば、それはありえない。これまで一度だって、ダゴベルトは話に偽りや誇張を交えたことはなかった。それにしてもいまの話は、まるで小説のように現実離れしている。もし何もかもが真実であったとしたら、俺はほんとうに恥じ入るべきだ。なにしろ、その後の展開の一部始終を目の当たりにしていながら、ほんの少しも真相に気づかなかったのだから。

ダゴベルトはヴィオレット夫人の最後の質問を受けて、次のように説明した。「なんでもないことなのですよ、奥様、ただすこしばかり込みいった事情があるのです。わたしが空いている時間の大部分を、警察本部の鑑識課で過ごすことは奥様もご承知でしょう。この鑑識課というところは、警察博物館と緊密に結びついていて、この博物館を、ヨーロッパ有数の模範的で教育的な施設にしているのです。鑑識課と警察博物館は互いに助け合い協力しあって活動しています。そこでわたしも毎日のように博物館に行って、さかんに仕事をしています、つまり教えたり教わったりしているのです。ええ、教えさえしているのです。

最近設立された探偵学校がこの博物館と密接な関係をもっているのですが、この学校では警察で犯罪捜査担当の若手の後継者を育成しています。そこでわたしも講義をいくつか受け持ち、若くて熱心な生徒たちにわが経験と研究の成果を伝授しているのです。ヴァインリヒ博士は特に人体測定課の立ち上げでみごとな功績をあげて、それから捜査業務全体の指導者として、わたしの協力にたいそう感謝してくれています。政府はこの目的にあまりにも不十分な予算しか認めませんでしたから。そういうわけで時の経過につれて、ある程度の信用を勝ち得た教師で、おまけに無給で、ひたすら犯罪学への情熱からだけで協力してくれるような教師は二重に歓迎されるようになったのです」

「わかるわ、そんな人はめったにいないでしょうから……」

「そんなおめでたいものはめったにいない、と言いたいのでしょう。遠慮なくおっしゃってもかまいませんよ。慣れきってしまったので、もう何も感じなくなりました。この世に道楽を持たない人はいません。

わたしがその学校で受け持っていた一連の講義の締めくくりに、ヴァイスバッハの家で出会ったあの男が特別の役割を果たしました。あそこではトラウトヴァインと名乗っていましたが、たぶんその名が書かれた身分証明書と推薦書を、どこかで盗んだのでしょう。ほんとうの名はアントン・リーダーバウワーというのですから。この男は危険きわまる犯罪者で、鑑識課の資料にも記載されています。髭《ひげ》をきれいに剃った皇帝風の顔立ち、男盛りの年齢、しかし二十三年ばかりを監獄で暮らしているのです」

「まあ、なんてことかしら」これを聞いてヴィオレット夫人は真っ青になり、グルムバッハ氏も表情をひきしめた。彼はいまや、ダゴベルトへの信頼をふたたび取り戻したかのようであった。

「ええ」と言ってダゴベルトは続けた。「まさに監獄制度の広告にうってつけの男なのです。というのも、彼の外見から判断するかぎり、われわれの監獄は正真正銘のサナトリウムか保養所としか思えません。ことの次第は二十五年前にさかのぼりますが、この男は強盗殺人——正確に言えば、二重強盗殺人を犯しました。情状酌量の余地が少しもない、獣にも劣る犯行でした。

老夫婦が管理人をしていた家があって、その夫婦が彼に同情して宿を貸したところ、その管理人が寝ているところを惨殺したのです。それもわずかばかりのこまごました財産を奪うためにです。絞首刑にはなりませんでした。法律で規定された年齢に達していなかったためです。なにしろ十八になったばかりでしたから。そこで十八年間の重禁固刑となりました。

その十八年の刑期は神妙におさめました。しかしそれは、この男が人生で見せた唯一の神妙さだったのです。それから釈放されましたが、すぐにまた罪を犯し、その際、以前はなされなかった身体測定が行われました。そのときは家宅侵入のため、五年の刑をくらいました。その刑期も勤め上げたのですが、いまヴァインリヒ博士は彼をまたもや捜しています。それもほとんどまる一年ものあいだです。いまだ警察が犯人をあげられない家宅侵入があって――まったくうんざりですが――ヴァインリヒ博士は、リーダーバウワーがその犯人だと確信しています。もちろん根拠がないことではありません。犯行現場から指紋が見つかったのです」

「よりによってそんな恐い人の手にヴァイスバッハさんは落ちることになったのね」

「ほんとうに運命は皮肉なものです。探偵学校での講義の一つで、わたしは特に考えがあって、リーダーバウワーの肖像を、具体的説明のサンプルとして選びました。理由は第一に彼がいまだに『指名手配中』であるからです。この男の人相を生徒たちがよく頭に刻みこんでいれば、何かのときに役にたつかもしれませんから。第二に、そもそも彼の顔がいくつもの点において、報いられることが多い、興味深い説明の対象だからです。そこで資料室《アルヒーフ》で見つけた小さな肖像写真を鑑識課の作業場《アトリエ》で実物大に拡大し、その拡大写真を、教室に研究用資料として掲げました。しかも右側の壁の、左の隅から二番目の列に」

「ちょっと待って、ダゴベルト」ヴィオレット夫人が話をさえぎった。「なぜあなたは、その男の顔がそんなに興味深くて教育的だと思うの？」

「すでに言ったように、奥様、いくつもの点においてです。すべて知るためには、講義全体を聞いてもらわなければなりません。しかしできるだけ簡単に申し上げましょう。

われわれは講義で、ハンス・グロース教授に代表される実用性を志向した学問的業績に負けず劣らず、犯罪者は先天的なものであるというロンブローゾの説に熱心に取り組んでいます。しかしロンブローゾの推測はいまでは多くの点で異論が出され、少し軽視さえされています。しかしわたしの観察と経験から言わせていただければ、それは正当なものとは言えません。犯罪者の外形にしばしば見られる道徳的退廃の兆候から、ある種の結論を導くことは妥当と考えられます。

もっともリーダーバウワーはこの点では際立った例外です。しかしまさにそれゆえに、法則に対する反証にはなっていないのです。例外は例外として、特別の注目に値します。彼の体格は立派でみごとに均整がとれています。彼の頭は完璧な皇帝型を呈しています。しかし、たかだかこの型の指標としての信頼性が疑問に付されるにすぎません。もっともそれもあまりありそうにないことですが。

しかも他の点から見ても、リーダーバウワーの顔写真は興味深い研究対象です。横顔と正面を向いた顔、髭を生やした顔と剃った顔が撮影されています。これらが同一人物だということを写真だけから判定するのは、想像するよりもずっと難しいものです。ですから、信じられないほどの相違のなかの疑うべくもない同一性を立証するこのサンプルは、比較対照の教材としてきわめて啓発的なのです。一方では、驚くほどの類似を見せながらも、同一人物ではない写真もあります。

リーダーバウワーの顔写真は、『二重強盗殺人犯』および指名手配中の家宅侵入犯として、もちろんわれわれによって、特に念入りに、そして、ある種の敬意さえともなって扱われました。そしてあなたもおわかりでしょう、奥様。この興味深い人物と思いがけない場所で出会って、わたしが、どんなに内心うれしかったかということが」

「さぞわくわくしたでしょうね。わかるわ。捜し求めていた強盗殺人犯にいきなり対面なんて！」

「かくてわたしは彼を見つけましたが、いかにして安全に連行するかという問題がまだ残っています。わたしは庭師と話していまして、その話題は自然に園芸のことだったのですが、話しながらも、どういうふうに逮捕しようかとあれこれ考えていました。いい考えは浮かんできませんでした。さしあたりすべきでないことはわかっていました。邸内でパニックを起こしてはなりません。せっかくのお祝いがだいなしになってしまいますし、もっと大変なことにもなりかねません。というのもヴァイスバッハは多血質で、かなり神経質で、人並みはずれて臆病な男なのです。自分が途方もない危険のなかにあることをいきなり知らされれば、恐怖と興奮で心身に悪い影響を及ぼしかねません。思い出してもごらんなさい。ボーデンゼーを越えた騎手が卒中に襲われたことを。あの騎手はヴァイスバッハ男爵ほど臆病ではなかったのでしょう、さもなければ、あれほどの淋しい土地を、真夜中に寒さに震えながらひとり踏破しはしなかったでしょうから。ヴァイスバッハにはけしてそんな勇気はありますまい。この件は、ですから別なふうにおさめる必要があります。そしてわたしは、それを優雅《エレガント》に行おうと決めたのです」

をさまがあったというものです。さて、ま

「ダゴベルトはなんでも優雅にやるのね」

「お褒めにあずかりありがとうございます。骨折った甲斐《かい》があったというものです。さて、まさに話も佳境にはいろうというとき、むりやり朝食の席に連れていかれました。一同はすでにわたし抜きで食事をはじめていて、ついに我慢の限界に来たのでした。一座の最年少ということで、フリース男爵とネッテルバッハ青年が派遣されました。死刑に処しても生きたままでもいいから、とにかくわたしを連れてこいというのでした。かくてその場を去らねばなりませんでした。ほんとうはもう少しこの新たな知人と話していたかったのですが。それほど自然にわたしたちは親しくなっていたのです」

「親しくさえなっていたのね」

「親しくなっていけないということはないでしょう。わたしは彼の心をとらえ、彼の言葉で話すことを心得ていますから。

庭園への道をともに歩きながら、フリース男爵はわたしにささやきました。『ダゴベルトさん、わたしの銀のシガレットケースがなくなりました。上着から消えてしまったのです。あれはテニス試合の賞品にもらったもので、とても大切なものです。ヴァイスバッハ家に盗みをするような人はいないでしょう。しかし誓ってもいいのですが、ここに来るまでは絶対にありました。なぜなら馬車のなかで煙草を吸いましたから。煙草を取るとしたらシガレットケースからしかありません』

いよいよわたしの出番がやってきたというわけです。この機会を利用しない手はありません。

『気を落とさないでください、男爵、わたしにおまかせください。あなたのお話によれば、シガレットケースはほんとうに盗まれたと思われます。しかしわたしがいるかぎり、盗人が罰せられぬことはありません。保証いたしますが、日が沈む前にシガレットケースは取り戻せるでしょう。ただひとつ条件があります――このことについて一言も漏らさないでください』

男爵は約束してくれました。かくて計画の準備が整いました。取るべき戦術にためらいがあるときには、わたしは決まって外からの小さな刺激を必要とするのです。この刺激をフリース君は与えてくれました。そこで何をなすべきかがはっきりしたというわけです。

朝食の席では、例によって、わたしの道楽についての罪のないあてこすりが行われました。さすがにいくぶんかは敬意が払われてはいたものの、からかいの言葉もときおり混じっていました。そうした冗談はわたしの計画にうってつけのものでしたから、この機を逃してはならぬと、すかさず飛びつきました。髪の毛が逆立つような探偵譚をいくつか話し、拡大鏡の助けを得てもたらされた驚くべき真相について語りました。主人はたいそうな興味を示しました。これは非常に好都合なことでした。というのも、わたしの計略はすべてそこにかかっていましたから。

『ヴァインリヒ博士がここにいないのは、まったく残念なことです』いかにも嘆かわしそうにわたしは言いました。『あの人なら、また別の話をしてくれるでしょうに。あの人は経験も積んでいるし、なんといってもわれわれのあいだではもっとも有能な犯罪学者ですから』

『それは思いつかなかった』主人も残念そうに言いました。『ヴァインリヒさんはぜひ招待すべきだった』

ヴァインリヒ博士もヴァイスバッハ男爵と親しく交際していたのを、わたしは知っていました。一座の雰囲気を利用してわたしはさらに続けました。『あの人がここにいないのは二重に残念なことです。いまなら彼の腕前を披露して、すばらしい話題も提供してくれるでしょうに』

『どのようにしてですか』と誰もが聞きたがりました。なかでも一番好奇心が強かったのが主人でした。

『簡単なことですよ』わたしは説明しました。『わたしは探偵術を純粋に愛するあまり、そして、腕前を試すために、ここにおられる方々の一人からある品物を盗んだのです』

これを聞くと、誰もが思わずポケットを探り、それから、あたかも一瞬でも疑ったことをわびるかのように、いっせいに笑い声をあげました。

『もしヴァインリヒがここにいてくれて』とわたしは続けました。『いたずらの犯人を捜査してもらえたならば、どんなにすばらしかったことでしょう』

『いまからでも遅くはありません』主人はにこにこして言いました。『博士のところに車をやりましょう。なんといってもこれは彼の業務なのですから、よもや招待を断れはしますまい。短い手紙を書いて、これは職務上の用件であると知らせてやりましょう。一度に二つの手柄がたてられると書いてやりますよ。第一にはわれわれと昼食をともにするということ、それから凶悪犯を捕まえられるということ。そうですとも、ダゴベルトさん、もし博士があなたに首尾よく罪を認めさせることができたならば、あなたを逮捕してもらいましょう。これは面白い見ものになりますよ』

かくて男爵は、まんまとわたしの計略にはまってくれたのです。控えていた召使が命ぜられて、便箋（すでに王冠が印刷されていました！）と筆記用具を食卓に持ってきました。ヴァイスバッハはすぐさま書きはじめようとしました。わたしはそこで助言をしました。

『男爵、わざわざそのようなことをしていただくには及びません。いまの状況はどういうものかというと、まずわたしは盗みを働きました、そう自分で白状したのです。しかしそれを博士に漏らしてはなりません。それではあまりに芸がないじゃないですか。

もしかしたらヴァインリヒは真相に到達できないかもしれません。その場合も、身分のある皆さんのひとりひとりに疑いがかけられることがあっては大変です。たいへん失礼ながら、このわたしよりも泥棒をしそうもない人物は、あなたがたのなかにはいらっしゃらないでしょうから。

ですから、ヴァインリヒ博士には、なんらかの証拠を提供しなければなりません。そこで提案したいのですが、わたしの指紋を博士に送ってはいかがでしょう。われわれはすぐ、彼が拡大鏡にものを言わせるところが見られるでしょう』

『すばらしい考えだ』新米男爵は喜んで叫びました。『指紋を送ってやろう、そしてそれ以外には何も教えずに、どうだ、犯人を捕まえてみたまえ、と言ってやろう』

『あまりいい考えとは思えんな』わが友グルムバッハがそこで口をはさみました。『指紋が役にたつのは、同じ指紋が資料室《アルヒーフ》にある場合に限られるだろう。だがこの場合はだめじゃないか。資料室には凶悪犯の指紋しか集められていない。遺憾ながらわが友ダゴベルトはそういうもののお仲間ではない。君の指紋を送ったとて、いったい何になるというのかね』

あなたのご主人の反論は、奥様、まことに核心を突いたものでした。もっともそれ以外の点では、尊敬すべき会食者のみなさんと同じように、やすやすとだまされてくれたのですが。しかしわたしはご主人の疑念を晴らすことができました」

「どういうふうにしたの」ヴィオレット夫人が追求した。「アンドレの異議は、もっともだと思うけど」

「何を隠すことなどありましょう。一同にはこう説明したのです。資料室にはもちろん前科者の指紋しか保管していません。しかしヴァインリヒ博士とわたしは、何か月も費やして、ある種の調査を行ったのです。残念ながらいまのところなんの実績もあげていませんが、それは何かというと、犯罪者の指紋の形からなんらかの判定ができないかということです。指紋の形から犯罪者の素質を認めることができるかもしれないと思っていたのです。その調査には、指紋が何百も必要でした。それも名だたる犯罪者のものばかりでなく、比較対照のため、非の打ちどころのない人々の指紋も必要でした。後者のなかに、ヴァインリヒ博士とわたしは、自分たちも属していることにしました。ということで、わたしたちの指紋も資料室にあるのです」

「いちおう説明にはなっているわね」

「すくなくともわたしの目的には十分でした。しかし実を言うと、この説明はとんでもない嘘なのです。もちろんそんな馬鹿げた研究をやったことは一度もありません。ですから、当然のことながら、わたしたちの指紋は資料室にはないのです」

「ねえ、ダゴベルト、何がなんだかわからなくなってきたわ」

「そこに計略がありました。実はヴァインリヒ博士に、手紙といっしょに指紋のついた紙片を送りたかったのです。わたしは紙入れからその指紋を取り出しました。一同は『わたしの指紋』をしげしげと見ていました」

「ということはあなたの指紋じゃないのね」

「もちろん違います」

「じゃ誰のものなの」

「もちろんアントン・リーダーバウワー、偽名トラウトヴァインのものに決まっています」

「その人の指紋もいるっていうの？」

「もし一人の人間の自由と全存在が問題となるときには、奥様、わたしは目だけに頼るようなことはしたくありません。目というものは、うわべの類似によって、たやすく欺《あざむ》かれますから。ですから、より強固な証拠を提出する必要があります」

「どうしてそんなに都合よくその人の指紋が手にはいったの」

「都合よくではありません。朝食のテーブルにつく前に、自分で採取したのですよ」

「そんなこと一言も言わなかったじゃない」

「あとから言えますから」

「でも採取しなきゃならないとしても、強盗殺人犯に向かって気軽に、『いい子だから指紋をちょうだい』なんて言えないでしょ」

「まさしくそうです。しかも相手は、鑑識課の厄介になったことがあって、指紋のなんたるかを理解していますから。そこで策略を弄せざるをえませんでした。といっても子どもだましのようなものですが」

「どういうふうにしたの」

「わたしははじめから、指紋を取るつもりでした。そこで、彼の全注意力を集中せざるをえない話題に話をもっていったのです。わたしたちは南洋の花々が咲きほこる温室にいました。わたしはとても興味があるふりをして、くわしく教えてくれと頼んだのです。植物のそれぞれには小さな札が掛けられていて、正式名称が書かれていました。自宅の庭でも、同じように南洋の花を温室で栽培したいからと言い訳し、わたしはそれらの名を書きとめたいと言いました。

そしてメモをとりはじめましたが、すぐに困ったことが起きました。書きとめるべきことがあまりに多すぎたのです。わたしは彼に剝ぎ取り式のメモ帳を手にとらせ、わたしのあとについて、必要なときはいつも紙片を渡してくれるよう頼みました。

書くときの下敷きとして、紙入れを使っていましたが、そのなかに書き終わった紙片をすぐしまうことができました。リーダーバウワーの手が庭仕事で汚れているのを見て、しめしめと思いました。わたしは非常な速さでメモを取りましたので、彼は次から次へと紙片を差し出さねばなりません。メモ帳はぴったりと綴じてありますから、これは簡単なことではありません。

わたしは夢中になったふりをし、じれったそうに催促しました。早くしろ！　早く！　そこで、わたしがもくろんでいたことが起こりました。リーダーバウワーは職務熱心のあまり、知らず知らず親指を舌の先で湿らせたのです。無意識の反射行動ともいうべきものでした。

『申し訳ありません』と彼は言いました。『紙を汚してしまいました』

『気にするな』とわたしは答え、その紙を地面に放りました。『ただ次の紙を早くよこせ！』

それからは紙片を紙入れにいちいち入れず、一時的に地面の上に置くようにしました。そして最後に全部拾い上げました。もちろん〈汚してしまった〉紙もさりげなくいっしょに拾ったのです。そのあとすぐ、わたしは朝食に呼ばれました。そのときには、みごとな親指の指紋を採取したと確信していました。これがすみやかにヴァインリヒ博士の手に落ちるよう仕組めば、一件は落着です。

さて、ヴァイスバッハ男爵は招待状を書きました。彼が書いているあいだ、馬を馬車につながせるため、わたしは席を外しました。そこで紙を出して速記ですばやくこう書きました。『至急！　厳秘！　ヴァイスバッハは何が起きているか知らない。指紋を照合して、逮捕に来てくれ。見栄えが上品で屈強な部下を二人連れてきてくれ。男は銀のシガレットケースを持っているはずだ。それを招待客に渡してやってくれ。でもそのとき犯人を名指さないように。正面入口ではなく、裏の庭門から入ってくれ。首尾よく逮捕できたら、何も漏らすことなく食事の席に姿を見せてくれ。健闘を祈る。ダゴベルト』それから一同のところに戻ると、わたしは自ら、〈自分の〉指紋を封筒に入れました。指紋は大事に扱わなくてはならないと言い訳して、別の紙で包みました。その紙こそ、他ならぬ速記で書いた手紙だったのです。

朝食は楽しく進みました。朝食と昼食のあいだの休息時間も、それにおとらず愉快なものでした。トランプ勝負のため、二席のテーブルが設けられたほか、乗馬や散策を楽しむ人もいれば、庭園で過ごす人もいました。わたしは邸内に残った人たちが、しじゅう庭師を煩《わずら》わせるよう気を配りました。南洋の自然の驚異を学ぶようにと一同を誘い、彼らを少人数ずつ、ときれないように温室へと追い立てたのです。リーダーバウワーは休むまもなく案内役を務めねばなりませんでした。さぞたくさんのチップをもらえたことでしょう。なぜそんなことをしたかというと、せっかくお膳立てしたのに、いざ蓋を開けてみたら彼に会えなかったというのでは大失敗だからです。

わたしたちが昼食の席についたとき、満座の熱狂的な歓迎とともに、ヴァインリヒ博士が姿を見せました。彼は目くばせをして、一件はつつがなく落着したと教えてくれました。奥様、彼が登場とともに、盗まれたシガレットケースを掲げると、どれほどの歓声があがったか、まあ思ってもみてください。

『下手人はわざわざ名指しすることもないでしょう』わたしの指示を肝に銘じていたヴァインリヒがそう言いました。

『もちろんですとも、博士』一同は愉快そうに笑いながら言いました。『言わずもがなのことです』

そのあとの会話は、もっぱらわたしを肴《さかな》にして、すばらしく弾みました。さすがに犯罪学の専門家は、ダゴベルトみたいな素人のディレッタントとは違う！　わたしは甘んじて聞いていました。一座の空気はますます愉快になっていきました。ますますわたしはからかいの的になりました。しかしそれがどうしたというのでしょう。ちゃんと目的は果たされたではありませんか。犯罪者を無事に排除し、安全を確保して、しかもそれを祝賀会をだいなしにすることなく、お祝いの気分に水を差すことなくやりとげたのです。

　われわれは大いに食べかつ飲みました。後者に関して言えば、ずらりと隊列を組んで並べられた瓶の数から判断するかぎり、少なからぬ量だったようです。ヴァインリヒ博士の話術はすばらしく、歌声も玄人《くろうと》はだしでした。彼が前唱をつとめ、一同に合唱の特訓をほどこしました。奥様、あえてお教えしますが、あなたのご主人の歌も、シャンパン一杯の助けさえあれば、なかなか隅に置けなくなるのですよ。

　宴がお開きになると、一同のなかでもっとも陽気なヴァイスバッハ男爵をそのまま連行し、二、三人の信頼できる若手のスタッフとともに、引き続き〈ウィーンのヴェネツィア〉（カフェ、レストラン、ダンスホールを兼ねる一大娯楽場）で少しばかりどんちゃん騒ぎをし、夜になれば、義理の息子にあたる伯爵の邸宅に引き渡すことになっていました。

　わたしにはそれが必要だと思ったのです。なぜなら男爵の別荘には忠実なる夜の見張りはもういませんから。護衛なしでは男爵は恐くて眠れますまい。今日はまだ期が熟していないということで、彼に真実が告げられるのは明日になってからでしょう。

　さて、わが敬愛する友グルムバッハに関して言えば、出発のとき、ヴァインリヒが別荘で召使の一人を逮捕させたと小耳にはさんだのです。それを聞いてすぐさま、わたしがとんでもない恥をさらしたと勘違いしたのです、奥様、ご主人にはもっとましな褒めかたをしてほしいものですね！」

公使夫人の首飾り

朝の八時半、何度ノックしても返事がないので、従僕のエンゲルベルトは、主人を起こしに寝室に踏み込んだ。よほどのことが起きたに違いない。〈人々の寝静まる〉時間に起こされるのをダゴベルトは好まない。あえて禁をやぶればおそろしく不機嫌になって、激烈な言葉で憤《ふん》懣《まん》をぶつけかねない。かつて、隣の部屋を掃除していた使用人の一人が、うっかりして音をたてぬ気配りを欠いたため、主人の目を覚まさせてしまったときもそうだった。

もちろんそんなことはめったにない。使用人たちはよくしつけられている。それだけに今日はただならぬことが起こったものとみえる。エンゲルベルトはためらいもなく部屋に入ると、力まかせに性急に主人を起こしたからだ。

「どうした」目を見開いたダゴベルトは言った。その声音《こわね》のなかに、遠い雷鳴のような何かが響いている。驚いた目のなかで、稲光がちらちらと災厄を予告している。エンゲルベルトよ覚悟しろ！　どんな弁解をしてもむだだ！　だが従僕は、死の恐怖に怯えることもなく、こう弁解した。「申し訳ありません、ご主人さま、マイアーの奥さまから電話がございましたので」

「マイアーの奥さまだと。それなら話は別だ」

ダゴベルトはベッドから飛びおきた。もしゃもしゃの髪の使徒ペテロのような顔からは、さきほどまでの肝をつぶす威嚇の表情は消えていた。

「それにはおよびません」あわてて従僕は言い添えた。「出ていただくにはおよびません。電話はもう切れております。すぐさまお出でいただけないかということでございました。緊急の用件があるそうで」

「わかった。馬をすぐ車につなぐよう、御者に言っておけ」

といってもダゴベルトはマイアーの奥さまとやらに面識はない。これは上級警部のヴァインリヒ博士と電話で話すとき、あらかじめ打ち合わせてある符丁にすぎない。このヴァインリヒ博士は、ウィーン警察刑事部の部長で、組織随一の切れ者という評判だった。それもあながち過褒《かほう》ではなかった。

ダゴベルトは起床すると浴室へ向かった。いつもの朝風呂に加え、今日は冷たいシャワーも浴びることにした。すでに従僕は、主人をタオルで摩擦すべく待機している。そのあいだダゴベルトは鉄のダンベルを取りあげて、昔から習慣になっている体操をひととおりすませた。締めくくりに屈膝《くっしつ》運動を五十回繰り返すと、やっと気力がわいてきて、まともな人間になった気がしてきた。この体操にたいそう馴染んでいるので、何かの理由でそれができないと、一日中不快な気分が続くのだった。

従僕の手も借りてすばやく身じたくを整えると、ダゴベルトは食堂へ向かった。いつもの朝食、紅茶とバターとハムと卵が——ダゴベルトにあってはすべては円滑に事が運ばなくてはならなかったから――すでに食卓に用意されていた。

九時半きっかりに、ダゴベルトは新しい警察本部のヴァインリヒの執務室に到着した。官庁ではふつうお目にかかれない、洗練された家具が心地よく整えられた、窓の三つある広々とした部屋だった。両隅の窓の下に一つずつ、明るいオーク材の大きな書き物机が置かれていた。二つの机のあいだには深紅の革張りの、社交クラブにあるような大きな安楽椅子が何脚か置かれていた。窓も扉もない右側の壁には、等身大の皇帝像の油絵が飾られ、他の壁には銅板画や写真が凝った装飾の額縁に入れられ掛かっている。左の壁には壁紙を張った隠し扉があって、ヴァインリヒの私室に通じている。

ダゴベルトが入ってくると、ヴァインリヒはさっと立ち上がり、彼を温かく迎えた。

「君ほど頼りになる男はいない、わたしはそれをよく承知している」彼は握手をしてそう言った。

「わたしもまったく同じことをあなたについて承知してます。なんなりと御用は承りましょう」

二人は大きな安楽椅子に身を沈めた。

「おそろしくまずいことが起こった」上級警部が話をはじめた。「この窮地からわれわれを救ってほしい。それができるのは君よりほかにいない」

「ヴァインリヒ警部殿がいらっしゃるではありませんか」

「わたしには手が出ない。まあ聞いてくれ。昨日は一日中、まったくとんでもない事件に手こずらされていた。ドミニカネルバスタイ街の殺人事件は君も知っているだろう――」

「もちろん。専門的見地からすると、すばらしい殺人です。しかるべきところがみんなうまくできていて、けちのつけようがありません」

「殺人事件にそうした表現は使いたくないがね。この事件についてはもう解決したも同然だ。運がついていた」

「われわれの仕事では、運というものは、賢い人間にだけ訪れるものです」

「ともかく朝から晩までその事件に熱中するあまり、他のことを気にかける余裕が全然なかった。そうしたら案の定、恐れていたとおりに、わたしの不在中、ちょっとした不運があった。それがひどく厄介なことを引き起こしかねないのだ」

「そこでわたしの出番というわけですね」

「先にも言ったが、この事件を扱えるのは君のほかにいない。なぜかはこう言えばすぐわかるだろう、つまり、君の真に尊敬すべき友シュクリンスキー博士がこの事件を担当するのだ」

「おお、わたしの特別のひいき筋、タデーウス・リッター・フォン・シュクリンスキー博士が！」

「わたしがいなかったものだから、彼に振られたのだ。事件は装身具の盗難だが、シュクリンスキーはすでに〈犯人〉の目星をつけている」

「またしょうこりもなく」

「その犯人なるものにも会ってみた。というのも、シュクリンスキーが犯人を捕まえたと聞くと、すぐさまどす黒い疑惑にとらわれざるをえないからだ。つまり――」

「つまり――? 思い切って言ったらどうです。彼が馬鹿をやらかしたというのでしょう」

「『やりそこなった』というつもりだった」

「『馬鹿をやらかした』にしておきましょう。これは気質的なものです。人間は自分の皮膚から外に出ることはできないというのがわが持論ですが、あなたもそれには異論はありますまい。シュクリンスキーと言えば馬鹿をやらかすものです。それ以外はありえません」

「そうなると――ますます困る――警察の失態が公《おおやけ》になったりしたらえらいことになる。なにしろ盗難はX国公使の自宅で起こったのだから」

「ああ、治外法権ですね。それなら慎重に対処しなくては」

「そのとおりだ。報告書にもそう書かれてある。こちら側だけではなく公使の国にも関係する。下手をすると国際的スキャンダルにもなりかねない。そういうのはあまり人生の喜びには数えたくないものだ」

「同感です。それでどうしようというのですか」

「ダゴベルト、君ならわれわれを窮地から救ってくれるはずだ」

「お世辞はやめてください。でもシュクリンスキーを担当から下ろせば、事はもっと簡単になりませんか」

「それは問題外だ。『職務手続』や『職掌範囲』がここでどれほど重きを置かれているか、君は知るまい。シュクリンスキーはこの件に着手し、現場検証を行った。すると事件は最後まであの男が受け持つことになる。担当から下ろすなど無理だ」

「言われてみればそうですね」

「容易に思いつく解決策がもうひとつあるが、それも意のままにならない。つまり、シュクリンスキーを自由に泳がせておいて、彼の背後で、あるいは脇で、わたしが独自に調査を行えばいいと思うかもしれない。だがこれも無理だ。わたしは官吏だから、担当者の捜査を邪魔することはおろか、場合によっては、相反する行動をとることさえ禁じられている。まったく救いがたい組織だ。

　だからダゴベルト、君だけが頼りだ。警察の人間じゃないからやりたいようにやれるし、事件を思いどおり追求できる。君が情報を持ってきてくれれば、民間人の協力ということにできる。そして君ならけっして馬鹿はやるまい」

「わたしがあなたのお世辞に赤面することを恐れないのですか？」

「赤面したいんならいくらでもしてくれ。だが協力を拒まれては困る。君なら大いに活躍してくれるだろうから、わたしも枕を高くして眠れるというものだ」

「先ほどシュクリンスキーが犯人の目星をつけたと言いましたね。今回にかぎっては珍しく的中したということも、ありえないとは言えますまい」

「そうだとしても、君にそれを裏付けてもらえれば、わたしとしては大いに安心できる」

「それでは——ひとつやってみることにしましょう。事件について教えてください」

「わたしの口からは何も説明したくはない。又聞きや又々聞きの報告とはどんなものか、君も知っていよう。容疑者は昨日逮捕された。わたしのはからいで、シュクリンスキーには、十時にわたしの執務室で訊問を行うようにさせた。主要な証人にも出頭を命じてある。わたしの権限によって、君もさりげなく臨席できるようにしてある。そこの書き物机で必要に応じてメモを取り、直接この事件を知ってほしい」

ヴァインリヒ博士は電鈴のボタンを押し、入ってきた部下に、シュクリンスキー警部をここへ呼べと命じた。シュクリンスキーはすぐさまやってきて、もったいぶった挨拶をし、それから驚いたような目をダゴベルトに向けた。ヴァインリヒはそれに気づかぬふりをして、早く訊問を始めるよううながした。

警部は奥の書き物机の前で居住まいを正し、召喚係に、勾留されている者を連れてくるよう命じた。数分後に容疑者は警官に護送されて部屋に入ってきた。背の高い、スポーツマンの体格をしている若者だ。着ているものは立派だが、留置場で一晩過ごしたためか、形が少し崩れていた。ふっくらとしてきれいに剃られた血色のよい顔は邪気がなく、とても犯罪者には見えない。絹のような光沢をもつ明るい金髪は、親指の幅くらいに短く刈られ、ぴんと立っていた。よく手入れをされた手は、目立つほど大きく、スーツケースを運ぶのにうってつけのようでもあった。その挙動は重量挙げ選手によく見られるものだった。部屋に入るとき、ていねいにお辞儀をした。シュクリンスキーは彼に「もっと近くに来たまえ」と呼びかけた。

青年は警部が座る机のそばまで寄って、もの問いたげな目を向けた。警部が何も言わなかったので、口に出して問いかけた。「警部さん、何か言いたいことがあるのではないですか」

「何を言ってほしいのだね」

「例えば、『座りたまえ』とかです。僕は社会の礼儀作法にならった扱いを要求します。誰もが座っているのに、なぜ僕だけつっ立ってなければならないのでしょう」

シュクリンスキーが辛辣な言葉を返そうとしたとき、ヴァインリヒが先手をうって、若者に椅子を押してよこした。若者はていねいに感謝の言葉を言って、今度はヴァインリヒのほうを向いた。「申しわけありません。上級警部……でよろしいのですか？ あなたに訊問していただくことはできませんか。あなたとなら、ずっとたやすく理解しあえると思います。昨日以来、この人とは話が全然通じませんでした」

ヴァインリヒは、なぜその願いが聞き入れられないか、手短に説明した。そして、その他の点については安心してほしい、けして不当な目にあわせたりはしないから、と付け加えた。

シュクリンスキーはこの幕間劇に少しばかりいらだってきたらしい。そろそろ訊問をはじめようと急かせた。

「お前に尋ねるが」と彼ははじめた。「お前は益体《やくたい》もない流儀で、ずっと返答を拒んでいるが、今日もそのつもりなのか」

「今日も同じだ。適切だと思うことだけ話し、話さないでおきたいことは話さない」

「よかろう。われわれはお前の報告や告白などは必要としていない。お前もすぐ思い知るさ。まずは自己紹介をしてもらおう」

「言いたくない」

「勝手にしろ、では代わりに言ってやる、警察を甘く見るな。お前の名はカヘタン・モーハルト、ザルツブルクのオーベルトゥルムの開業医ゲオルク・モーハルトの息子、年は二十四、ここ三年はウィーン四区、ブルク小路四八番地に居住。家主は寡婦《かふ》のテレジア・フォイティンガー。お前はそこに月三十六クローネで賄《まかな》いつきで間借りする自称学生で――」
「僕は大学生だ。『自称』とはどういうことだ。あらぬ疑いはごめんこうむる」

「大学人の地位とまごうかたなき窃盗とは――」

「馬鹿を言うな！」

「――少々両立しがたい。『哲学を専攻する大学生』は、疑わないほうがおかしい」

「疑うなら窃盗のほうにしてくれ」

「肝心なことを忘れているようだな。お前は現行犯で逮捕されたんだぞ」

「警部、判断はもっと慎重に願おう」

「お前こそ、もっと慎重であってほしいものだ、モーハルト、お前が――」

「モーハルト〈さん〉と言わないか」

「お前が改悛《かいしゅん》の情を示して自白するなら、手加減してやらんでもない。だがそう生意気な態度を続けているとためにならんぞ。罪状が立証された窃盗犯は――」

モーハルトはさっと立ち上がり、ヴァインリヒに向かって言った。

「僕をこんなふうに扱うのはやめてください。速記を要求します。訊問を一語一句正確に記録してください。何もかも終わったときには、この紳士に平手打ちを食わせてやりましょう。なぜなら僕の酌量減軽事由と処罰阻却原由とは、やがて疑問の余地なく手元に揃うでしょうから」

ヴァインリヒ博士は言葉を慎むように促したが、速記の要請に関しては受け入れて、こう説明した。わたしもすでにそのことは考えていて、完全に信頼のおける速記者をここに用意している。そしてわたしも、議事録の正当性の証人となるため、訊問に終わりまで立ち会おう。そしてダゴベルトに目で合図した。彼はそれにしたがってシュクリンスキーのそばに座り、すぐさま速記にとりかかった。

シュクリンスキーは、容疑者への訊問を続けた。「状況の説明をしてもらおう」

「誰がするもんか」

「話したほうがお前のためになると思うがな。沈黙や否定はなんにもならんぞ。証拠は疑問の余地なく完全に揃っている。だがもしかしたらお前はなんらかの釈明や弁解をしたいかもしれない」

「釈明することはない」

「好きにしろ。ならばこちらで状況を説明してやろう。逃れようのない証拠をつきつけてやる。そうすればお前の虚勢もぺしゃんこになるはずだ」そしてモーハルトのそばに控えていた警備員に言った。「召喚した証人を連れてきてくれ」

白髪で背の高い、黒い服を着た婦人が部屋に入ってきた。ダゴベルトは婦人が自己紹介をするにしたがって書きとめた。「エセル・グラント、合衆国ウエスト・ヴァージニア州ウィーリング生まれ、六十二歳、カトリック、独身、十八年間ウィリアム・アームストロング家で家事手伝いに従事。アームストロング一家は現在X国公使としてウィーン十八区の高級住宅街ハイツィンガー小路二〇四に居住」

「どうぞおかけください、グラントさん」シュクリンスキーが言った。「いま捜査中の事件について、あなたが知っていることをお話しください。あらかじめ申しておきますが、あくまでほんとうのことだけを、そしてご自身の目で見たことだけをお話しください」

証人はうなずき話し始めた。そのドイツ語は外国風のアクセントが強かったが、完全に明瞭でわかりやすいものだった。「アームストロングの旦那様と奥様は、昨日の午後二時四十五分の急行でグムンデンに避暑へお出かけになりました。家をお出になったのは二時ごろです。奥様に別れの挨拶をいたしましたとき――わたくしどもは応接間におりましたが、出発間際のごたごたで、たいそう散らかっておりました。奥様はテーブルの上を指して、何をおいても、これをまず片付けるようにとおっしゃいました。そこには奥様の装身具がいくつも、無防備に置きっぱなしになっていました。

前の晩にドイツ大使のお宅でパーティーがありまして、旦那様と奥様はたいそう遅くお帰りでした。そのため奥様は寝坊なさり、直前になって旅行の支度をおはじめになって、装身具をしまう時間がなかったのです。馬車のところまで見送りに行く前に、ざっと目で装身具の数を数えました。全部で八つありました。なかでも一番大きく高価なものが、ダイアモンドの首飾りでした」

「見送りに行く前には、首飾りは確かにそこにあったのですね」

「確かにございました。誓ってもかまいません。一番貴重な品でしたから、特に気をつけて見たのです」

「首飾りの価値について証言をしてください」

「アームストロング様は一万二千ドルで購入されました」

「なるほど。では続けてください」

「旦那様と奥様が出発されると、わたくしは急いで応接間にとって返しました。わたくしがその場を外したのは、せいぜい五分ばかりのはずです。ところが首飾りが消えているではありませんか。わたくしは死なねばならぬと思いました——あれほど気をつけるよう言われたのに」

「それであなたはどうしました」

「それから何分か、狂ったようになって部屋中を、それどころか階段や踊り場まで捜しました。服か持ち物に引っかかって、途中で落ちたかもしれないと思いましたから。それでも見つからなかったので、わたくしは頭を絞りました。あせりは禁物だ、と自分に言い聞かせました。そしてよく考えたうえ、刑事様、あなたがすでにご承知のことを行ったのです」

「続けてください、グラントさん。このモーハルト〈さん〉にも聞いてもらわなければならないからね。話を聞いたあとで否認を断念するかもしれないし」

「僕は何も否認してやしない!」モーハルトが顔をゆがめて異議をとなえた。

「それはどうかな。さあグラントさん、続けてください」

「まず門番のところに走っていって、門を閉めて誰も出入りできないように、とりわけ誰も出られないようにしておくれ、と命じました。それから急いで警察に電話で通報し、すぐ来てくださいと頼みました。二十分後には警部さん、つまりあなた様が部下の方といっしょに来てくださったのです」

「それからどうなりましたか」

「警部さんは事情をひととおり聞くと、そのとき邸内にいたものを皆連れてこさせました。わたくし以外に六人のものがおりました。皆使用人でございます。それ以外には誰もおりませんでした」

「その六人が使用人の全員ですか」

「そのほかに御者が二人います。旦那様と奥様を、お供や荷物といっしょに駅まで乗せていっておりました」

「そのお供というのもやはり使用人ですか」

「ええ、旦那様の身の回りの世話をする従僕と奥様の小間使いでございます。警部さんは邸内にいたものについて調書を作成しました」

「それから何が起こりましたか」

「それから警部さんは邸内をくまなく捜索いたしました。その最中に、二階の左角にある客間で、見知らぬ男、つまりいまそこに座っている人と出くわしたのです。当然のことながら、わたくしたちはたいそう驚きました。なぜなら、この人が家に入ったのを誰も見ておらず、なぜその部屋にいるのかまったく釈明してもらえなかったからです」

「釈明しようとしたじゃないか！」とモーハルトがその証言を訂正した。

「だが事実上、お前は釈明できなかった。調書にもそう記録してある。だからわたしはお前を逮捕した。首飾りは持っていなかったが、始末する時間は十分にあったはずだ。前庭か街路で待たせていた共犯者に放り投げたのかもしれない。モーハルトさん、もう一度お前に尋ねる。この期においてもまだ自白する気にならないのか。念のため言っておくが、いまの段階でお前が自発的に首飾りを返却すれば、お前の罪は相当に軽くなるはずだ」

「自白せねばならぬものは何もない」モーハルトは答えた。「僕は釈明をしない。そんなことをする気はない。そもそも訊問自体が無意味きわまる。なぜなら、僕が何も言わずとも、真相はひとりでに明らかになるはずだからだ。いまだに謎のままというのはどうも解せないが、せいぜいあと何時間かで何もかも解決するだろう。そのときになれば警部さん、きっとあんたはご立派な人格にふさわしく、自分の失態を平謝りに謝って、僕を放免してくれるだろうよ。その瞬間がいまから待ちどおしくてたまらない」

「まだまだそれには遠いようだな、モーハルト〈さん〉！　わたしには君の窃盗を立証する、さらに有力な手がかりがある。現行犯の盗人《ぬすっと》らしくもなく――」

モーハルトは飛びあがり、拳でテーブルを叩いた。シュクリンスキー博士は室内にいた二人の警備員に、これ以上暴力行為を起こさせないよう見張っておけと目で命じた。

「そんなこと、断じて承知できるものか」モーハルトはかっとなって叫んだ。そのときになってはじめて、二人の男が自分の両脇に立ち、自分を取り押さえようと待ち構えていることに気づいた。彼は愉快そうな笑みをこぼすと、気軽な口調で声をかけた。「おいおい、早まってもらっては困る。僕は何もしやしない」

ヴァインリヒも立ち上がり、興奮した男になだめるように声をかけた。

「こちらの上級警部さんには敬意を払いましょう」とモーハルトは答えた。「だが、侮辱はごめんこうむります。たとえこの人が精神薄弱で、何を言おうと法律上の責任を免《まぬが》れるとしても」

「モーハルトさん！」

「僕は大学人ですから、それにふさわしい扱いを要求します。僕に向かって盗人とはなんという言い草だ。僕が盗人なんて、できるものなら証明してごらんなさい。もしできなかったら？ そのときは、侮辱に対してなんらかの償いをする気があるのかないのか、そちらの警部に聞いてください。そして彼に言ってください。もし償いをしないというのであれば、決闘を申し込むことになりましょうと」

「わたしのほうからも言わせてもらおう」今度はシュクリンスキーが度を失って言った。「わたしが釈明をせねばならないとしても、それはわたしの上司に対してだ。お前にではない」

ヴァインリヒは小声でシュクリンスキーに二言三言ささやいた。その結果、彼は訊問をふたたび開始した。

「さらにわたしは証拠も手に入れた。収監のあと、わたしは容疑者を鑑識課に人体測定学的記録のため引き渡した」

「なんと馬鹿馬鹿しいことを！」モーハルトは怒りをふくんだ声で言った。「これで僕も犯罪者の写真帳《アルバム》に仲間入りか」

「なすべきことをしたまでだ。身体検査の結果、次のものが見つかった。ハンカチが一枚――」

と警部はひとつひとつ数えあげていった。

「そりゃたいへんな証拠だな！」モーハルトが皮肉った。

「鎖つきの時計、七クローネ入った財布、紙入れ……」

「なかには僕の住所入りの名刺が入っている」

「なかには名刺が何枚かと二十クローネ札が二枚」

「どうせそれも盗んだって言うんだろう」

「そこまでは言わない。あとからもっと疑わしいものが出てくる。身分証明書、銀のシガレットケース……」

「ほんとうに疑わしいな！」

「これから出てくるのだよ、モーハルトさん。それからこの鍵も、おそらくはお前の下宿の鍵だろうから、特に怪しいところはなかろうが……」

「まあ、わたくしどもの裏庭の鍵ですわ！」ミス・グラントが叫んだ。

警部は驚きの表情を浮かべた。

「ほう、そうだったのですか。そうとは知らなかった。どのみちそれは非常に興味深いし、多くのことを語りますね。グラントさん、これがお宅の裏庭の鍵ということは確かですか」

「ええ、断言できます。家の鍵ならば正確に知っていますから」

「不審な目的で作られた合鍵という可能性はありますか」

「もしそうならば、非常によくできた合鍵ですわ」

「合鍵というのはふつうよくできているものです。さもなければ用を足しません」

「わたくしが申しているのは、鍵穴に指す部分ではなくて、全体の形のことです」

「なるほど。ではモーハルト〈さん〉、お前はこの鍵について、何か言うことはあるか」

「何もない」

「よろしい。では先に進もう。最後にわれわれが見つけたものは、容疑者が下着の内側に隠していた……」

「隠していただと？」

「隠していたのでなければなんだというのだ。装身具というのは、ふつう外から見えるように身につけるものだ。お前が隠していたのは、細い金のヴェネツィア鎖がついたロゼットだ。真ん中に濃緑色をした大きな宝石を嵌《は》めてある。いまのところそれより詳しくは特定できない」

「なら警部、僕が特定してやる」モーハルトが口を出した。「あれは碧玉《ジャスパー》だ。だがどのみちたいした値打ちのものじゃない」

「碧玉か。それならそれでよろしい。だが、たいした値打ちものじゃないというのはどうかな。それはともかく、いま確《か》認できたのは、モーハルト〈さん〉は、どうやら優れた宝石鑑定人らしいということだ。碧玉は七顆のダイアモンドで縁取られていた。これはたいそうな価値のあるものだ。なぜならどのダイアモンドも大きくてまれに見る美しさだからだ」

モーハルトは驚きの表情を浮かべた。

「それは知らなかった」目に見えて落ち着きを失い、彼は言った。「そんなに価値のあるものだったのか。そうなら……」

「そうならばなんだというのだ」

「それ以上は言えない。ただ、宝石の価値については知らなかったと言いたかっただけだ」

「宝石に詳しいお前がか」

「そんなきらきらしたものに興味などない」

「それはどうかな」

「あんたは何も信じない、言わせてもらえば、信じたいと思うものしか信じない。僕はそんなものを持ったことはないし、なんの関わりもない。嘘じゃない、そんな高価なものとは知らなかった」

「ほんとうに知らなかった——それならそれで結構。だが、お前がそれを隠していたことが、身体検査の結果発覚している。高価なものとは知らなかったとお前は言うが、事実高価なものだ。ロゼットの販売価格を調査したところ、四千六百クローネだった。つまり盗むに値するということだ。それからもう一つ確認したことがある。この装身具を見つけると、すぐにここにおられるグラントさんに送付して見てもらった。これもアームストロング家の所有物であるか尋ねると、確かにそうである旨の確認を得た。さて、モーハルト〈さん〉、これに対してどう答える」

「答えることはない」

「よろしい。ではグラントさん、あなたの供述に間違いありませんか。そしてそれをもう一度、この男の面前で言っていただけますか」

「ええ警部、わたくしの供述に間違いはございません。誓うこともできます。あのロゼットはわたくしどもの家のものです。値も正確に存じております。それはすべて簡単に確認できますし証明もできます。二、三週間前に、ここウィーンで、宮廷宝石商のフリーディンガーさんの店で買ったものです。フリーディンガーさんを喚問していただければ、わたくしの証言が裏付けられるはずですわ」

「さて、モーハルトさん、この期におよんでも何も話さないつもりなのかね」

「話すことはない」

「それではわたしが言わねばなるまい。ロゼットを盗んだものは、首飾りのありかについても、何か知っているだろう」

モーハルトはさっと立ち上がり、次の瞬間、警部に襲いかかりそうな気配を見せた。しかしすぐに自制し、ただこう言っただけだった。「僕は行く。馬鹿馬鹿しくて付き合っちゃいられない」

そして身をひるがえし、ドアのほうに向かった。二人の警備員はぴたりと両脇にしたがった。

「モーハルトさん」かっとなった警部はその背中に呼びかけた。「ここにいろ、これは命令だ」

「命令でもなんでも好きにするがいい」モーハルトは振り返って答えた。「あんたのたわごとは悪意に満ちている。これ以上付き合ってられるか」

そして、部屋を出て行き、ふたたび監獄に勾留されに行った。あとに残った者は啞然として顔を見合わせた。シュクリンスキー博士は見るからに、場をとりつくろうのに苦労しているようだった。証人のミス・グラントを慇懃《いんぎん》に退出させたあと、ヴァインリヒ博士とダゴベルトとの三人きりになると、すぐに言い訳がましく、上司に向かって言った。「上級警部、これ以外はどうしようもなかったのです」

「確かにそうだろうとも。ほんとうによくやってくれた」とヴァインリヒは、ダゴベルトのほうを見ずに言った。

「どのみち奴はわたしから逃れられません。幸いにして証拠は十分にそろっています。調書の作成に取りかかりましょう。書類は一式、遅滞なく検察庁に送付できるようにします。窃盗犯は予審判事に引き渡されることになるでしょう」

「すばらしい」ヴァインリヒが請け合った。

「まだいくつか調書について言うことがあります」シュクリンスキーが、今度はダゴベルトのほうを向いて付け加えた。「そこに紙が何枚かあるでしょう……」

「ありますが……」ダゴベルトは言いよどんだ。「これは審理に必要ないのではないですか？」

「審理されずとも問題はない。だが調書には入れなければならない。窃盗犯を隠れ場所から狩りたてたとき、奴は座って、何ページにもわたって、わけのわからない数字の行列を鉛筆で書いていた。ここに紙がある。ここにもまた別の紙がある。同じように無意味な数字で埋められている。昨晩と今朝、奴は留置場でこれを書いて時間をつぶしていた」

「この紙に何か特別の意味があるというのかね」ヴァインリヒが、そのおびただしい数字の行列を眺めながらシュクリンスキーに尋ねた。

「大いにありますとも。といっても犯罪そのものについてではありません。それはもう解決済みです。むしろこれによって弁護人がどう出るか推測できるのです。弁護側はこれを証拠として持ち出してくるでしょう」

「たいへん興味深い話だ。それでどういう結論が出たのだね」

「犯罪捜査官にとって、納得できる考え方はただひとつしかありません。窮地に陥った窃盗犯は、無害な心神耗弱者《こうじやくしや》を装《よそお》っています。人生の分かれ目ともいえる状況で、平然として無意味な数字を果てしなく書き続けるなんて、心神耗弱者でもなければできません。この行為は供述の拒否と時を同じくして始まりましたが、きっと弁護士が責任能力の欠如を最終弁論で唱えるまで続けられることでしょう。つまりいまから最終弁論への対策を立てているのです。法律は心神耗弱者を裁けませんから」

「これにはまいった。警部、なんという明察だ」

「でもこんなことをしても無駄です。奴の首根っこはちゃんと押さえつけています。あなたがご自身でご覧になったように、あの男は、わたしと同程度に気は確かです」

「うむ――すくなくともそれには違いない」

「これは重要な事実と言わねばなりません。この数字の羅列は、われわれの調書においても、十分考慮すべきです」

最後の言葉はダゴベルトに向けられていた。どうやら紙をよこすよう、やんわりとうながすつもりだったようだ。だがダゴベルトは聞いていなかった。それほど数字の並びを一心に研究していたのだ。

ヴァインリヒはシュクリンスキーに、その紙片をしばらく預からせてもらえないかと頼み、この件はあとで相談しようと言った。そして調査のすばらしい成果を、口をきわめて褒めたたえたあと彼を解放した。

友人どうしの二人だけになると、すぐにヴァインリヒが言った。「さてダゴベルト、この事件をどう考える？」

ダゴベルトは夢からさめたようにとびあがった。「え、なんですって？　どうかしましたか。それにしてもまったくすばらしい微分計算だ。おや、このすばらしい男にしてひとつ間違いがある。自分でもおかしいと思ったんだろうな。だから結果は誤らざるをえなかったのだ」

「それはともかく――」

「この計算が終わってからにしてもらえませんか」

「長くかかるかい」

「せいぜい二時間程度でしょう」

「そんなに？」

「ええ、微分計算には、少々手間がかかります」

ヴァインリヒはダゴベルトの手から紙を取り上げて脇に置いた。

「計算ならあとでもできるだろう。このまったく興味深い事件について、君はどう考える？」

「虫の知らせは外れませんでした。シュクリンスキーの知能は犀《さい》も同然です」

「だが、捜査と訊問を模範的に行ったことは認めざるをえまい」

「ヴァインリヒ、あなたの外交官みたいな口ぶりの裏にあるものを、わたしが見抜けないとでも思っているのですか。あの男は捜査と訊問を、けしてこうはやってはいけないという模範どおり行ったじゃないですか。わたしは外交官じゃないので歯に衣《きぬ》は着せませんが、豚が捜査をしたらきっとあんな風でしょう」

「言ってみれば——陶磁器店に牝牛を放ったようなものか。それともそのほうが被害はましか。わたしがこの件を最初からあぶなっかしく思っていたことは、君も知っているだろう。だから自分の手柄を吹聴するようにシュクリンスキーが綴《つづ》ったたいそうな書き物は、ひとまずわたしのところで止めてある。それから、半ば公式発表媒体といっていい〈ヴィルヘルム通信〉を編集している宮廷顧問官ヴィルヘルムを訪ねて、この件を口止めしてきた。こんなふうに、慎重には慎重を重ねているつもりだ。状況はこんなところなんだが、何か意見はあるかい」

「もちろんありますとも。でも少しばかり失望しています」

「もっと難しい事件と思っていたのか」

「まさしくそのとおり。でもいったん引き受けたからには、最後までやりましょう。二十四時間のうちに、このゴルディオスの結び目は解《ほど》けるものと思います」

「するとダゴベルト、この訳のわからない事件全体を解く鍵は、もう見つかったのか」

「ええ。鍵といえば、ヴァインリヒ、どこから捜査をはじめるべきか、あなたの考えも聞かせてください。わたし自身の考えはすでに固まっていますが、有能な専門家の意見もぜひ知りたいのです」

「率直に白状するが、ダゴベルト、今回はあまり調子がよくない。なぜかということも話そう。自分はこの事件に介入できないことを前もって知っていた。だからはじめから全面的に君に頼ったのだ。こんな場合、なかなかいつもどおりに思考を集中することなどできるもんじゃない。君ならそれを心理学的に説明できるだろう。それでもともかく、君の言葉を借りれば、鍵から始めざるをえまい。つまり、裏庭の鍵だ」

「そのとおり、そこから始めるのが自然でしょう。——もし状況が普通であれば、そして——もっといいやり方が他になければ。だがもっといいやり方はあるのです。ヴァインリヒ、今回、わたしはあなたより優位にあるのですよ。わたしは嬉しくてたまりません」

「今回だけじゃなかろう」

「いやいや、思い上がるのは嫌いだし、傲慢にもなりたくはありません。今回あなたより、いや、この事件に取り組もうとする誰よりも自分が優位に感じられるのは、まったくの偶然の賜《たま》物《もの》といっていいのです。解決はいたって簡単です。この事件は単純明快で、込み入ったところはまったくありませんから。

もっとも同じ立場に立つ他の人より手早く確実に仕事ができるのは、さっき言った偶然のおかげです。自分の手柄とはとても言えません。でも今回、わたしはあなたよりいくぶんか優っている、それが誇らしくてたまらないのです」

「その幸運な偶然とやらがなんなのか、聞かせてもらうわけにはいかないか」

「喜んで教えましょう。あなたはおそらく、詩の好きな男爵令嬢を愛したことはありますまい」

「詩の好きな男爵令嬢だって？　あるわけがない」

「だがこちらにはあるのです！　そういう栄誉を賜《たまわ》ったことが！」

そう言ってダゴベルトは部屋を出て行った。


同じ日の真夜中近く、上級警部ヴァインリヒはマイアーの奥さまから次のような電話を受けた。「一切の片がついた。明日の午前十一時半から訊問をはじめてほしい。そのときミス・グラントも召喚してくれないか。きっと十二時には何もかも終わっているだろうから、そのころ行く」

翌日の十二時ちょうどに、ダゴベルトは約束どおりヴァインリヒ博士の執務室に姿を見せた。そのときには約束どおり、何もかも終わっていた。ダゴベルトの迅速でみごとな活躍に対して、上級警部は感謝と賞賛の言葉を尽きることなくささげた。そして訊問の一部始終を、次のように報告した。

「わたしはもちろんミス・グラントを召喚し、遅れずに来るよう念を押した。彼女もまた、時間どおりに姿を見せた。だがモーハルトには少々手こずった。シュクリンスキーはモーハルトを召喚しようとしたが、きっぱりと拒否された。もうあの男の顔を見るのも嫌だ、なんだろうと好きにやってくれということだった。シュクリンスキーはすぐさま彼を捕縛し、無理やり来させようとしたが、もちろんわたしは許さなかった。

わたしは自分で独房まで出向いて、あの男に話しかけた。だがそれでもだめだった。彼の言うには、まずシュクリンスキーのほうからここまで出向き、謝罪をすべきだ、そうしないかぎり僕のほうでも何もしない、そう主張して譲らなかった。もちろんシュクリンスキーが謝罪などするはずもない。

だがとうとう、シュクリンスキーには口をはさませず、わたしが自分で訊問を行うと保証して、彼の意見を変えさせた。それならば、ということで彼も参加を承知した。訊問がはじまると、わたしはまず手短にこう言った。

『モーハルトさん、あなたのこれまでの態度から当然予想できることですが、あなたは今日もまた、いかなる釈明もするつもりはないのですね』

『そのとおりです、上級警部。わたしは供述を望みません』

『あなたにはその権利があります、モーハルトさん。わたしも無理に発言は求めません。ではグラントさん、あなたは何か言うことはありますか』

『ええ、上級警部さま、わたくしはとても大切なことをお知らせしなくてはなりません。そして何よりも、皆様にお詫びを申さねばなりません。特にモーハルトさんには、わたくしに行き過ぎがありまして、たいへんなご迷惑をおかけしてしまいました。ここではっきりと申し述べたいと思います。モーハルトさんは、いささかもその名誉を傷つけるような行いはなさっておられません』

『すると首飾りは見つかったのですね、グラントさん』

『ええ、上級警部さま、ご確認願うために、ここに持ってまいりました』

そう言って彼女はそれを出して見せた。ほんとうにすばらしい首飾りだったよ。

『お聞きしていいですか、グラントさん。いったいどのようにして、その首飾りは見つかったのでしょうか』

『残念ですが、上級警部さま、わたくしはそれをお話しする許しを得ておりません。家庭内の事情に触れざるをえなくなりますから、それをお話しする資格がないのです』

『当局は家庭内の個人的事情に立ち入るつもりはありません。あと必要なのは、ロゼットに関する説明だけです』

『それについてもお話しできます。ロゼットはあのときテーブルの上にあった装飾品のなかにはありませんでした。モーハルトさんは、はっきりと申し上げますが、あのロゼットの正当な持ち主でございます』

『するとお宅は何も被害を受けなかったということでしょうか』

『そのとおりです。アームストロング家のものもわたくし自身も、いかなる被害も受けておりません。傷つけられたのはモーハルトさまの名誉だけです。改めて心からお詫びいたします』

わたしはそこで立ち上がった。

『訊問はこれで終わりです。モーハルトさん、あなたは釈放されました。自由にここから出てかまいません。それに先立って、不運な事情が重なり合ったため、職務上の必要からとは申せ、あなたにたいへんな迷惑をかけたことに対し、深甚《しんじん》なる遺憾の念を表明させてください』

モーハルトは感謝のおももちでわたしの両手を握った。だがシュクリンスキーを追及するのは忘れなかった。彼のほうに目をやって尋ねた。『そしてあちらの方は？』

『あちらの方、タデーウス・リッター・フォン・シュクリンスキー博士には、一見その見込みを裏付けるように見える状況のおかげで、捜査活動において誤解がありましたが、一個の紳士として、必ずや躊躇なく謝罪し、あなたが望むままになんでも説明を行うでしょう』

こうあからさまにほのめかすと、さすがのシュクリンスキーも諾々《だくだく》と従ったので、何もかも首尾よく終わった。ものの五分とかからなかった。そこでダゴベルト、説明してくれないか。どうにも不思議でたまらないのだが、どうしてあんなにすばやく円滑に事件を解決できたんだ」

「ヴァインリヒ、あの事件はもともとひどく単純なものだったのです。だから仕事をはじめる前に、あらためてたっぷり朝食をとる余裕さえありました。まったくすばらしい朝食でしたよ。

それからハイツィンガー小路に向かいました。いきなりアームストロング家を訪問せずに、少しばかりあたりを偵察してみたのです。邸宅は広い庭にとりまかれていて、その四角形の敷地は一区画《ブロック》をまるまる占めています。つまり敷地は四本の通りで区切られているのです。表玄関の正面から観察すると、二階の窓かどこかから首飾りを共犯者に投げるなんて無理だとすぐにわかりました。共犯者が前庭で待ち構えていたならば、門番に見つかってしまいます。通りにいたとすると、通行人に見咎められずにはすみますまい。

モーハルトのいた部屋も現場検証しましたが、そのような行為はほとんど不可能です。部屋には窓が一つしかありませんが、観音開きの二重窓です。内側の窓も外側の窓も閉まっていました。ミス・グラントが確認したように、そのあいだにある巻き上げブラインドは下りていました。首飾りを外に投げるためには、二つの窓とブラインドを開けてからまた閉めなくてはなりませんが、そんな簡単な仕事ではありません。時間もかかるし、音もするでしょう」

「すると完全な見込み違いだったのだな」

「家に入る前に、まず裏庭にまわって門を観察してみました。たしかに鍵さえあれば、誰にも見られずに邸内に入れます。戸を開けるとすばらしい青色のブーゲンヴィリアで作られた木陰道《アーケード》があって、それをくぐり終わって二歩ばかり行くと勝手口がありました。そこで重要と思われる二、三の細かい点を調べたあと、ふたたび表玄関に回ってベルを鳴らし、ミス・グラントに会わせてもらいたいと言いました。彼女はわたしを警察関係者であるかのように迎えました。いまだにそう思い込んでいるらしく、役に立ちそうな質問をいろいろしましたが、快く熱心に答えてもらえました。アームストロング氏の暮らし向きは上々で、高価な首飾りがなくなったからといって、氏も夫人にもそれほどの打撃にはならないようでした」

「それはわかっている」

「氏は新大陸の億万長者の一人ですが、その野心は金儲けだけにとどまっていません。政治の世界にも足を踏み入れたいと願い、首尾よく公使の地位を得たのです。ミス・グラントは、わたしが見たいと思った部屋をみんな見せてくれました。そのあとで首飾りがなくなったテーブルに二人で座りました。そこで訊問を行い、家庭内の事情を詳しく知ることができました」

「ダゴベルト、君は『鍵』を手に入れているか、すくなくとも手に入れたと信じているわけだろう。そこで聞かせてもらえないか。君を正しい手がかりに導いたものは、そもそもなんだったのだ」

「いいですとも博士。われわれ関係者だけがいる席では、もったいぶる必要などありません。あなたではなく、わが敬愛するヴィオレット夫人が相手ならば、劇的効果を損なわぬよう気を配るところですがね。

でもほんとうに解決はとても簡単だったのです。昨日の訊問で、ある特定の状況で『碧玉』という言葉が出てきたので、真相が正しいことを確信しました」

「やっぱり碧玉だったのか！　でも君は、詩の好きな男爵令嬢がどうとか言ってたじゃないか」

「それも密接にかかわっています。まあ聞いてください。わたしはかつて、詩の大好きな男爵令嬢を愛したことがあるのです。ずっと以前のことで、そのころはまだ学生でした。またとない時期でした。ああ、人生の春ははるか彼方に過ぎ去りしかな！」

「見苦しい陶酔はよしたまえ。気持ちが悪くなってくる」

「彼女もわたしをたいそう愛してくれました――わたしを褒め称える詩さえ作ってくれたのです」

「詩を作るだって」

「そう、詩を作ってくれたのです！　その美しい詩を添えて、碧玉を細い鎖につけてわたしに贈ってくれました」

「そこで碧玉が出てくるのか——やはり周りをダイアモンドで囲ってあったのかい」

「いいえ、碧玉だけです。わたしたちの愛はあまりに崇高でダイアモンドの入りようがありませんでしたし、二人ともたいして裕福ではありませんでしたから。

添えられた詩は碧玉の取扱説明書とでもいうべきものでした。彼女は口でも説明をしてくれました。さもなければ詩はよく理解できなかったかもしれません。そのころわたしは子犬のように愚かでしたから。それはともかく、古くからの民間信仰によれば、愛する者の手によって贈られた碧玉は、素肌に、なかんずく心臓の近くにつけていれば、奇跡の力を発揮するというのです。つまり心変わりがなくなると」

「なかなか含蓄のある信仰だ。それで奇跡の力は発揮されたのかい」

「それはもう恐るべきものでした。わたしはひたすら真心を尽くしました。だが一つだけ、わたしは愚かな失策をおかしました。彼女にも碧玉をつけるのを忘れたのです。長いあいだわたしは誠意を尽くしましたが、ある日、彼女は他の男、ある男爵と結婚しました。そこで碧玉は外しました。奇跡の力はもはや用なしでしたから。

これでわかったでしょう。われわれのもとに連れてこられた若い学生が、碧玉を素肌につけていて、あらゆる証言を拒んだとすると、一つの可能性がいやでも思い浮かぶではありませんか」

「なるほどそれは、われわれが真っ先に考えねばならぬことを思い起こさせる——『女を捜せ』だ」
「その瞬間、あなたに先んじたと感じたのでした。どこから手をつければいいかがわかりましたから。そこでミス・グラントへの訊問で、『アームストロング夫人は詩を作りますか』と聞いて彼女を啞然とさせました。
ミス・グラントはこちらをまじまじと見て、奥様は生まれてからこのかた、けして詩をお作りになったことはございません、と名誉と良心にかけて保証しました。
すると違ったのか。そう思って自尊心が少し傷つきました。だからといって、見当違いの手がかりを追っているはずはありません。そこでさらに聞きました。『グラントさん、立ち入ったことをお尋ねしますが、この家の奥様は美しい方でしょうか』
するとミス・グラントはふたたびこちらをまじまじと見つめたあと、気を取り直して明言しました。『奥様は今年で六十二になられます。それに去年軽い脳卒中を起こされて、そのおかげでお顔がわずかに引きつっておられます』
これでこの線は決定的にだめになりました。そこでできるだけさりげなく、邸内に住む女性を順番にここに来させてくれるよう頼みました。どこに伏兵が潜んでるかもわかりませんから。しかし結果にははなはだ失望しました。誰も恋愛などしそうになく、美学的観点から見ても、完璧に容疑を逃れる人ばかりでした。
ある年かさの小間使いの番になったとき、突然ドアが開き、小柄で優雅な、黒髪の淑女が飛び込んできました。そして笑いながらミス・グラントの首にとびついたのです。ミス・グラントはわたしの存在、すなわち少しばかり敬意を表すべき公人がいることを目で示しました。ところが若い令嬢は態度を改めるどころか、ますます笑いながら、話をはじめるのです。とうとうミス・グラントは英語で叱りつけました。『まあ、ミス・エリノア、なんてお行儀の悪い！』

そしてそれから、彼女は互いを引き合わせました――わたしは警察のものとして紹介されました。エリノアは自分の話をすると言ってききませんでした。その話をミス・グラントは驚いた風でもなく聞いていました。電報ですでに事の次第は知らされていたそうなのです。しかしわたしは、エリノア嬢が次のように語るのを非常に興味深く聞きました。昨日、パパとママといっしょに駅まで行ったの。駅で見送りをしたあと、家に帰るつもりだったんだけど、そこでとんでもないことが起きたの。いっしょに特別車両に乗り込んで、そこで別れようと思った。ところがぐずぐずしていたので、気がついたときには列車は動き出していたの。そこで心ならずも旅行をする羽目になったわけ。あなたがたは笑うでしょうけど、どうしようもないじゃないの。パパはたいそう面白がって、こうなったら観念してグムンデンまで行くんだな、それから上りの列車に乗ればいい。それでそのとおりにして、いま帰ってきたところよ。

つまりこの人はアームストロング家の令嬢だったのです。娘がいるなんて誰からも聞いてません。聞かなかったわたしたちが悪かったのですよ、ヴァインリヒ。もちろんこのミスは、シユクリンスキーが首飾り紛失事件の現場検証でやらかしたいくつもの見落としにくらべれば、どれだけましか知れませんけれども。

そこでわたしの碧玉仮説がふたたび息を吹きかえし、その正しさが立証されました。今度は心理学的にも観相学的にも無理がありません。彼女は小柄で黒髪、彼は大柄で金髪。彼女は落ち着きがなくてお喋り、彼はおっとりして無口。この組み合わせなら惹かれあうのも当然でしょう。これほどお似合いの二人は鳩にだっていますまい。

二人きりで話し合いたいことがあったので、ミス・グラントにはお引取りを願いました。ミス・グラントにとってわたしは警察機構の代表者でしたから、特に反対もされませんでした。エリノア嬢にいっしょにテーブルに座ろうと誘うと、彼女は驚きの表情を浮かべました。

『いくつかお聞きしたいことがあるのです、お嬢さん。まず義務として言っておかねばなりませんが、わたしは警察機構に属しているものではありません。ですから、これからの話はまったく個人的なものと考えてください』

『何がなんだかわからないわ、ええと、お名前はなんとおっしゃったかしら、ミスター・ダゴベルト、でいいのね。どうして警察やらなんやらがあたしに用があるっていうの？』

『あなたが心ならずも出かけているあいだに、いろいろなことがこの家で起きたのです。なんとかしてこの一件を穏便に、世間を騒がせないようおさめたいと思っています。あなた自身の立場、あなたの一家の立場、それから、目下《もっか》のところたいそう困ったことになっているあの方の立場も考えたうえのことです』

『もっとわかりやすく話してちょうだい！』

『すぐにおわかりになりますよ。ところでお嬢さん、カヘタン・モーハルトという方をご存じですか』

エリノアの顔は真っ赤になりました。さっと席を立つと、きっぱりと言い放ちました。『何も教えるつもりはありません！』

『まあお座りなさい、エリノアさん。モーハルト氏は目下、屈辱的な嫌疑を受けて警察署内に拘置されているのです。あなたに一言言っていただけるだけで、あの人は自由の身になれるかもしれません。こうわたしが申しても、それでも何も教えるつもりはないというのですか。わたしはただ、あなたの一家とあの人のためを思って言っているのです。それでも信用していただけないでしょうか』

『でも、ミスター・ダゴベルト、あなたを全然存じ上げませんわ。それなのに、なんて恐ろしいことをおっしゃるの』

『ではミス・グラントを呼んで、わたしが信頼できる人物かどうか尋ねてみたらいかがですか』

『いいえ、ミス・グラントに用はありません。あの人のまるっきり知らないことだし、知っている人は誰もいないの。いいわ、信用してあげる、ミスター・ダゴベルト、あなたはジェントルマンみたいだから』

『この期におよんで、ごまかそうとしてもなんにもなりません。エリノアさん、あなたはモーハルト氏を愛しておられますね』

『わたしはあの方の花嫁ですわ。でもあの方以外には、世界中の誰もそれを知りません』

『わたしも知っています、いや、すくなくともそうではないかと考えていました。あなたは碧玉を贈りましたね——碧玉にはある特別な力がありますから！——そしてそのとき、くれぐれも世界中の誰にも知られないよう、素肌の胸につけておくように頼みましたね。詩人はこう言います、碧玉は心を強固かつ忠実にすると』

『あら、あの人ったら、あなたに喋っちゃったのね。なんていやな人』

『彼は一言も漏らしてはいません。それは信用してくださってよろしい。そもそもあの青年は一言も口をきいてくれないのです。だからこそ、いまだに留置場のなかに座っていなければならないのです！』

『あらまあ、留置場なんて！　なんてひどいことを！　どうして出してあげられないの』

『なぜなら彼が話そうとしないからです。どうやらあなたのためを思ってのようですね』

『あたしのためなんか思ってくれなくてもいいのに！　あたしは何も恐くはないし、やりたいことはなんでもできるんだから』

『高潔《グッド・グレイシャス》な青年としては、まことにもっともな振る舞いです』

『あの人が何も喋っていないのなら、どうしてあなたにわかったの、ミスター・ダゴベルト』

『ミス・エリノア、探偵はわたしの情熱なのです。自分でそれを突きとめました』

『まあ恐い人』

『恐がることはありません。わたしはあなたの味方です』

『そうなの、じゃ信じてあげる』

『あなたのほうからも教えていただけませんか。どうしてこうなったのでしょう』

『なんでもないことなの、ミスター・ダゴベルト。あたしはここの大学で、特別聴講生として数学を勉強しておりますの。講義にもきちんきちんと出てました。たいてい四人か五人の学生しかいません。モーハルトさんはいつもあたしの隣に座っていたので、たちまち仲よくなって、すぐにいっしょに計算をするようになりました』

『でも講義中にではないでしょう』

『違いますわ。外にはいつも馬車を待たせていますの。そしてあたしはあの人を誘って遠出しました。講義が終わると、たいていプラターかウィーンの森《ヴィーナーヴァルト》に行ったのです。馬車に乗っているあいだずっといっしょに計算していましたの』

『それほど長く計算したからには、さぞかしすばらしい結果を出すことができたのでしょうね。お互いに愛し合っているという』

『そのとおりですわ、ダゴベルトさま』

『ミス・エリノア、わたしは大数学者ではありませんが、そういう問題ならたやすく解けます』

『そしてある日彼は、とても愛してるって言ってくれたの』

『あなたはなんと答えましたか』

『結婚してくださいって言ったわ』

『でもご両親にはそのことを伝えませんでしたね、ミス・エリノア』

『ええ、言い出せなかったの。あたしが結婚したくなったとき、いちいちお伺いをたてるなんて、パパもママもそんなこと期待はしてないでしょうけど、でも言い出せなかったの。モーハルトさんはあたしたちほどお金持ちでもありませんし』

『あなたがたと比べれば、ずっと貧しいことは、まず間違いありますまい』

『そんなの気にしないわ。ただ、話しやすそうな機会を待ってたの』

『それで、昨日は何が起こったのですか』

『あの人に裏庭の鍵を渡して、三時に来るよう言いました。勝手口の階段をあがって、右側の一番手前の部屋に、ノックせずに入るよう言っておいたの。そのころにはパパとママはもう出かけてしまってるし、あたしも駅から戻ってるはずだから。誰にも邪魔されず計算問題が解けると思って。でも思いもかけなかったことがその前に起こって、あたしまで旅する羽目になったの』

『それにしてもミス・エリノア、若い男を誰にも知らせず家に来させるというのは、少し穏やかでないと感じませんでしたか』

彼女は驚いたようにこちらを見ました。どうやら質問の意味がわからないようでした。

『ミスター・ダゴベルト、あたしたちの国では、そんなことを穏やかでないと思うものは誰もいませんわ。あたしだって自分だけの秘密を持ったっていいはずです。あたしたちの国では、女にだって、完全に自由に行動する権利があるのですもの。人にはあたしを信頼するよう要求できますし、あたしも自分を信頼していますの』

『それにしても！』

『いつでもどこでも人に保護されなければならないなんて、そんな美徳なんか、あたしあんまり評価できませんの』

『所変われば品変わる。とやかくは言いますまい。しかしこれから話すことはあなたはご存じないでしょう。モーハルト氏はどうやら少し早く来すぎたようなのです。出発前のあわただしさのなかで、このテーブルから、あなたのお母さんの首飾りがなくなりました。すぐにミス・グラントが電話で警察に通報しました。半時間後には屋内の捜索が行われて、見知らぬ男が発見されました。この男は自分がなぜそこにいるのか釈明できませんでした。彼はただ、自分が何も言わずともすぐ何もかも明らかになるはずだと言うばかりなのです。何も言わないというよりむしろ、モーハルト氏は、あなたが適当と思ったことを言うように、あなたに任せたのです』

『立派な紳士としてふるまったのね』

『そのとおりです。しかしそのために困った事態になりました。窃盗の嫌疑をかけられて拘引されてしまったのです』

『でもそれはとんでもないナンセンスよ。首飾りはジョー、というのは弟ですけど、ジョーがわたしも承知のうえで持っていったのですもの』

『なんですって。これで謎が解けました。ミス・エリノア、いったい何が起こったというのです』

『両親が出発するすぐ前に、弟がやってきて、金を貸してくれと言ったの。でもあたしにも持ち合わせはありませんでした。なにしろ今月はもう弟に融通してやったんですもの。弟も旅行したかったんですって』

『ご両親とですか。それならお金は必要ないでしょう』

『違いますわ。ブダペストに行くって言うの。その日競馬があったから。でもパパを当てにはできなかった。だって毎月の小遣いだけでなんとかやっていけと言われてるんですもの。ジョーったら、たくさんもらってるくせに、もう全部使っちゃったんですって』

『弟さんはそんなに金遣いが荒いのですか』

『そんなでもないわ。せいぜいもらう額の倍くらいかしらね。でもそういう問題じゃないの。競馬にはお金がいるの。だからあたしは、あの首飾りでなんとかしたらって言ったの。一週間後にはまたお小遣いがもらえるから、そのとき質屋から受け出せばいいじゃないって。何もかもあっというまに片付きました。でもそのために、モーハルトさんが責任を問われるなんて、馬鹿げてるにもほどがあるわ』

『どこに首飾りを質入れしたかご存じですか』

『ドロテウムよ。あそこなら公営だし安心だわ』

『どれだけ借り出したかわかっていますか』

『あら、そんなにたくさんはいらないの。せいぜい六千クローネくらいのものよ』

『いつ弟さんは戻ってきますか』

『今晩十一時半の急行でって言ってたわ』

『それでは駅で待っていましょう。馬車で迎えに行きましょう、エリノアさん。もちろん保護者のミス・グラントもいっしょに』

『ミスター・ダゴベルト、あなたと二人で行きますわ。保護者なんかいりません』

『いいでしょう。明日の朝九時には首飾りは請け出されなくてはなりません。いまのところあなたはお金をお持ちではないようですので、わたしに用立てさせていただけませんか』

『それはご親切にどうも、ダゴベルトさん。でも心配はいりませんのよ。お金ならジョーが持って帰らないともかぎりませんし、ひょっとすると二倍か三倍になっているかもしれません。弟の賭け方は賢明で、専門知識もありますから、かなり頻繁に勝ちますの。たとえつきに見放されたとしても大丈夫、その程度のお金なら、ミス・グラントが家計費のなかからなんとかしてくれますわ』

　ということでわたしたちは弟を駅まで迎えに行きました。ジョーは勝っていました。そのうえで、ヴァインリヒ博士、あなたはマイアー夫人からの電話を受けたのです。翌朝首飾りは無事請け出されました。わたしの仕事はこれで終わりで、あとはただ、あなたの執務室における感動の一幕が残っていただけでした。ところで、わが友シュクリンスキー博士に言伝《ことづ》てしてもらえませんか、今後似たようなことが起こったら、すくなくとも質屋と宝石商には照会するべきだと。それはわたしに言わせれば、警部たるものに期待する最小限のことです」

「わかった。忘れず伝えておこう。もっともその効き目は、君の碧玉ほど覿面《てきめん》でも根本的でもないだろうがね！」

首相邸のレセプション

「ダゴベルト、今日はあなたをちょっと罰してあげないと」食事のあと、一家の友にいつものシュヴァルツァーを支度しながら、ヴィオレット夫人が言った。だが、その愛らしい微笑みから判断するかぎり、苛酷な罰が下される懸念はなさそうだった。

「この男は十分それに値するよ」と一家の主人、すなわち彼女の貫禄のある夫が同意した。「俺がお前なら、シュヴァルツァーなんてふるまいやしない。ついでに刑量加重《かちょう》として、いつもの葉巻も勧めるのをよそうかとも思っている。あれほど俺たちをつらい目にあわせたのだから、それも不当とは言えまい」

「君がどう思おうとそれは君の自由だ」とダゴベルトは答え、卓上の葉巻箱から自分で葉巻を取った、それも目利きの目でもっとも高価なものを選んで。「それから奥様、どうかわれわれは法治国家に住んでいるということをお忘れなきよう。シュヴァルツァーの押収は暴力行為にあたりますゆえ、承諾はしかねます。それに慣習法もありますし、わたしはおとなしく自らの権利を踏みにじられるままにしておくような男ではありません。わたしがシュヴァルツァーを飲まなくてもいいなんて、誰があなたに吹き込んだのですか。どうにも解せないことです」

「いいわ、あげましょう。ほら、シュヴァルツァーはあなたにもう笑いかけているわ」

「では、ここに微笑むシュヴァルツァーをともに賞味させていただきましょう。ああ、これはおいしい。なんとすばらしい味でしょう。あなたの家で出るものは、何もかもたいへんにすばらしい。いままで何杯もシュヴァルツァーを飲んできましたが、これほどのものは――」

「もういいわ、ダゴベルト。お世辞なんか言ってもむだよ」

「わかっています。女性は誰でもそう言うものです」

「それにしても弁解くらいしたらどう」

「何にでしょう、奥様」

「とぼけるのはおよしなさい。あなた昨日、いやらしい振る舞いをしたでしょう。ほんとうに傷ついたんだから」

「わたしがですか。いつどこでどのようにでしょうか。さっぱり思い当たりませんが」

「ほらまたこうよ。『さっぱり思い当たりませんが』ですって。アンドレ、お願い、この人を罪業記録で責めてあげて」

「よかろうとも。一同の信任により俺はこの刑事裁判の裁判長に選任された。だから被告に釈明を要求する権利がある」

「被告としてわたしには嘘をつく権利がある」

「法律上の恩典を待たずして嘘をつく人間だってときどきいる。別に誰のことを言っているわけでもないが」

「それもまた当然の権利ではないかな。ついでながら、機知をやたらに誇示する裁判長はめったに役に立たないものだ」

「まあいい。本題にはいろう。昨日首相邸で夜会があった。俺たちも出席した」

「わたしも招待の栄にあずかった」

「そのとおり。俺のことはどうでもいいが――」

「まったくだ！」

「――妻は無邪気《チチエローネ》にも、われらが友、いや、友と自称するダゴベルトが、パーティーで相手をしてくれて、案内役をつとめて、あらゆる名士に紹介してもらうことを楽しみにしていた。だがそいつときたら、俺たちのことを気にかけるどころか、ことさらに避けて――」

「ほんの一瞬だけだ」

「――そんな奴があつかましくも俺たちの友人と称しているのだ。そればかりではない。それにもかかわらず、パーティーがお開きになったとき、いっしょに帰って、わが家でお茶でも飲もうと俺が誘ったのに、すげなく断った。それもまったく見えすいた口実で言を左右にして」

「そうよ、ダゴベルト、そうだったのよ」ヴィオレットが審理に割って入った。「あんまりじゃないこと」

「釈明を行わせてください、裁判長の態度にはまったく感心できません」

「被告が裁判長を中傷することを禁じる」苦い顔をしてグルムバッハが言った。

ダゴベルトは意味ありげに肩をすくめ、そのまま続けた。

「奥様、あなたへのわたしの思いをこと改めて述べることもないでしょう。世のいかなる女性よりもあなたを高く評価しているかは先刻ご存じでしょうから」

「皆様がたはもしや、俺が少しのあいだ席を外すことをお望みかな？」とグルムバッハは愉快そうに言った。

「それにはおよばない。我慢することにしよう。――そうじゃありませんか、奥様？　いいですか――我慢ですよ。これは以前から感じていたことですが、あなたに身を捧げるほど、大きな喜びをもたらすものはありません。しかし昨日は、喜びに浸っている場合ではありませんでした。ご承知のように、仕事が第一、愉しみは第二ですから！」

「なんですって、ダゴベルト。仕事してたっていうの。もちろん、いったんあなたが狩猟熱に憑かれたら最後、誰もあなたを『仕事』から引き離せないとは承知してるわ。よりによって、首相邸の夜会に――誰がそんなこと考えるでしょう。でもとっても面白そうね。それと知ってさえいたら！　さあお話しなさい」

「まさにそのつもりでした、でもこの家では、人に口を開かせてもらえないじゃないですか。いつも頭ごなしにこきおろされて――」

「あらダゴベルト、あなたってなんて意地悪なの。あなたをこきおろそうなんて、誰も思ってないわ。あれこれ言うのはもうお終い。聞きたくて聞きたくてわくわくするわ」

「あなたの期待にそえる話ができるかはこころもとないのですが、そもそも、そんなにたいそうな事件ではないのです。事件というものは自分では選べず、向こうから来たものを受け入れるだけですからね。先に言ったように——それは一瞬のできごとでした。今日は何曜日でしたか——そう、土曜です。するとそれはこの前の火曜日のことです。十二時ごろに、秘書官のひとりが——ちなみに首相の甥でしたが——わたしの家を訪れ、首相の招待状を渡し、伝言を伝えました。個人的な用件があるので、四時半に首相邸にご来訪を乞うということでした。わたしは時間ぴったりに行きました。壮麗な待合室は人であふれていたのですが、すぐに呼ばれ、おかげで列に並ばずにすみました」

「ちょっと待って、ダゴベルト。それはどの広間なの？　昨日、広間は溜息をつきながらぜんぶ見て回ったのよ。だから見当がつくかもしれないわ」

「昨日の夜会では、広間の印象はふだんとは少し違っていました。ほとんどの部屋はきれいに片付けられていましたから。みごとな装飾をほどこされた階段を上って、広々とした控えの間の、クロークが設置してあるところに行くと、正面にずらりとドアが並んでいたでしょう。中央のドアが待合室の広間に通ずるドアです。もちろんその他にも、たくさんの秘密の小部屋が待合室として使われています。一般客に目撃されることを望まない訪問者用のものです。昨日首相が、大臣たちに囲まれて客を迎えたのがあの広間でした」

「思い出したわ、ダゴベルト。かわいそうに、昨日首相は一晩中そこに釘付けになって、三時間のあいだ微笑みを絶やさず、愛想よくしていなければならなかったのよ」

「苦行だったとは思いません。あの人《スタッコ》はそのように生まれついているのです」

「あれは一番美しい広間だった。化粧漆喰の天井はすばらしい様式で、板張りは白と金で、金で縁取りをした深紅の金襴《ブロカート》で、大きな絵が壁にはめ込まれてたわね。安楽椅子は同じように深紅の緞子《どんす》で、木の部分は、バロック調の彫刻がほどこされて、金箔が塗装されていたわ」

「まったくそのとおりです。その右側の広間は、ふだんは局長の接見室なのですが、そこで首相夫人が、思わずみとれるほどの温かさにあふれた礼をつくして招待客を迎えたのです。奥様、あなたも昨日、その様子をごらんになったでしょう」

「ほんとうにすばらしかったわ」

「待合室の左手に首相の私室があります。そのなかに迎え入れられたのです。首相はとても感じがいい人で、わたしに向かって、自分から訪ねに行かなかったことを謝り、どうか勘弁してもらいたい、どれくらいわたしを待ち焦がれていたか、この顔を見ればわかってもらえるだろう、とおっしゃいました。ところで首相は、さらに上層部からの指示によって、わたしを招いたのでした」

ヴィオレット夫人は目を見開いた。「さらに上層部からの指示ですって?」

「ええ、つまり首相の奥方からの指示だったのです。首相自身は用件が何かさえご存じありませんでした。なんでも近く行われる夜会は、首相の希望で夫人に采配が任されているのですが、そこにたいそうな心配ごとがあるということでした。それからわたしは首相ご自身に、奥方の応接間《サロン》まで案内していただきました。首相夫人はわたしをたいそう歓迎してくださり、わたくしたちの密談《テータテート》に邪魔はいりませんと言って、すぐさまご主人を追い払いました。首相はたちまち姿を消しました。どうだいグルムバッハ、よその家では、一家の主人はちゃんと礼儀作法を心得ていると思わないか」

「礼儀以前のことだ」主人がやり返した。「人畜無害と思われたのさ！」

「奥様、もしご主人の身の上に、今後どんな災難がおきても、天罰が下ったと思うことにしましょう」

「ダゴベルト、あなたに冗談を禁じます。先をお話しなさいな」

「ここは変わった家ですね。無駄話もろくにできないなんて。それでは報告を続けましょう。『この事件は』と伯爵夫人は言いました。『一風変わっていて、しかも秘密を要するので、あなたしか相談する方がいませんの——あえて申し上げるなら、これはダゴベルト用事件ですのよ』

『奥様は好意にあふれる言葉の組み合わせによってわたしを顕彰《けんしょう》してくださいました。そして類概念へ昇格させてくださいました』

『あら、世間の人はみんな——』

『それはわたしの手柄ではありません。わたしの友人に文士がいて、その者がわたしを少し持ち上げすぎて、何もかも大げさに吹聴したためです。おかげでおちおち人前に出られなくなりました』

『人前などに出なくてもよろしくはありませんこと。そんなことをせずとも、どのみち誰もが、いまのわたしのように、自分からあなたのところに駆け込むでしょうから。あなたのような方がいて、いざというときには頼りにできると思うと、たいそう心強いわ。主人の地位を利用することは、やろうと思えばたやすいのでしょうが、なんだか卑怯なようで気が進みません。それがいわれのないことなのは、まったく異存はありませんが、わたしの家がそのために品位を失うような気がするのです。

どのみち事がまったく内々に、誰にも知られず解決されたほうが望ましいのには変わりがありません。ダゴベルトさま、あなただけが――あら、笑ってらっしゃるの？　許してくださいね、わたしがあなたを通称で呼んだことを』

『わたしにとってそれは新たな名誉です』

『わたしが思うには、詩人や――芸術家にとって、自らこしらえた名こそがふさわしいものです。ところで考えてもみてくださいな――わたくしの家でものが盗まれるなんて！』

『驚くほどのことでもありますまい。お宅はさぞ盗みがいがありましょうから』

『誤解なさらないで――これは一般論ではありません。いつもというわけではないのです。家庭内の物事をちゃんとさせられないのならば、わたしは主婦失格ということになります。盗みはいつも特定の機会をねらって、わたしが文字どおり無防備なときに起こるのですわ』

『とおっしゃいますと？』

『わたしたちの夜会のおりです。わたしどもは六百人から八百人もの招待客に挨拶せねばなりません、考えてもみてごらんなさい、あらゆるところに目を配るなんてとても無理ですわ』

『夜会のときだけなのですか。ふだんは何ごともないのですか』

『何ごともございませんの』

『不思議ですね。それで特に好んで盗まれるものはありますか』

『盗めるものはなんでも盗んでいきます。必ず、一ダースかそれ以上の銀や金のスプーンがなくなります。しかしわざわざ口外して、騒ぎを大きくしたくはありません。ともかく、もしわたくしだけが被害を受けているのならば、ことさらあなたに迷惑をかけることもなかったでしょう。でもお客さまのものまでが盗まれるのです。考えてもみてください、わたしの家で盗難が起きるのですよ。こんなにいやな、耐えがたいことはありません』

『いつから奥様は、そのけしからぬ事件にお気づきになったのですか』

『主人がいまの地位について三年になります。そのあいだ、全部で九度か十度、公式のパーティーを催しました。最初の二、三回は、わたしの知るかぎり、何ごともなく終わりました。しかしその後はきまって、何かがなくなるのです。これこれの装身具が見つからなかったかと、招待客があとで使いをよこして尋ねてきます。わたしが親しく存じあげている方々なら、自分で、こっそりとわたしに訴えます。コロレウスカ侯爵夫人は、八千クローネもする青狐の毛皮が失くなったそうです』

『クロークから紛失するのでしょうか』

『クロークから何かが失くなったことは、ダゴベルトさま、一度もありません。身分の高い方は、そもそもクロークなど使いませんから。随行してきた召使に持たせて、階段室にでも立たせておくのです。召使は、主人が戻ってきたときにすぐ渡せるよう、彫像のようにそこにじっとしています』

『それなのにその間抜けな召使は、まんまと毛皮を盗まれたのですか』

『その召使はウクライナから来たコサックだったのですわ。たまたまほんとうの間抜けだったのです。勲章を身につけた、堂々とした紳士がその召使の肩を叩き、乱暴なロシア語で、すぐ主人の馬車まで行けと怒鳴るように命じました。そして速く走れるように、毛皮は預かってやると言いました、それで一件は終わりです。おわかりでしょう、ダゴベルトさま、あなたの助けが必要なのですわ』

『なかなかの難題ですね。このような場合は、警察のような大きな組織が、大勢の部下を使うほうが適切かもしれません。どうしたら一人の人間で、八百人もの集団を見張っておられるでしょう』

『でもその一人の人間がダゴベルトさまなら！　警察の組織を使うのは大げさすぎて気がすみません。主人はきっと不審に思うでしょうし――主人の気性はよく存じてますが――いったん気づいたら最後、すぐさま激昂して、たいそうな癇癪《かんしゃく》を起こすことでしょう。主人はまだ、災厄がどの程度起こっているか知りません。主人の気持ちをかき乱したくないのです』

『ご主人は、わたしがここにいることをご存じですよ。ご主人自身の案内でこの部屋まで参ったわけですから』

『それは気になさらないでください。公式のパーティーがあるつど、打ち合わせは百くらいも行いますから。細かいところまで計画どおりに事をはこぶのは、けっこうな大ごとですの。ですから、主人をわたしのささやかな心配ごとで困らせないようにしていただければ、とても感謝いたしますわ。なにしろ主人は、もっとずっと大切なことで気を配らなければならないのですもの』

『そうでしょうとも。今度のパーティーには、わたしもお招きを受けています。気をつけて見張っておくことにいたしましょう。ただ、これきり盗難をなくせるなどと、うぬぼれてはいませんが』

『まったく盗難がなくなるなんて愚かなことを信じているわけではありませんのよ。でもあなたにいらしていただければ、将来の防御となるような何かの手立てが見つかるのではないかと思いますの』

『奥様は非常にすばらしい、賢明なお方です。このようにぶしつけに賞賛したことをお許しください。しかし誰にも明らかなことは、口に出して言ってもかまいますまい。わたしも喜んで仕事にとりかかれるというものです。招待客の一覧表を拝見できないでしょうか』

夫人が呼び鈴のボタンを押すと、すぐさま召使がやってきました。彼女は一覧表をもってくるよう言いつけました。わたしはそれに目を通しながら、彼女に話しかけました。

『召使の一人一人にお引き合わせいただければ非常に助かります。もしお手数でなければ、適当な口実あるいは仕事を見つくろって、残りの召使を順々に呼んでいただけないでしょうか』

かくて十人ほどの召使がわたしの面前にやってきて、夫人からそれぞれ仕事を与えられました。わたしはその家の一員であるかのように、一人一人の仕事に横から口出しをしました。

縦隊拝謁がすむと、伯爵夫人は文句をつけました、彼女の確信するところによれば、わたしは召使に間違ったことをしたと言うのです。

『どこが間違っているというのですか』

『召使に嫌疑をかけたではありませんか』

『奥様こそ間違っておられます。奥様のお話をうかがったかぎりでは、召使は最初から嫌疑から外せます。パーティーのときに外部から臨時に手助けが呼ばれたのならば話は別ですが』

『そのようなことはありません、ダゴベルトさま。わたしども召使だけで用は足りますから』

『それならばますます結構です。ところで、なんのために召使たちをここに来させたかと申しますと、わたしが彼らを見るためではなくて、彼らにわたしを見てもらうためなのです。わたしがあなたの信任を受けているものだということを、召使たちにそれとなく知らせたかったのです。事がこれからどう進展するか、いまのところはわかりません。しかし次の金曜日には、わたしが一家の主人のような顔をして、召使のだれそれに命令を下さねばならぬようなことも起こり得ると思っています。ある状況下においては皇帝より医者が命令を多く下さねばならぬようなものです。失礼ながらお許し願いますが、わたしたちの場合も同じように、無制限に命令する権利が認められねばなりません。それをお認め願いませんでしょうか』

『あなた以外のものには、それほど軽々しく承認はしないでしょう。ただひとつだけお願いがあります。騒ぎを起こさないようにしてください。公《おおやけ》の場ですから、それだけは避けねばなりません』

『かしこまりました。でも過大な期待はなさいませんように。わたしがいつも頼りにしている偶然の女神にも、ぜひ微笑んでもらわねばなりませんし』
『もしあなたがその女神に頼っているなら、正真正銘の偶然なんてありえませんわ』
『偶然というものは、なかなか不思議なものです。いうなれば、偶然にある種の親和性を持つ人がいるのですよ。わたしは以前、ある若いギムナジウムの生徒と知り合いだったのですが、その人のもとには、毎日のように偶然が訪れるのです。それもふつうの人なら何年に一度という偶然がです。たとえば通りで事故が起きると、その人は偶然いつも近くにいて、応急処置を施すのです。彼はいまでは高名な外科医です。

あるいは、落雷で命を落とす人もいるではないですか。なんというとほうもない偶然でしょう！　しかし雷は、なんらかの理由があって、ちょうどその人の上に落ちたのです。これこそ偶然というものです』

『ダゴベルトさま、あなたに敬意を表します。たとえ結果的に何もわからなくとも、あなたとお知り合いになれてよかったと思っています』

『わたしが何も得られないということは、それほどありえないことではありません。そのときはたいそう恥じ入り、目を赤くして泣くでしょう。というのもほかでもない奥様に、わたしはぜひとも、喜んでいただきたく思っていますから』

『リストから何かおわかりになったことがありますか』

『まったく何もわかりません。見つかると期待もしていません。あたりまえのことですが、それが、わたしたちの仕事の本質なのです。そしてこれもまたあたりまえのことですが、招待客のどなたも、まかり間違っても窃盗などしそうにない方ばかりです。もちろん、病的な窃盗症《クレプトマニア》という可能性は除外できません。そしてもしそうならば、事は非常に難しくなるでしょう。しかしそんな病気の人は、きわめて少数しかいません。それに、そうした人たちはわたしのお得意様ですから、もちろん名は存じています。リストには疑わしい人はいませんでした』

『あなたはそういう人をみんな知っているのですか！』

『知っていなくてはならないのです。わたしの仕事に関わることですから』

『あなたの芸術とおっしゃったらいかがかしら』

『ありがとうございます。さて、少々立ち入ったことをお尋ねしてよろしいでしょうか。あなたの家でものを盗まれたという訴えがあったのですね。その方々は、もっと詳しい事情を話してくれなかったのですか』

『あなたは誤解しておりますわ、ダゴベルトさま。ものを盗まれたなんて訴えはありません。わたくしの家でものが盗まれたなどと、面と向かって言う人はいませんの。ただ、〈なくなった〉ものについて問い合わせがあるだけです。しかしわたくしには、盗難があったことがわかるのです。心を許した知人はもっとあけすけに言ってくれますけれど。ああ、それから、いま思い出しました。わたしの甥も被害者のひとりです。時計の鎖が切断されたのです』

『切断されたですって』

『ええ、それはもう鮮やかに切られていました。もしあんなに腹立たしくさえなければ、笑ってしまったかもしれません』

『その甥の方に紹介いただけませんか。直接お聞きしたいことがあるのです』

『よろこんでお役に立ちたいと思いますわ。ちょうど家におりますから』

数分後に、わたしの家に招待状を届けてくれた青年宮廷秘書官が現れ、わたしの求めに応じて、ユーモアたっぷりに彼の冒険を話してくれました。わたしはあらゆる方向に質問の触手をのばしましたが、手がかりは一つも得られませんでした。青年はまったく何も気づかないまま、時計をすられたのです。

『その手際の鮮やかさときたら、悔しいけれど賞賛を禁じえないほどでした。時計と鎖は、とても大事な遺品だったのに、泥棒が残してくれたものといえば、チョッキのボタン穴に通したリングと、すっぱり切られた鎖のわずかな残骸だけでしたから』

『その鎖の残りはまだお持ちですか』

『ええ。マスコット代わりに新しい鎖につけています。これは僕にとって、悔しい過去の思い出で、将来の用心のための戒《いまし》めでもあります』

そこでその破片を渡してもらい、調べてみました。ほら奥様、わたしの時計の金の蓋のまんなかに、小さな丸いレンズがはめ込んであるでしょう。これは拡大鏡なのです。切断跡を丹念に眺め、それから会見を切り上げました」

「するとダゴベルト、何か見つかったのね」はずんだ声でヴィオレット夫人が聞いてきた。

「幸いなことに、すくなとも罪体《コルプス・デリクティ》は手に入ったわけです。わたしはその鎖の破片を借りる許可を得ました。そして席を立ち暇乞《いとまご》いをしました。

『さてダゴベルトさま、わたしどもは希望を持てますでしょうか』伯爵夫人が聞いてきました。

『希望――かどうかはわかりませんが、はっきり申し上げられることはあります』

『たとえばどのようなことですの』

『次のパーティーでは何も盗まれないか、あるいはかなり多くのものが盗まれるかのどちらかです』

『ダゴベルトさま、その程度の神託しかなさらないのでしたら、わざわざ天下っていただく必要はありませんわ』

『まだ続きがあります。もし何かが盗まれたとしたならば、伯爵、わたしにお任せください。けして盗人《ぬすっと》を逃がすようなことはいたしません』

『そうしていただければこれ以上何を望みましょう』

『わたしがいま申したことは言葉どおりに受け取ってくださって結構です』

そう言ってわたしは彼女の手に唇をあて、辞去しました」

「でもダゴベルト」ここでヴィオレット夫人が口をはさんだ。「いったいどういうわけで、それほどすぐに請け合うことができたの。あなたの才能を賞賛するにはやぶさかじゃないけれど、ちょっと軽率よ。ひとつまちがえば、何もかも裏目に出て――そのときはどうするつもりだったの」

「奥様、こんな些細《ささい》な事件で自分を信頼できぬならば、いさぎよく仕事をやめたほうがよろしいでしょう」

「すると実際に何か探り出せたのね」

「ええ、いくつかのことを。人はたびたび幸運に見舞われるものです」

「また謙遜《けんそん》しているわ。幸運ですって——まあいいわ。あなたにとって『幸運』は『偶然』とまったく同じものなのね」

「うまい言葉をありがとうございます、奥様。ということでわたしは、あなたがたとともに、首相邸の夜会へおもむいたのです——」

「お願いがあるのだが」思い切ってグルムバッハが口を出した。「俺をあまりにもいてもい《カンティ》なくてもいい存在《テ・ネグリジアブル》みたいに扱わないでくれ。卑小な存在ではあるが、ここにいることには変わりはない」

「さきほどの侮辱は忘れていないぞ——君など空気と同じだ。ということで奥様、パーティーはあなたもご存じのように、とてもすばらしいものでした」

「ダゴベルト、脱線はやめて！　パーティーのことは話していただかなくても結構。聞きたいのはあなたの探偵術だけ。パーティーまで二、三日余裕があったわね。あなたは絶対に時間を無駄にしないって、ちゃんと知ってるわ。どんな準備と予防措置をしたか聞かせてくださいな」

「あなたにはぜひとも、わが身の潔白を証明せねばなりません。わたしが片付けねばならなかったちっぽけな事件より、それはわたしにはずっと切実なことなのです。首相邸であなたに献身せず、しかもあなたの家までごいっしょしなかったのは、悪意からでもなければ、気配りをなくしたからでもありません。単に不可能だったのです。もし心のおもむくままに行動できたならば――」

「あのね、ダゴベルト、いまは事実を知りたいの。話してくださらない」

「未開の西部の酒場では、『ピアニストを撃たないでください。これでも一生懸命弾いているのですから』などという注意書きがよく貼ってあります。わたしもこうした法律上の恩典を要請したく思います。これでも一生懸命説明しているのですから」

「どうぞお弾きあそばせ。撃ったりはしませんから」

「パーティーが続いているあいだずっと、仕事にかかりきりでいました」

「そうでしょうとも」

「パーティーも終わりかけたころ――ご存じのように、こうした催しは、てきぱきと進行するのが常ですが――伯爵夫人は、わたしにこのまま残って、いっしょにお茶を飲むよう誘いました」

「やっとわかったわ。それであなたはわたしたちといっしょに帰れなかったのね」

「わが愛をもってすれば――」

「ダゴベルトったら！」

「伯爵夫人の誘いなど、騎士としての奥様への奉仕を拒む理由にはなりえません。もっと別の、さしせまった理由があったのです、それをこれからお話しするつもりでした。真夜中になると招待客もいなくなり、それから何分か後には、わたしは夫人の私室《ブドワール》で――他の部屋はすべて空になっていました——わたし、夫人、それから首相その人が座っていました。わたしはもちろん少しあせりました。なにしろ首相は一連の事件を知らないと聞かされていましたから。実際は耳に入っていたのです、そしてわたしを少し引き止めておきたかったのでした。

『邪魔をするつもりはない』首相は言いました。『わたしも同席させてもらえないか。さもないと飢饉の犠牲者となってしまう。何か食べるものをくれ、それからシャンパンを一杯。そうすればわが悩める心も慰められるというものだ』

　わたしは気をとりなおし、夫人に目で尋ねました、どういたしましょう、わたしのほうはまったくかまいませんが。

　夫人はすぐにきっぱりと言いました。

『同席を許すべきですわ、ダゴベルトさま。主人はわたしたちの秘密を承知しています。わたしは主人に一言の断りもなしに、千もの人々と打ち合わせができはします。しかしこの前ダゴベルトさまとお話ししたすぐあと、主人に何が起こったかと聞かれたのです』

『そうですとも、ダゴベルトさん』と首相は好意あふれる口調で言いました。『あなたが来たとなれば、並大抵のことではありますまいから』

『そこで主人に洗いざらい打ち明けましたの。ですから主人もこの事件がどう決着したかを知りたがるのは当然のことです』

『もちろん知りたがるのは当然だ』確認の声があがりました。

　そのとき召使がすばらしい食事《デリカテッセン》を持ってきました。先ほど招待客たちが舌鼓を打ったものと同じ料理です。いかにも大人物らしく、首相はわれわれ共通の用件について、尋ねるのをひとまず打ち切りました。わたしたちは三人とも、たっぷりと食べました。なにしろ誰もがまったく何も口に入れずに、それぞれ一仕事やってのけたあとでしたから。

わたしたちが生気を取り戻し、銀のシャンパンクーラーが主人の命によって新たに運びこまれると、彼は召使に、もう下がってよろしい、呼ばれるまでもう来ないでいいと命じました。そうしてはじめて、それまでの世間話を打ち切り、わたしのほうを向いて聞きました。『さてダゴベルトさん、何か報告することはあるかね』

『首相、それ以外にわたしがここにいる理由がありましょうか』

『デルフォイの神託のことは聞いた。まったくもって安易で、外れようもないものだった。すなわち、盗みは行われるか、さもなければ行われないだろうと』

『少し間違って伝わったようですが、わたしたちが仲たがいするほどの問題ではありません』

『仲たがいなどするはずもない、わが尊敬すべき友よ！　それで――盗みはあったのか』

『ええ』

『それはすばらしい。被害は大きかったのか』

『相当なものでした。すばらしいことに――人は公正でなくてはなりません――事はきわめて勤勉になされました。ともかくも――自分の目でお確かめください！』

それとともにわたしは、着ていた燕尾服の後ろのポケットに手を入れて、両手一杯の時計、鎖、高価なペンダント、ダイアモンドを鏤《ちりば》めた星型勲章、金のスプーン、宝石を嵌《は》めたシャツのボタン、髪飾り、ダイアモンドのブローチや留め金、その他のたくさんの貴重品をテーブルに置きました。

首相も首相夫人も、輝かしい略奪品の山に目を見張りました。

『これはこれは』観念したような口調で伯爵は言いました。『たいそうなプレゼントをありがとう。だがこんなにたくさん、どこから持ってきた』

『先ほど申しましたとおり、盗んできたのです』

『もちろんそうだろうとも。だが誰が盗んだというのだ』

『お気を悪くしませんように。このわたしの仕業です』

『冗談もほどほどにするがいい』首相は笑って言いました。

『盗人を捕まえてくれとは頼んだが、こんな立派な仕事をしてくれとは言わなかったぞ』

『どうして悪い仕事ではありません。わたしがおおよそ見積もったところでは、仕入れ値で計算しても、総額で四万クローネほどになります』

『どうやって手に入れたのだ』

『先ほど申し上げたように、これらはわたしが盗んだもの、わたしが手ずから盗んだものです。それには違いないのですが、情状酌量の余地が二点ばかりあります。第一に、贓品《ぞうひん》をここで引き渡すことによって、告訴を待たずして損害の賠償につとめたこと。第二に、これらの品物は、もともとの盗人から盗んだものだということです。その盗人が伯爵夫人、すなわちあなたと談笑している隙に、失礼こうむって、そいつのポケットを空にさせていただいたのです』

『わたしと話してたなんて――なんだか目まいがしてきましたわ』伯爵夫人は驚いたように言いました。

『わたしもだ――ほらお前、気付けの一杯だ』そう首相は言い、愉快そうに安楽椅子の上で身をゆすりました。

だからヴィオレット奥様、なぜあなたといっしょに帰れなかったかおわかりでしょう。ポケットを膨らませたままで首相邸を出るわけにはいきません。ですからくれぐれも、世に隠れなきあなたへの愛を疑うようなことはしないでください」

「まあいいでしょう、ダゴベルト。世に隠れなき愛は十分に了解しましたとも。だから続きをお話しなさい。聞かずにはいられないわ！」

「まったく同じ言葉を首相夫妻からも賜りました。そこでわたしは報告をはじめ、そのときなるべく順序だてて話すようにしました」

「それはそうでしょうとも。あなたったら相手に気をもたせて、じりじりさせずには話ができない人だから」

「人は自分にできることをやるばかりです。そこでわたしは首相夫人のほうを向いてこう言いました。『まず申し上げねばならないのですが、たとえランタン片手に探したとて、ウィーン中で、こんなに安全にやすやすと盗みができるところは、あなたがたのパーティーをおいてありません。そして、付け加えて申せば、わたし自身にしても、この事件ほど、赤子の手をひねるような事件にはいまだ出会ったことはないのです』

『なんだか矛盾していませんこと』と首相夫人が言いました。『もし盗みがそれほどたやすいのなら、それだけ犯人を見つけるのは難しくなるのではありませんか』

『まあ聞いてください。最初のうち、わたしもこの事件をたいそう難しいものと考えていました。考えてもみてごらんなさい。八百人もの人を見張らねばならず、しかもほんの少しの騒ぎも巻き起こしてはいけないのです。これは簡単なことではありません。なにしろあなたのパーティーには、来たいとさえ思えば、誰でも来られるのですから』

『ちょっと待ってくださいませ。招待状を差し上げた方だけですわ』

『存じてます。招待状も拝見しました。精巧なリトグラフで雅《みやび》に印刷されたものでした。〈首相ならびに伯爵夫人誰それは〉、とまず記され、それから、招待客の名と肩書きが驚くほど美しい飾り文字《カリグラフィー》で続きます。あたうかぎり最上の能筆家を起用しているのは、一国の首相にはまことにふさわしいことです。それはともかく、続けて〈謹《つつし》んで何某夫妻を招待いたします。二十日晩方にお越しを願います〉と記され、その下には左にヘレン小路七番地、右側には九時とありました』

『そのとおりです。招待状を受け取るのはそれにふさわしい方だけです。招待客は入念に選ばれます』

『もちろんそうでしょうとも。しかしそのなかにこそ、もちろんいたしかたのないことなのですが、そもそもの過ちのもとがあるのです』

『何をおっしゃっているのかしら』

『すぐにおわかりになりますとも。招待状はあなたのパーティーの場合も、同じリストが基準となる他のパーティーの場合も、会場に入るときに改められたり徴収されることはありません。それももっともなことです。招待されるのは、身分の非常に高い方か、もしくは、誰もが知るような著名人に限られます。召使も主人も、招待客が入ってくるとお辞儀をします、そして客はそれ以上の手続きを行うことなく通過してしまうのです。ほとんどすべての招待客は顔なじみです。そして五十人かそこらの客を通過させたあと、五十一人目の客を立ち止まらせるわけにはいきません。人目をひくでしょうし、悪くすると侮辱とも受け取られかねません。他の人はそのまま通れるのに、自分だけ検問を受けるのは気まずいものです。ですから、身の丈に合った燕尾服が調達できて、不自然と思われぬ程度に礼儀作法を身につけてさえいれば、誰でも出入りができるのです』

『まあ、ほんとうにそうですわ、ダゴベルトさま。これからはなんとかしなくては』

『わたしは入るとき、友人の宮廷顧問官ヴィルヘルムの前で足を止めました。あの人は奥様もご存じでしょう』

『もちろんですとも。〈ヴィルヘルム通信〉を編集されているあの方を知らぬ者などありません。そしてあの方が知らない方もいないはずですわ。そしてヴィルヘルムさまはわたしの友人でもありますの』

『義務に忠実で、きちょうめんで、信頼がおけるということにかけては、あの男に優るものはおりません。彼はその夜、新聞社に報告と出席者名簿を送らねばなりませんでした。つまり首相、あなたのお宅で彼は非常に難しい任務を請け負ったということです。他の場合なら手渡された招待状によって招待客一覧を確認し、地位の順に、あるいは地位が同程度ならアルファベット順に並べるだけでいいのですが。

先ほどのパーティーでは、彼は窪ませた手に小さく切った紙を一束持っていました。新たに来た人をちらりと見ては、紙片に名と肩書きと称号を書きとめるのです。いかなる者もそこからは逃れられません。彼はこの役を三十年以上も務めており、文字どおりあらゆる人を知っています。わたしは彼と事前に打ち合わせをしておきました。彼の知らない人が入ってくるたびに、目立たぬようわたしに合図を送ってよこすのです。それはわたしの予防措置のひとつで、他に行ったたくさんの措置と同じく、結果的には余計なことでした。ですがわたしは何ごともなおざりにしたくなかったのです』

『なぜ余計でしたの』と伯爵夫人が追求してきました。

『なぜならわたしには意中の人がいたからです』

『どうしてそれがおわかりになったのかしら』

『奥様は親切にも、その男をわたしに引き渡してくださいました。その者が来なければ、何も盗まれないことは確実でした』

『ダゴベルトさま、わたしがあなたに誰かを引き渡したというのですか。でも自分では、そんなこと少しも気づきませんでしたわ』

『それは九時半ちょうどのことでした。ヴィルヘルムがもの問いたげなまなざしをわたしに送ってきました。同時にわたしは、二人の別の男の視線が自分に注がれるのを感じました。おお！　とうとう！　わたしは待ちもうけた人物と顔を見合わせるという栄に浴したわけです。あえて言いますが、わたしはその人物の来訪を心から歓迎いたしました。しかも彼は一人で来たのではなかったのです――』

『ちょっと待ってくださいな、ダゴベルトさま』ここで伯爵夫人が話に割って入りました。『まずはっきりさせておきたいと思うのですけれど、いまおっしゃった二人の別の男は、この話にどういう関係がありますの』」

「ほらごらんなさい、ダゴベルト」ヴィオレット夫人がふたたび口をはさんだ。「あなたの話し方じゃ、誰だってついていくのがたいへんなのよ」

「ここでもかしこでも同じことを言われるとは、まったく不徳のいたすところと申さねばなりません。おかげで必要もないのに話が中断させられます。そこでわたしは説明しました。『二人の別の男とは、わたしの生徒です』

『なんですって、あなたは生徒をお持ちなの』

『たいへんな数の生徒を持っておりますとも。というのも警察本部はわたしどもの警察博物館との協力のもとに探偵学校を運営しています。そしてわたしは光栄にも、定期的に連続講演をさせてもらっているのです。

ところで伯爵夫人、成功はひとえにあなたのおかげなのですよ。ほかならぬあなたの仲介によって、きわめて重要な証拠物件が手に入りました。あなたのご主人の甥ごさんが持っておられた鎖の切れ端を一目見て、わたしは窃盗の下手人について、十分な確信を抱くことができたのです』

『なぜそんなことができましたの』

『わたしがある人の筆跡を知っていると言ったとしましょう。そのとき、わたしはそれを正確に知っています。同一人物の筆跡のサンプルが前に置かれれば、意図的に偽っていないかぎり、たやすく認定できます。この切断面の特徴的なぎざぎざは、筆跡と同じくらいに役立ちます。来る年も来る年も、わたしは自分の生徒たちに、博物館に所蔵されている珍品を手に講義をしています。そういった犯罪者の痕跡は教材として役立つのです。家宅侵入や窃盗の優秀な手口を、われわれはすべて知っています。こういう鎖の切れ端や、穴をあけられ抉《こ》じ開けられた金庫は、わたしたちにとって、学ぶものの多い教材なのです。わたしたちは残された仕事から、それをなした名匠が特定できます。あえて言わせていただければ、首相、あなたはこの分野における真正の芸術家、すなわち国際ギルドの巨匠窃盗犯のお出ましを賜《たまわ》るという栄誉にあずかったのですよ』

『それはまたありがたい栄誉に浴したものだ』

『この男はウィーン出身ではありません。ウィーンの技術はまだそれほど優秀ではありませんから。ここからもっとも近い犯罪大学はブダペストにあります。ブダペストの掏《す》りにくらべると、われわれの輩《やから》は能無しで、せいぜいディレッタントといったところでしょう。この大学の学長《レクトール・マグニフィクス》、すなわちギルドの本部長はサミュエル・ヴァインシュタイン氏です。それが本名なのですが、彼はこの市民風の立派な名に重きを置かず、ラカセ侯爵として世間を喜ばせるのを好んでいます。六十八歳の堂々とした男で、そのうち二十七年のあいだに、広範囲に及ぶヨーロッパの獄守たちと、国際的な友誼《ゆうぎ》を結びました。まことに興味深い出現です。あなたもその男にお会いになったのですよ、奥様』

『どうして覚えていられましょう』

『それではお許しを願って、いささかヒントをさしあげましょう。長身で、豊かな銀白色の頭髪、同じ銀白色の波うった髭。貴顕《きけん》紳士の典型です。これは認めざるをえませんが、風貌だけ見れば、この男が熟練した掏りとは、誰だって毛ほども思わないことでしょう』

『思い出しましたわ。その方とは、たしかにお話ししました』

『そうでしょう。奴は厚顔にも、パーティーの終わり近くになって、他のものに自分を紹介させ、すばらしい祝賀会が盛会に終わったことを賞賛し、お礼を述べていました。彼の話しぶりときたら、それはもう堂に入ったものでした』

『ほんとうにあつかましいこと』

『ええ実際。さて、わたしはこうしたあつかましさには我慢のならない性分です。すぐさま彼を罰しようと、彼のポケットを空にしました。それにわたしはそれをほかの理由からも行ったのです。手短にあなたの記憶を、わたしが口で説明するよりも鮮やかに、蘇らせてさしあげましょう。ここにその男の写真があります。それからこれが、あなたはあまり興味を持たれないでしょうが、男の指紋です。登録させた人体測定結果です。これらすべてを鑑識課から取り寄せ手元に置いていたのです』

『まさしくあの人だわ。南アメリカのどこかの未開国の大使館に関係した方と思っていましたわ。奥様ともどもフランス語をお話しになっていましたもの』

『ラカセ侯爵は、フランス人のようにフランス語を話し、ロシア人のようにロシア語を話します。彼が完全に話せない言葉など、ヨーロッパにはいくつもありますまい。彼はまた、ヨーロッパ中を旅しています。〈自由な〉時間、つまり〈別荘〉に監禁されていない時間は、パリで過ごすことを一番好んでいます。ヌイイに小宮殿のような邸宅を持っているのです。彼の〈奥方〉について言えば、そのみごとなフランス語に感嘆する必要はありません。もともとフランス人なのですから。灰色の髪にもかかわらず、魅力的な姿！　彼女もまた卓越した閨秀《けいしゅう》芸術家でして、夫妻のチームワークの妙技ときたら、賞賛に値するほどの精巧さです。もっとも以前は他に糧《たつき》を持っていました。彼女は、言うならば歌手だったのです。その芸は広く知られていました。いささか大げさに言えばパリの上流社会の共有財産だったのです。しかしその後、いわば配役の交代が行われました。喜劇を得意とするアルト歌手の道を捨て、われわれの侯爵の招聘《しょうへい》を受け入れたのです』

『なんという世の中にわたしたちは住んでいるのでしょう！』

『まったくです、奥様、この世ではしばしばほんとうに多彩なことが起こります。さきほど言いかけたわたしの助手の話に戻りましょう。鎖の切れ端を手に入れると、わたしの生徒のうちもっとも優秀なもの二人を呼んで、鎖を特定するという、勤勉を要する課題を与えました。しかし難しすぎるというほどでもありません。ほんの二、三週間前、博物館で自由に用いることのできる資料を見せ、サミュエル・ヴァインシュタインの手口を実地にやってみせたところでしたから。この男が切断した跡は、訓練された目で見れば、見間違えようがありません。彼がよく用いる小型の切断ペンチは——ちなみに優秀な英国製のものですが——博物館に所蔵されています。その切断面は、わずかに先端の尖った鋼《はがね》のボルトの跡に特徴があります。そのボルトは相応の力で金属に食い込み、それによって不都合な滑りを防止しているのです。二人の生徒は二十四時間のうちに課題をなし終え、わたしはその結果に十分満足しました。生徒たちはこと細かに説明してくれましたが、それはどのみちわたしがすでに知っていたことでした。

彼らがそのように資格証明を提出したあとで、わたしは彼らを調査旅行に連れていくことにしました。助力を考慮せねばなりませんでしたから。というのも、お宅の広間のような広々としたところでも、八百人もの方々が集まるとなると、ひどく混雑するでしょうから、わたしの二つの目だけではこころもとなくなります。

二人の生徒が会場で不審がられることのないように、わたしの勲章のいくつかを貸し与えました。それを身につけると、二人ともどこに出しても恥ずかしくないものとなります。首相にはどうか、わたしの越権行為を他に漏らさないようにお願いします。もっともわたしがつけさせたのは外国から授与された勲章だけです。自国の勲章にかような狼藉を働くのは、わたしの愛国心が許しませんから』

『弁明には及ばない』なだめる口調で首相が言いました。『ことに政治家に向かって弁明は無用だ。目的のために手段を選ばないのはわれわれの常套だから』

『生徒たちには必要な指示を与えました。とくに、もし混雑のなかでお互いを見失ったときに、いくつかの必要な知らせのために集まるべき場所を示し合わせました。さて、侯爵が現れるや、わたしはすぐさま仕事にとりかかりました。すなわち彼の後ろにぴったりと、もちろん気づかれないようにして、ついていったのです。最初の一時間は何ごともなく過ぎましたが、それはわたしの予想どおりでした。それから事が始まり、すぐさま次から次へと続きました』

『そしてあなたは、何もしないで盗ませるままにしておいたのですか』伯爵夫人が素朴な質問をしました。

『そうせねばならなかったのです。他に方法がありませんでした。もちろん最初の窃盗のとき現行犯《イン・フラグランティ》で捕まえることもできたでしょう。しかしあなたの夜会はどうなったでしょう。きっととほうもない騒ぎになったことでしょう。

ヴァインシュタインは昨日や今日泥棒になったわけではありません。そのような場合、騒動こそ自分が助かる見込みのある唯一のものであることを、きちんとわきまえています。きっと怒りを爆発させ、わたしを悪しざまに罵り、平手打ちを食わせようとするか、そして何がなんでも名刺を押し付けようとするでしょう。そのとき戦利品はとうに彼の手を離れているのです。

もちろん彼の企みはだいなしでしょうが、首相、あなたの夜会もだいなしになってしまいます。記者やインタビュアーは夜でもかまわずあなたのお宅に押しかけるでしょう。そして次の朝には、新聞に何段もぶちぬきで、センセーショナルな事件が報ぜられるでしょう。

それはそれでいいのかもしれません。ともかくもわたしが彼を捕まえたことには違いないのですから。しかしながら、わがささやかな虚栄心は、それでは満足できません。あなたの要請、あなたの命令は、伯爵夫人、くれぐれも騒ぎを起こさないようにというものでした。わたしはそれを遵守せねばなりません』

首相ももっともだと言ってくれました。そこでわたしは続けました。『さきほど申しましたように、帝国の首都であり陛下のおわしますウィーン中探しても、こんなに輝かしく、快適で、そして感謝すべき機会は盗人にとって他にありますまい。とくに奴のような、ひととおりのことができ、おのれを恃《たの》む盗人にとっては。邸内に入ろうと思えば誰でも入れるということもありますが、もうひとつ、別に理由があります。他のどこにも、これほど高価な装飾品がこれほどたくさん集まってくるところもありませんが――それが主な理由というわけでもありません。肝心な点は――もしあなたがそもそも、状況の詳細とヴァインシュタインの手口に興味がおありかどうか存じませんが――』」

「またダゴベルトの得意技が出たわね――わかりきったことをわざわざ聞くんだから」ヴィオレット夫人が口をはさんだ。

「『もちろんたいそう興味がありますわ』と、首相夫人どころか首相も声をそろえて言いました。

『核心はビュッフェにあります。招待客がとどこおりなく循環するかぎり、問題はありません。広間は離れ離れに三つありますが、ビュッフェは一箇所にしか設けられていません。人の流れはそこでせき止められます。客は空腹になると、ビュッフェに山と積まれたご馳走におびき寄せられます。

もちろん無作法な振る舞いはどこにも見られません。集まるのは上流階級の方々ばかりですから。しかしとんでもない混雑がそこにはあります。百や二百もの人が体をくっつけあうのです。それもどんな状況のもとでか、あなたにもたやすく察しがつきましょう。三十人、五十人、あるいは百人もの人間が、押し合いへし合いのおそろしい窮屈のなかで手を掲げます。召使はそれに気づくと皿とナイフとフォークを渡します。他の者が皿に盛り、希望によりマヨネーズかタルタルソース——客はただ命ずるだけでいいのです——、ラインの鮭、雉《きじ》、のろじかの背肉《レーリュッケン》、ひれ肉《フィレ》、トルテ、砂糖煮果実《コンポート》、アイスクリーム、お茶、あるいはレモネードでも。ほとんどの人はたいそう空腹ですので、一生懸命料理を平らげます。そして本物の空腹がおさまると、今度はビール、あるいはラインワインやボルドーへと移り、それからシャンパンにしばしとどまり、それから好みによって緑のシャルトリューズやシュヴァルツァーでめでたく締めくくります。

こう説明すると結構ずくめのようにも聞こえますが、どうぞお考えになってください。混雑のなかでこうしたすべてをこなすには、いったい何本手がいるでしょうか。おまけにオペラハットを抱えていて、もしかしたらエスコートせねばならぬ女性が傍《かたわ》らにいるかもしれません。こんな綱渡りさながらの曲芸をやっていると、注意力は完全にお留守になります。礼儀作法を身につけたものが、近くの紳士の燕尾《えんび》服にマヨネーズの染みをつけたり、近くの淑女のむき出しの肩に冷たいシャンパンを注いだりもできませんし。

こういったところが現場のありさまだったのです。左手は折りたたんだオペラハットを持って小皿の下に敷き、小皿の上には、料理とナイフとフォークが載っています。そして右手はワインを湛えたグラス。料理を味わおうとすれば、グラスも皿に載せ、その上でバランスを取らなければなりません。皿の持ち主には、その下で何が起こっているのかふつう見えませんし、四方八方から絶えず押されたり突かれたりしているのですから、感じることもできません。そこでヴァインシュタインのような名人には、時計や鎖をたやすく、好きなだけはさみ切ることができるのです』

『なんだかわたしでもできそうな気がしてきた』首相はにこにこして冗談を言いました。

『もっとも高価な鎖を下げているものが、みんな皿を持っているわけではありません。そのときは別の手が使われます。つまりこうやるのです。奴は召使から何か受け取るふりをして、片手を伸ばします。そのとき狙った犠牲者の顎の下を掠《かす》めるように腕を伸ばすので、その人は頭をあげなければなりません。同時に誰かが背後から肩を叩きます、彼は振り向こうとしますが、こういう状況、このような混雑のなかではほとんど無理な話です。誰に叩かれたのかもわかりませんし、周りの誰も気づきません。実はそれは侯爵夫人なのです。ヴァインシュタインが洗練されたフランス語で、一時的な迷惑を謝しているあいだに、人の流れが彼を遠く押しやります。しかしそのときには、奴は望みのものを手にしているのです。

侯爵夫人はそのあいだ手をこまぬいているわけではありません。ショールを全然目立たぬように、蛇踊り女のように器用に取り扱い、その襞に保護されて、ご婦人方の装身具を盗むのです。彼女は女性の獲物をことさらに好みます。なぜならば彼女は女性の衣裳の技巧に、彼女の著名な夫君よりも精通し、場数も踏んでいますから』

『なんともすばらしい事件だ』首相が叫んだ。『だが、あなたは知らないかもしれないが、ダゴベルト、夜会にはいつも警察から刑事が何人か派遣されてくる』

『存じてますとも。しかし警官に多くは期待できません。彼らが行うのは報酬に見合った仕事だけですから。最後にヴァインシュタインがなおもあつかましくも、伯爵夫人に個人的に暇乞いをしたとき、わたしは冗談半分に、ポケットを空にしました。やろうと思えば、わたしだって彼に劣らずみごとにやってのけられるのですよ。二人の生徒はそのときに壁となってくれました』

『天才的な冗談ね』と伯爵夫人が親切にも言ってくれました。

『それは冗談とばかりも言えないのですよ、奥様。わたしにはまったく冗談ごとではない理由があったのです。奥様は、事を荒立てないようにとわたしに命ぜられました。もし奴がポケットをいっぱいに膨らませたまま警察に引き渡されたとしたら、轟々《ごうごう》たるセンセーションが巻き起こったことでしょう』

『そしてあなたはあの二人をむざむざ逃がしたわけですか』

『そんなことはできません。それはわたしの主義に反します。彼ら二人は、妨げられることなく表の門を出ました。そこで彼らは、騒ぎを起こすことなく捕えられ、離れ離れになって二台の馬車に乗せられ、しかるべき監視のもとで、警察へ連行されたのです』

『そして公判に付されるというわけだな』

『そんなことはありません、閣下。なにしろ原告もいませんし、告訴もありませんし、被害の届出もないのですから』

『それなら警察は、二人を釈放せねばならないのか』

『そうでもないのです。ブダペストの司法局が、またしても二人に関心を持っているのです。以前彼らは二人の捜索に失敗しています。二人は明日、ウィーン警察のはからいで、ブダペストに引き渡されます。これで一件落着です。二人はブダペストでふたたび、ただし今度はもっと長い期間、お世話になることでしょう。罪状を一つ余分に告訴状に含めるかどうかは、もはやさして重要ではありますまい』

『ダゴベルトさん』と首相が手を伸ばし彼の名を呼んだ。『あなたは、すばらしい仕事をなしとげてくれた。いくら感謝してもしたりないくらいだ』

『すでに申しましたとおり、ほんとうに、それほど難しい事件ではなかったのですよ』

『それは謙遜というものだ。誇るに足る功績ではないか。ところで、この戦利品をどうしたものだろう』

『それならばすでに手を打っております。わが友ヴィルヘルムが小さな記事を新聞に発表するでしょう。〈昨日の首相邸夜会において、多数の貴重品が紛失した。心当たりのあるものは、警察の遺失物保管所まで照会されたし。ついでながら付け加えれば、伯爵夫人の談話によれば、窃盗は最初の数回の夜会においては行われず、それ以降はじまったという。これはもっともなことである。すなわちそのころわれらの友は、当方の確認したところによれば、アムステルダムで勾留されていた。ふたたび自由を享受したあと、彼はこの絶好の機会を逃さなかったのである〉』

これで話はお終いです。ヴィオレット奥様、わたしの謝罪を受け入れてもらえるでしょうか」

「ダゴベルト、わたしはあなたの罪を許し、それからさらなる偉大な功績に対して祝福を与えます」

ダゴベルトの不本意な旅

アンドレアス・グルムバッハとヴィオレット夫人が食卓についたちょうどそのとき、ダゴベルトが入ってきた。これには二人も驚いた。なにしろ二月《ふたつき》もまったく姿を見せず、文字どおり失踪していたのだから。

「ほんとうによかったわ、ダゴベルト。すくなくともあなたが生きていてくれて」奥方がはしゃいでダゴベルトを歓迎した。グルムバッハは親愛の情がこもった握手をした。

「まったくたいへんでした。もう少しのところであやうく――」

彼は終わりまで話さなかった、相手も聞かなかった。食事の席で、給仕が行き来しているあいだは、話をはじめない。それは以前から徹底されていた。だからさしあたりは互いの健康状態を尋ねあったり、あたりさわりのない会話を交わすのだった。

そのとき召使はスープを給仕していた。主婦は何も言わなかったが、よくしつけられ己の任を心得た召使は、新たな客のため、自らの判断で、食器をテーブルに並べた。

ヴィオレット夫人は好奇心のかたまりとなった。それも無理はない。なにしろダゴベルトはまる二月《ふたつき》も顔を見せず、生死さえわからないありさまで――こんなことはこれまでなかったのだから。ダゴベルトの顔は、病みあがりのように青ざめていた。その使徒ペテロ風の頭を彼女は常にもましてしげしげと眺めた。彼女はダゴベルトの大いなる情熱を知っていた。素人探偵としての活動、すなわちもともとなんの関わりもない事件に介入しては、しばしばまったく憂慮すべき、あるいは思いもかけなかった危険に巻き込まれることを。だが、同時に感謝の気持ちも思い出した。いっぷう変わった鋭敏な推理の才能を生かし、紳士探偵として、この家でも何度となく重要な尽力をしてくれたのだった。

召使が一瞬部屋を去ると、彼女はがまんできなくなって、小声で聞いた。「ダゴベルト、あなた旅行に行ってたの？」

「ええ、やむをえない事情がありまして、ささやかな旅をしてきました」

「どこに行ったの」

「プレスブルクです」

「ウィーンから一時間くらいのところじゃない。旅のうちに入らないわ」

「およそ六十キロメートルというところですね」

「二か月もプレスブルクにいるなんて信じられないわ。おまけに冬に！」

「まったくです。もっとも帰路は少しばかり回り道をしなければなりませんでした。そう、二千キロばかりの。つまりマントン経由で戻ってきたのです」

召使がふたたび現れたため会話は中断した。ダゴベルトとしては、いつものように、食事が終わったあとに、喫煙室でシュヴァルツァーを飲みながら、失踪時の体験を話したいのだろう。

それはヴィオレットにもわかってはいたが、あまりにじれったくなって、いますぐにでも、詳しい話を聞きたく思った。そこで召使がいなくなった隙に乗じてまた尋ねた。

「もちろん――また仕事で遠出していたのでしょうね、ダゴベルト」

「フランツ・リストがウィーンでいい仕事ができるかとお偉方に聞かれたときの答えに倣《なら》って申しましょう――わたしは仕事などしませんでした、音楽をしていたのです、閣下」

「だから――音楽をしていたかと聞いてるんじゃないの」

そう表現したとしても、なお誤解の余地があった。というのもダゴベルトは音楽にもたいそうな情熱を持っていて、ことのほか音楽を愛していたからだ。この分野でも彼は献身的なアマチュアとみなされていた。しかしディレッタントとみなされることに甘んじはしなかった。だがいまはヴィオレット夫人は音楽のことを聞いたわけではなく、彼のもうひとつの道楽、探偵術のことを言ったのだった。この術への道楽のほうがずっと彼女の興味をそそった。

やがて三人は喫煙室に移った。ダゴベルトのいつにない顔色の白さが病人を思わせたため、ヴィオレット夫人は母親のような気持ちになって、お気に入りの場所である暖炉ぎわを彼に譲った。一家の主人はいつもの部屋の真ん中の喫煙テーブルの前に陣取った。コーヒーが砂糖壺とともに置かれ、男たちは葉巻を、ヴィオレット夫人は紙巻煙草を手にとった。何ものの邪魔も入らない時間がやってきた。

「きっとまた、何かおかしな事件に関わりあったんでしょ、ダゴベルト」ヴィオレット夫人がさっそくはじめた。

「まさしくおかしな事件でした、奥様」

「いつかはひどい目にあうわよ、ダゴベルト。いつも言ってるでしょう」

「人には生きがいが必要です、奥様。わが最大の愛好物をご存じでしょうか」

「ええ、音楽をするのが一番好きなんでしょ」

「それはどっちみち行います。人のもっとも深いあこがれは、常に自分の手の届かないものに向けられます。そして人がもっともやりたいと思うのは、自分ができないことです」

「それじゃ、何が一番やりたいの？」

「小説を書くことです」

「でも――ダゴベルト！」

「でも残念ながら無理です。そこで、その代わり、せめてわが小説を生きようと思いました」

「小説を生きる――それはたいしたものだわ。もしかしたら書かれた小説よりいいものかもしれないし」

「いいものかどうかは、簡単に決めたくはありません、奥様！　詩のなかでは、人生はとほうもなく実り豊かなものです。しかし人生は必ずしも芸術にふさわしくはなってくれません。芸術上の要請からすれば、無垢《むく》な人が迫害されるのがどうしても必要な場面でも、ふつう無垢な人などいませんし、機知に富んだ男爵が、すばらしい鷹揚さでしかるべき結末をつけるのが必要な場面でも、現実にはどこをさがしても、そんな男爵はいないのです。ですからわが小説はいつもまったく芸のないつぎはぎで、誰にも満足してもらえるような結末を迎えることはめったにありません。そもそも小説の芸術的形式は――」

「ねえダゴベルト、あなたが披露したがってるものは、さぞ麗《うるわ》しくて立派なものなのでしょうよ。でもね、それはわたしが聞きたいと思っている話じゃないの」

「失礼しました、奥様。奥様にわが行為を告解せねばならぬことは心得ています。そこでわたしの小説にならない小説をはじめたのです、というのも――」

「哲学するのはもうよして、ダゴベルト。事実をお願い」

「よろしい、では事実をお話ししましょう。十月半ばころのことでしたが、ある晴れた日に、かかりつけの医者から肝臓のわずかな肥大と軽度の胆嚢《たんのう》疾患を注意されました」

「あら病気だったのね、ダゴベルト。そんなこと、全然知らせてくれなかったじゃないの」

「人生の楽しみすぎかもしれませんな、というのが、そのやぶ医者の見立てでした。まるで人生を楽しみすぎるなどということができるかのような言い草でした。もちろん人生はなるだけ楽しむべくつとめてはいます。エピクロスの徒として、わが享楽における知恵をつねづね誇っていましたし」

「いまはたまたま、あなたの知恵があなたを見捨てたのかしら」

「肝臓に見捨てられたのです。もう少しがんばってくれると思っていたのですが。というわけでカールスバート療法を始めたわけです。しかし現実のカールスバートまで行く必要はありませんでした。自宅でなんとかなったのです。医者が手心を加えてくれまして、朝食前に鉱泉水をたっぷり飲み、そのあとすぐに半時間速足で散歩――それだけでいいことになりました。慣れないことなので、あまり快適ではありません。ちょうど夜が明けたころ家を出て、速足であてどなく散歩する――けしてわが趣味ではありませんが、いたしかたありません」

「医者の言うことは聞くものよ、ダゴベルト」

「仰《おお》せのとおりです。かくてそれをはじめたのですが、なんと最初の日から、小説になってしまいました」

「あなたっていつもついてるのね」

「それこそが肝心な点です。ご存じのように、わたしは最近、わが独居房をエリーザベト遊歩道《プロムナード》の裏に移しました、あなたもご承知のように、とても賑やかになった通りです。ここは以前ロサウエル船着場《レンデ》と呼ばれていたのですが、市会議員たちがわざわざ改名したのです。意味もなく上品ぶることが流行っているのですね。駒《ロス》・畔《アウ》・船着場《レンデ》――なんとみずみずしく心地よい連想を呼びさます、みごとなドイツ語の連なりなのでしょう。はたしてなんでもかんでも変えることが――」

「ねえ、ダゴベルト、あなたの小説はどうなったの?」

「言いたかったのは、わが散歩のコースがプロムナードによって与えられているということです」

「いいじゃないの。あのプロムナードはとてもきれいよ」

「とんでもありません――いいどころではありません――品のない例えを許していただければ――喉もとから何かこみあげてくるような感じです。そうでなくともあの道は毎日用足しに通らねばならないのですから、そのうえ散歩のコースにまで選びたくはありません。まったく死ぬほどうんざりです。ですから自然と足はブリギッタ橋に向かったのです。二十区のブリッギッテナウはこれまではめったに行きませんでしたし、何も知らないも同然でした。グリルパルツァーが『哀れな辻音楽師』のなかでブリッギッテナウを描写したとき、それはまだほんとうの岸辺《アウ》でした。でもいまでは大きな町になって、比較的貧しい人たちが住んでいます。ともかくここなら目新しいものを見て、刺激を受けることが期待できそうでした」

「あそこはわたしも、生まれてこのかた、行ったことがないわ」

「ちょうど橋のふもとでシャンツェル、つまり果物の市が立っていました。色彩ゆたかな、美しい眺めでした。目前に広がるのは、整然と並んだ、名高い果物売り女たちの屋台です。彼女らの名声はいかつい体つきからもきているのですが、それにおとらず、いらだったり機嫌が悪いときの言葉遣いの乱暴さでも名高いのです。女たちの前には大きな台架があって売り物の果物がうず高く積んであります。背後のドナウ運河には、数かぎりない船が浮かび、尽きることなく果物を運んできます。なんという鮮やかな、壮麗な眺めだったでしょう。わたしは屋台の列にそってゆっくりと歩いていきました。ちょうど四店目の前を通りかかったとき、必要にせまられたわたしの散歩は、いまや医師の退屈な処方を超えたものとなり、それ自体で目的を持つようになりました。帰り道も同じようにこの店の前を通り、その次の日も、そして、療養生活の受難が続くかぎり毎日店の前を通るようになったのです」

「ははあ、『女を捜せ《シェルシェ・ラ・ファム》』ね」

「大当たりです。奥様はわたしというものをよくご存じです。それはしかし、まったく奇妙なものでもありました」

「果物売りの女たちのなかに、伯爵夫人でもいたの？」

「もちろんそんなことはありません。しかしどんな伯爵夫人がいたとしても――」

「そんなにきれいな人だったの？」

「きれいなだけではありません。周囲の環境のなかで不意打ちともいうべきものだったのです。考えてもごらんなさい。海千山千の大女たちのなかに、同輩たちの半分ほどの嵩《かさ》もない華奢《きゃしゃ》な姿が混ざっているのです。まさしく優美を体現したようなものでした。身なりは周りの女より洗練されているとはいえません。わたしの趣味からすれば前に張り出しすぎているスカーフを頭に巻いていました。ですから拝顔の栄に浴するためには、曲芸のような姿勢をとらねばなりません。ところがその娘がかぶると、他の女たちとはまったく変わって見えるのです。そればかりではありません。他の女たちは温かいビロードの突っかけに足を入れています。――秋はすでに容赦なくはじまってましたから――ところが彼女はほんとうにかわいい長靴をはいていて、エプロンの下ですばらしい効果を発揮しているのです。目立って小さく美しいけれど、てきぱき仕事をこなすその手が露店を整えているのを見ているうちに、結婚指輪が嵌《は》まっているのに気づきました」

「肝心の容貌については何もおっしゃらないの？」

「それは最後に取っておいたのです。それが一番驚くべきものでした。奥様がどんな美しい容貌を思い浮かべたとしても、不当とは言えますまい。どう説明すればわかってもらえるでしょうか。ドゥムリエが『パンチ』誌によく描く、典型的な英国女性の美しさを思い浮かべてください。あの優れた芸術家が亡くなってからかなりになりますが、もうそうでなければ、あの娘が画家の一番お気に入りのモデルだと言われても、きっと信じてしまうでしょう。髪こそ褐色でしたが、イギリス少女のひとつの理想像でした。それを横のほうで分けていて、芸術的に膨らませたウェーブのかかった髪が、品のいい額に影を落としているのです。顎、唇、繊細なカーブを描く鼻——ようするにその容貌は、イギリスの宮廷女官のものならば、さして変でもないでしょうが、ゾフェル・フォン・ナッシュマルクト夫人（ゾフェル・アム・ナッシュマルクトは青空市場で有名な場所。ここではおどけて貴族の名のようにしている）にあっては、いささか人目をひくものでした」

「もう十分わかったから、ダゴベルト！」

「なにも大げさに言っているわけではないのです。もちろん通りすがりに気をひいてみたのですが、うまくいきませんでした。無視されてしまったのです。帰り道も同じでした。わたしには気づいてくれません。これがどんなにつらかったかは、奥様、あなたもわかってくださるでしょう。ふだんから注目されるのに慣れた男は、とかくうぬぼれのあまり——」

「でもダゴベルト、わたしちっとも心配してないわ。あなたはきっと最後には気をひけたでしょうから！」

「親切な言葉をありがとうございます、奥様。しかし今回の件に関しては、少々買いかぶりではないでしょうか。次の日もその次の日も、流し目などしてみたものの、一顧《いっこ》だにされませんでした。露店の仕事にかかりきりで、他のことには目をやらないのです。これでは頭をしぼらざるをえません」

「ほらごらんなさい！　殿方って、きれいな女の気をひけないとなると、たちまち難問題にぶちあたったような気をおこすのね！」

「わたしが何度顔を見せてもなぜ彼女はまったく無関心なのか、その理由を考えたあげく、心が空ろになっているのではないかと考えるにいたりました。この若い婦人には、何か気がかりなことがあって、そのため他のことに思いをいたす余裕がなくなっているのではないでしょうか。仔細に観察したあげく、二本のきわめて微かな皺《しわ》に気付きました。皺は優しく弧をえがいた鼻翼《びよく》の根もとから口の端に達しています。左右二本のこの皺から、わたしはまず、彼女には悩みか病気でもあるのではないかと考えました。でもこれで彼女に興味がなくなったわけではありません。わたしは果物を買い続けようと心に決めました。もちろんそのときは、彼女の店でだけ買うことにしました。かくて何度も彼女の店で買物をしたのですが、いつもよそよそしい顔のままで、葡萄《ぶどう》の房を袋に詰め、重さを測り、お釣りを渡すのです。何度行っても微笑んでさえもらえず、そもそもわたしを認めたという、ほんのわずかな素振りさえ見せません。話をしようとしたのですが、取り合ってもらえませんでした。『はい』とか『いいえ』とかを無表情に言うだけなのです。無関心が人と化したようなものでした。これでは百年葡萄を買い続けようと、距離が一歩も縮まることはないでしょう」

「あなたが払ったお金に対して、あなたは葡萄以上の権利を有するわけではないのよ」

「それは完全に正しいわけではありません、奥様。顧客たるもの、おまけとして優しく微笑んでもらう権利を有します。白状しますと、関心は薄れつつありました。魅力にあふれる姿はいまだにわたしを惹きつけますし、その優美も否定できないのですが、それでも――なんだか総身に魂が吹きこまれていないような感じがしてきました。わたしは当初の心理学的解釈をあらためて考え直し、小さな顔をいくぶん悲しみにやつれさせて見せる、あの繊細な皺に、違った意味を与えました。この皺はようするに、放恣《ほうし》な性格から来る内心の悪意の表れなのではないでしょうか」

「それでこそダゴベルトだわ。男ってそうなのよね。自分になびかない女は、すぐに悪意にみちた猫と決めつけるんだから!」

「たしかに彼女はいまや、悲しみに沈んだというよりは悪意にみちた風に思われはじめました。悪魔のように美しいですが、悪意があるのです。庶民の女のなかのプリンセスに対する当初の熱中は、その後さらなる打撃をこうむらざるをえませんでした。ある奥さんが彼女の店で葡萄を買おうとしたとき、わたしはたまたま近くにいました。アンナ・ブルクホルツァーは――わたしが彼女の身元をとうに探り出していたことは言うまでもありますまい――警察に手づるがあるものにとって、そんなことはなんでもありません。市場を担当する警部に聞くだけでいいのですから――しかしそれはそれとして――」

「だめよ、ダゴベルト、それをどうでもいいことみたいに扱っちゃ。するとその人、結婚してたの?」

「ええ、夫は漁師でした――」

「『でした』というと、いまは？」

「カグランの漁師でした。大ドナウの向こう岸にある町です。そこから毎日、ローバウに漕ぎ出るのです。ちなみにここは歴史的土地で、アスペルンやヴァグラムはすぐ近くです。彼はそこで漁をするのです」

「ああそう。それで、葡萄を買おうとした奥さんはどうなったの？」

「彼女は僭越《せんえつ》にも、みずから葡萄を選び出しました。それも、特にきれいな葡萄を下からひっぱりだすという、とんでもないことをやろうとしたのです。そんなことをすればもちろん、果物の山はぐらぐらして崩れやすくなります。そのことをアンナ・ブルクホルツァーは奥さんに短くきっぱりと指摘しました。それなのに奥さんは、警告を聞き流したか、そんな鋭い拒否が自分に向けられるはずはないと思ったか、すぐには命令に従いませんでした。アンナ・ブルクホルツァーがきつい調子で叱りつけると、奥さんはおびえた様子で、そそくさとその場を去りました。しかしよどみない弁舌は滔々《とうとう》とやむことなく、果物市場女の多弁癖は、果てもない、品性のかけらもない悪口雑言となって解き放たれました。わたし自身も雷に打たれたように立ち尽くしました。これがほかならぬわが英国宮廷女官の正体だったのです！」

「当然の報いよ、ダゴベルト！　あなたってかわいい女の子を見たらすぐに、考えられるかぎりの美点を結びつけるでしょ。まるで買収された判事みたいに！」

「市場のほかの女たちとの、ほんのわずかな違いさえ、もはやそこにはありません。すっかり心酔から醒めたわたしは、これ以上関心を持つのはよそうと心に決めました。ところが早くも、新たに、ひどく興味をかきたてられることが起こったのです。――そこをふたたび、今度はしかるべく距離をとって通りかかったとき、――彼女自身はこちらの散歩に気づくことは一度もありませんでした。――一人の男が彼女のかたわらに立っていました。それも露店の手前ではなく向こう側で、彼女に寄り添うようにしているのです。わたしはたちまち注意をひかれました。そこで現場を周回しつつ、観察を始めました。わたしにはいくぶん猟犬の性《さが》があるのです」

「知ってるわ」

「何か臭うものがありました。これはおろそかにできません。長身で屈強な姿。濃い褐色の口ひげ。痘痕《あばた》のある少し青白い粗野な顔。まったくの新品ですがありきたりの服。シルクハットにエナメル靴。目立って大きな手はキッドの手袋をはめ、そこから赤らんでがっしりした手首がのぞいています。わたしは二人の背後に回り、岸辺の欄干《らんかん》にもたれて、果物船の作業に気を取られているふりをしました。むろんその間もあの伊達《だて》男から目を離しませんでした」

「なぜあなたはそんなに興味を引かれたの」

「わたしの目のおかげです、奥様。そしてすぐ確信しました。この男は刑務所を出たばかりに違いありません」

「そんなことふつうの人には嗅ぎつけられないわ」

「そうでもありません。顔が正真正銘の悪党面ですから。もっとも一般的にはそうでないかもしれませんが、見る人が見ればそうなのです。なぜそう思ったかというと、――青白い顔をいぶかしんだからです。療養中の病人には見えません。――もっと長いあいだ屋内にいたはずです。二人はほんの二言三言しか言葉を交わさず、それもわたしには聞き取れませんでした。しかしわたしの観察は何の実も結ばなかったわけではありません。わが麗人が客の相手をしているあいだ、色男は手提げ金庫に手を入れ、ひとつかみの小銭を取ったのです」

「ついてたわね、ダゴベルト。現行犯を目撃するなんて」

「そんなありふれたものではないのです。これは盗みではありません。彼女の同意のもとでの行為です。彼女は右手で客の相手を続けながら、左手で金庫を正しい位置に戻したのです。すべては一瞬のうちに、人目に触れることなく行われました。しかしそれだけではありません。このあとさらに重大なことが起こりました。小銭をズボンのポケットにしまうと、コートの脇ポケットに手を入れ、すばやくあたりを見回して誰も見ていないことを確認したあと、くしゃくしゃになった高額紙幣を二、三枚取り出して、金庫に押し込んだのです」

「それじゃ両替じゃない！」

「むしろ予防措置です。男にとって、高額紙幣を身につけるのは賢明でないし、両替にも危険がともなうのかもしれません。きっと小銭のほうが使いやすいのです。その後二人は手短に目だけで挨拶を交わし、男は去っていきました」

「それでもちろん追っかけたわけね？」

「もちろんですとも。魔法をかけられて売り子になったイギリスの宮廷女官に無言でしばしの別れを告げると、ずっと強い欲求に従うことにしました。ダンディーな紳士のあとを追ったのです。わが侍医がこの懸命な散歩を見たらさぞかし満足したことでしょう。われらの紳士はシュピッテラウアー・レンデに沿って、ヌスドルフのほうに向かいました。半時間ほどの行軍のあと、彼はみすぼらしいブランデー酒場に立ち寄りました。わたしは外で待ってました。しこたまきこし召したに違いありません。というのも、出てきたとき、顔は赤くなり、目が輝いていましたから。思ったとおり男はさらに歩き始め——ヌスドルフに出ました。そこで横丁に曲がり、みすぼらしい、かなり大きくはありますが、汚れて壊れかかった家に入りました。彼はそのまま家のなかにいるようでした。そこでさらに待つことにしました」

「ほんとに骨の折れる事件だこと」

「待ち始めたのは十一時でした。しかし十二時くらいになれば食事をせねばなりません。その予想は当たりました。はや十一時半にふたたび姿を現すと、近くの料理屋に入っていったのです。

今度は高長靴と粗毛布地《ローデン》の上着といういでたちでした。さきほどの洒落者の痕跡はありませんでしたが、この粗い布地は、よりよく、また自然に彼に似合っていました。ヌスドルフの葡萄園で働く雇い人とまったく同じ格好です。住居を見なければなりませんでしたから、そのまままっすぐ、彼が出てきたドアに向かいました。鍵がかかっていないのを幸い、部屋を覗き込みましたが、目を引くものはありませんでした。もっとも変わったものを期待していたわけではありません。戸棚やトランクのなかを開けて、犯行用の道具があるか探してみようという気にもなりませんでした。もし奴に前科があるという、わたしの推測が当たっているならば、命とりになるものを家に置いておくほど愚かではありますまい。推測が外れているのならば、そもそも犯罪者ではなくなります」

「なかなかやるわね、ダゴベルト。でも誰かを訪ねてきたとでもごまかして、ほんとうに調べなきゃならないことを聞くこともできるんじゃない。それは考えなかったの？」

「たしかにそうしようかとも思っていました。たとえば洗濯をしてもらっているザリ・クンポルト夫人の安否を尋ねに来たとかいう口実で、確かにここに住んでいるはずだがと言い張ることもできたでしょう。しかし得られるかどうかもわからない情報を強いて聞き出すのはやめました。あの男の耳に入れば疑惑を抱かせ、今後の調査に支障をきたすでしょう。ですから得るところはないのです。男がほんとうに悪事を働いているなら、おそらくは偽名で部屋を借りているでしょう。なんの罪もなければ、そもそもわが諜報行為自体に意味がありません。町に戻る馬車のなかで、調査を続けるべきかどうか考えました。雲をつかむようにも思えましょうが、手を緩めたくはありませんでした。なんらかの確証を得たいのです。第一印象はあまりにも鮮明でした。もしこの観相学的直観が誤っていたときには、いさぎよく仕事を中途で放棄して、探偵の看板を下ろそうと思いました」

「まるで探偵をしなきゃ生きていけないみたいな言い方ね！」

「あなたの言葉はまったくそのとおりです。人は天職を持たねばなりません。芸術家には己の野心があります。たとえ生活の心配がなかろうともそれは例外ではありません。それはともかく、警察本部の前で車を止めると、わが友ヴァインリヒ上級警部を訪ねました。彼は刑事部の要《かなめ》なのです。あなたもご存じのように助力を与えたり与えられたりしている間柄です」

「ええ、よく覚えているわ。匿名の手紙の事件（本書には未収録）では、ほんとうにお世話になったもの」

「そこで犯罪者写真帳を調べさせてもらったのです」

「それで――目当ての男は見つかったの？」

「いいえ、奥様。二時間も顔写真ばかり見続けて、お終いには頭がくらくらしてきました。この方法は失敗でした。かくなるうえは彼の指紋を取らねばなりません。そこで次の日また出かけて、指紋を取ってきたのです」

「すばらしいわ、ダゴベルト！　指紋を取ってきたなんて、いったいどうやったの」

「それほど難しいことではありません。男が昼食に行くころをみはからって、ドアの前にがたがたする三脚を据えたのです。つまりわたしは写真家に化け、それにふさわしい汚い服装をしていました」

「まあダゴベルトったら、なんてことを考えるの。三脚と写真機は、はるばるヌスドルフまでかついで行ったの」

「そういうわけではありません。最初の日に失敗したおかげで、少し賢くなりました。その後遠足をするときは、馬車にあとを追わせるようにしたのです。その中に載せられるものは、なんでも載せていくのです。ところで男は三脚のおかげでドアから外に出られません。わたしは忙しく仕事するふりをしながら、男のほうを向きさえせずに、少し辛抱してくれるようお願いしました。何をしているのかと聞かれましたので、カーレンベルクの絵葉書用の撮影をするのだと答え、さらにこう頼みました。三脚がぐらぐらするので、二秒だけ支えていてもらえないだろうか。それ以上は必要ないからと。男はお安い御用だと言って、背中のリュックサックを下ろしました。それが地面に置かれたとき、固い物がぶつかった音と、それからかちゃんという音がしました。ほんの微かな音でしたが、わたしの耳はそれを逃しませんでした。わたしはおそろしい熱意で写真機を操り、いかに三脚を固定せねばならぬか説明しました。三脚がぐらぐらしないように、親指を上の細い横木にあてて、力いっぱい下に押してくれと」

「でもダゴベルト、木材に指紋は残らないでしょ」

「もちろん残りません。ですから細い横木のところに、あらかじめアメリカ製の粘着テープを貼っておいて、彼が来る前にまた剝がしたのです」

「なるほどね！」

「彼は言われたとおり、しっかりつかんでくれました。わたしははね蓋を引き、何秒かのあいだに仕事は終わりました。彼はリュックサックを持ちあげ——そのときまたあの音がしたのを、わたしは聞き逃しませんでした——去っていきました。いまや大切な証拠物件である横木にタルカムパウダーを少し撒いて、三脚をできるだけ揺らさずに、馬車まで運んだのです。しかしすぐには出発せず、そのまま待ち伏せをしていました。男が料理屋で食事したあと、どこに足を向けるのか知っておきたかったのです。半時間もたたぬうちに、ふたたび彼がリュックサックをしょって出てきました。そしてドナウ河のほうに歩いていきました。少しのあいだ見えなくなったと思うと、渡し舟の上にいるではありませんか。そこで彼が向こう岸に渡るまでずっと見ていました。どの方角に行くのかが重要だったのです。彼は右に行き、わたしは彼をかなり長いあいだ追うことができましたが、とうとう岸辺の繁みのなかに隠れたため見失いました」

「ねえダゴベルト、そんな忍耐は、わたしなら死ぬまでできそうにないわ」

「さらに調査をするにあたって、それは重要な情報でした。すでに切り札を一枚、わたしは捨てていました。男に顔を見せてしまったのです。したがってこれからは、ばたりと出会うことは禁物です。この道でふたたび彼を観察せねばならない場合の作戦を立て直しました。男をボートで追跡できないのは言うまでもありません。しかしわが馬車なら――奥様もご承知のように、馬車には、二頭のアメリカ生まれの速歩の得意な馬がつないであります。これに頼りましょう――河下に向かい、最寄りの橋を渡るという迂回作戦を取れば、彼の行路と交差できます」

「ねえダゴベルト、恐くなかった？」

「それまでのところは、さして危険はありませんでしたから。帰宅したあと、フラッシュをたいて指紋を鮮明に撮影しました。次の日の午前、わが友ヴァインリヒ博士の指紋課で作業しました。指紋は、顔写真とはいささか異なります。前科者写真帳は頭を混乱させただけでした。しかし指紋は付け髭《ひげ》もつけませんし、変相で惑したりもしません。いかに明確な言葉で指紋が語りかけるか、それは驚くほどのものです。さらに驚くのは、これほどわずかな表面積の上で自然が戯《たわむ》れる無限のバリエーションです。何千という指紋のなかには、同じものはおろか、似通ったものさえありません。相違はつねに際立っていて、間違えようもありません。ですから問題の男は、一時間たらずで見つかりました。それも申し分のない確実さで。見つかった指紋番号で写真と照合して、身元が確認できました。そうしてはじめて、写真と実際の顔が一致しました。それまでは、本質的でない相違に邪魔をされていたのです」

「すると前科ものだったのか」グルムバッハが聞いた。

「それをまじめに疑ったことは一度もありませんでした。マックス・グラン、通称『痘痕《あばた》のマクスル』にはいくつも前科があって、直近では五年の重禁固刑に科せられています。得意技は押し入り強盗、その際に被害者に重傷を負わすことも、必要とあらば厭《いと》いません。

ヴァインリヒ博士はわが作業は何ごとかとしきりに知りたがりましたが、情報提供は控えました。人はおのおの芸術家としての野心を持つものです。わがことは一人でやってのけたいと思ったのでした。それに、ヴァインリヒ博士はわたしが頼りになることがわかっています。やりたいようにやらせておけば、もしなんらかの成果があった場合には、手柄が彼の勘定に記帳されることも知っています。わたしは情熱的な狩人ですが報酬目当てではありませんから。ヴァインリヒ博士は、まさにこの『痘痕のマクスル』に自分でも興味を持ちはじめたと教えてくれました。そう聞いたとてわたしの口は軽くはなりませんでしたが、情熱は一段と高まりました。なんでも奴が陸軍中将ユンク閣下の家に押し入って、手提げ金庫を奪ってから、まだ二週間もたってないそうなのです。証拠が何も見つからなくとも、この犯行は明らかに痘痕のマクスルの熟練した手によるものだとのことでした。

『金庫に何が入っていたのですか』とわたしは聞きました。

『まったくたくさんのものだ。現金で一万八千クローネ、そのほとんど倍額の有価証券、もっともこれは強盗が持っていても仕方ないが、それから大量の重要書類と、お終いに閣下の勲章すべて。これもかなりの数にのぼる』

この情報はわたしを興奮させました。頭のなかにリュックサックをしょった姿が浮かび上がりました。その姿はドナウの向こう岸を歩いています。ウィーンでもあれほど淋しい道はありません。そんなところで何をしている。待ってろ、もうすぐ捕まえてやる……、とわたしはひとりごちたものです。

わたしは最上の作戦を立てたつもりでした。だがなんとしたことでしょう、翌日、鳥は飛び去ったことがわかりました。マクスルは人知れず家を引き払って――さてどこに消えたのでしょう。抜け目のない野郎だけあって、手馴れたものです。ああいう輩《やから》にとって、姿を隠すもっとも安全で確実な手は、絶えず引越しをすることなのです。かくて奴には逃げられました。そしてあらためて百万も人のいる町から捜せというのです！」

「それでどうしたの、かわいそうなダゴベルト？」ヴィオレットが思いやり深げに聞いた。

「腹を立てたのです、奥様」

「そしてそれから――腹立ちがおさまったときには？」

「以前からはじめていたことをです。つまりふたたびシャンツェルへの散歩をすることにしました。アンナ・ブルクホルツァーの世にもまれな美しさを改めて認めざるをえなかったのです。――ほとんどあてもなくわたしは足を運びました。期待した男は来ませんでした。もしかしたら、ちょうどわたしがその場にいないときに来たのかもしれません。彼女自身に根掘り葉掘り聞くことはできませんでした。そんなことをするほど馬鹿ではありません」

「わたしだったらとっくの昔に意気消沈してあきらめていたところよ、ダゴベルト」

「意気消沈する理由などありません。それどころか反対に、この男を必ず捕まえられる気がしてきました」

「すばらしい確信ね！」

「手がかりは十分にそろっていることをお忘れなく。もう一度言いましょうか？」

「いいえ、全部知ってるからいいわ。ただひとつだけわからないのは、もしわたしがあなたなら、何からはじめたらいいかということ」

「その道筋ははっきりしています。思い出してください、ヴィオレット、アンナ・ブルクホルツァーは物自体として世界に存在しているのではありません。あらゆる社会的関係から解き放たれているわけではないのです。彼女は結婚しています。夫がいます。その夫と知り合いにならねばなりません。この夫は単にだまされているのでしょうか、それとも仲間としてぐるになっているのでしょうか。ひととおりの準備をしたうえで、ブルクホルツァー家を訪《おとな》おうと、わたしはカグランへ出かけました。しかし家は留守でした。すでに仕事に出ていたのです。ローバウの岸での彼の漁場を詳しく教えてもらって、首尾よく彼を見つけました。三十歳そこそこの若い男でしたが、見るからに酒のみのタイプで、そのため年より老けてみえました。短いブロンドの髭が顔をおおい、頭髪も密で短く、顔は赤らんでいて、すこしばかり腫れぼったい感じで、目をしょぼしょぼさせていました。そうしたようすで岸辺に立って仕事をしていたのです。岸から五十歩ほど離れたところに彼の小屋がありました。夜になれば泊まれそうなよい小屋でした。彼とはすぐに意気投合しました。自分は釣りマニアなのですが、そばで釣りをしてもいいですか。自分の釣ったものは、もちろんあなたに差し上げます。単に趣味で釣っているだけですから。彼の求めに応じて、当局が発行した釣りの鑑札によって身元を証明すると、彼は了解しました。わたしは彼の近くに位置を定め、すぐに釣りをはじめました」

「ダゴベルトが漁師になったわけね」

「漁師は寡黙でなくては務まりません。そこで一言も口をきかないようにし、何ごとにも動ぜぬ鈍重さと、外界のすべてに対するおそろしいまでの無関心を示しました。だからといって、それとなく彼を観察し続けるには支障はありませんでした。特に変わったところもなく、せいぜい仕事のかたわら、ときたま愛用のフラスコから一杯やるくらいのものでした。それはわざわざ目撃するまでもないことでした。十時くらいになると、朝食の休憩にはいり、わたしを誘いました。彼は上機嫌でした。わたしが彼のために、すでに八から十ポンドくらい釣っていて、それはまさしく祝杯をあげるにふさわしいものでしたから。彼のベーコンを相伴にあずかり、安酒をともに飲みました。しかしあいかわらずろくに話はしませんでした。彼のほうから打ち解けてもらいたいと思ったのですが、次の日は、自分で朝食とコニャックを持ってきて、彼を誘いました。おごられているばかりにもいきませんから。そうしてわれわれはだんだん親しくなり、わがコニャックを彼が尊重すること非常なもので――明らかに彼は味ききでした――おかげで彼の舌も滑らかになりました。わたしはなおも鈍重なふりをし続け、魚の他は何ごとにも興味のなさそうなさまを装《よそお》いました」

「するとほんとうに朝から晩まで、来る日も来る日も釣りをしてたのね？」

「そうですとも、奥様。フィッシングはとても刺激的なスポーツです」

「でもそれは本来の目的じゃないでしょ。それじゃもう一つの目的は、さして進展はしなかったようね！」

「もう少し辛抱してください、奥様！　わたしも辛抱しました、かなり辛抱しなければならなかったのですよ。かくて三角形の三つの点が揃いました。わがよき漁師、彼の大事な奥さん、それから伊達男マクスルです。しかし三点に線を引くには早すぎます。人生は幾何学の定理に従うとはかぎりませんから。一度、わが師匠ブルクホルツァーの口がまた軽くなったとき、あなたのような人は、早く結婚したほうがいいと何気なく言ってみました。彼はずるそうにわたしに目配せして笑い、そして言いました。

『結婚ならもうしてますとも！』

『なんですと、ブルクホルツァー師匠《マイスター》！　しかしあなたの奥さんは全然ここに来ないじゃないですか。食事くらい持ってこさせてはどうです』

『そうはいかんのです。あれも町で仕事してますから』

そこで、どっちみちすでに知っていることを、あらためて聞きました。そしてもっと口を開かせようと、さらに餌を投げてみました。その結果――彼は結婚して三年になり、子どもはいないことがわかりました。

『さぞかしいい奥さんを見つけたのでしょうね、師匠！』

『ああ、トロストラーの旦那』――わたしは身元を隠して彼の前に現れる必要は認めませんでした。どのみち魚釣り鑑札を彼に見せましたし、鑑札は偽名で発行はできませんから――『あなたがあれを一目見たなら！　ウィーン中探し回ったたって、あれほどの女はいやしません！』

『おや、それはそれは。すばらしい釣果《ちょうか》というわけですな。美しくて――重みもたっぷり。そうでしょう師匠？』

『旦那が思っているようなのではありませんよ、トロストラーさん。あれは小さくて体重はちょっぴり、でも都会の令嬢みたいなんですよ。よく見れば、わかりますよ、まるで王女さまみたいだってね！』

『ほうほう、それは羨ましい。さぞかし賢い奥さんなんでしょうね』

『賢いのなんの。旦那には想像もできないでしょうよ』

『そして言うまでもなく――貞淑で！』

『貞淑ですとも――あんな女はいません』

ここはさらに突っ込んで聞くべきところでした。というのも、貞淑さを請けあったとき、心配と嘆きで表情が曇ったからです。打ちひしがれた気分をわたしに隠そうともしませんでした。

『それでもまだ満足できないんですか』わたしは無邪気に聞きました。

『それがわけありでね、誰にも言っちゃいけませんよ。噂は立っていますが、人の口に戸は立てられないって言いますからね。まったくどうしようもありません。このわしにしてもにっちもさっちもいかないんで』

『何が問題なのだい、ブルクホルツァー?』

『それが言えさえすれば！　あのね旦那、わしはそのため飲んでるんですよ。忘れるためなんかじゃなくて、というかそんなのは無理ですし。ただちょっぴり景気をつけたいんで。それには酒が重宝します。わしは恐いんです、いまにもくたばるんじゃないかって思ってるんです。そんなわしのありさまを知っている男がすくなくとも一人います。わしが死にさえすれば、すぐにうまくおさまるんで。それももうすぐでしょうや』

『ねえブルクホルツァー、もっとはっきり言ってくれなくちゃ、もしわかってもらいたいんならね』

『言うつもりですとも、トロストラーの旦那、旦那にわかってもらいたいんで。わしが大ドナウの藻屑《もくず》となるのも、それほど先ではありますまい』

『でも、わが身を殺《あや》めようと思うほど、頭がおかしいわけではあるまい』

『わしじゃなくて、奴に殺《や》られるんですよ。旦那にも知ってもらいたい――痘痕《あばた》のマクスルに狙われてるんで』

『痘痕のマクスルって誰なんだい？』

『錠前屋の徒弟でさ、アンナの古い知り合いなんで。アンナといっしょになるはずだったのが、何年か前に監獄送りになった。それが最近出てきたんで、わしは一巻の終わりというわけでさ』

『言っておくれ、ブルクホルツァー、奥さんはその男が好きなのかい』

『好きどころじゃない！ わしにはわかってる、妻はあの男に惚れている、ずっと惚れていた。奴も馬鹿みたいに妻にいかれてる』

『ふん、それを貞淑と言うのなら――』

『あれは貞淑だ！ 何を考えていなさるんで、トロストラーの旦那！ 信じてないんですかい？ ああ、お願いだから信じてください！ 旦那はわしのアンナを見損なっている！ ウィーンのほかの女並みに、あれも名誉を重んじています！ あれが不貞を働くなんて！ 旦那、そんなことがあったら天が裂けて地が沈みまさ。あれにかぎってそんなことはない。それこそがわしの不幸なんでさ』

『君の思い違いってことはないのかい』

『それでも不幸には違いありませんや――どっちにしても五十歩百歩、わしが自分を殺《あや》めるか――奴《や》がわしを殺るか』

『いったいぜんたい、どうしてそうなるんだ』

『なぜって、そうでもなきゃ、あれを手に入れられないからでさ。奴にはそれがわかっている。あれは妻としての貞淑を重んじる。だからわしが生きているかぎり、地団駄踏もうが何しようが、奴はどうしようもないんで。もちろん、わしが死んでしまえば、何が起ころうとわしにはわからん――いや、ほんとうのことを言えば、はっきりとわかる。あれは奴とよろしくやっていくはずでさ』

奥様もわかってくださるでしょうが、この告白を聞いたあとも、アンナ・ブルクホルツァーという人物へのはじめの興味はいっこうになくなりはしませんでした。まず彼女の確固とした名誉の概念は受け入れねばなりません。女性の名誉はいかなるものより大切です！　それは崇高なもので、わたしに感銘を与えます。しかしその一方、それほどの名誉に値する女性が、名高い悪党、押し入り強盗に、進んで協力するのです」

「なんだかわかるような気がするわ、ダゴベルト」ヴィオレット夫人が言った。

「それはあなたが女性だからです。こんな女性心理上の難問は、われわれ男性には、大心理学者でもないかぎり、さっぱり理解できません。しかしそれは女性から見ると特に困難もおぼえず解けるものと見えます」

「で、それからどうしたの、ダゴベルト？」

「ということでわが調査は非常な進捗をみせました。状況がすべて、手に取るようにわかったのです。ブルクホルツァーから引き出した話によると、彼はマクスルを自宅にたびたび迎え入れているようです。そして、ふだんいつ現れるかも聞きました。かくてわたしはふたたび待ち伏せをはじめ、帰宅するあとを尾行し、奴の新しい宿さえ突き止めました。それは郊外のヘルナルズの怪しげな界隈にありました。

それからは簡単でした。毎日彼の行くところのあとをつけました。一度などは、当時ヌスドルフにあった奴の住処《すみか》に押し入りさえしました、もちろん不在中にですが。そのうえ、イギリス生まれのわが名ポインター、フローラ嬢を連れていきました。この犬は千二百グルデンもしましたが、それだけのことはあります。ヨーロッパ中探しても、これほど鼻のきく犬はいないでしょう。よい犬はこのうえなく貴重なものです。そもそも名犬とは――」

「わかったわ、ダゴベルト。あなたにフローラのことを喋らせておいたら、いつまでたってもマクスルの話にならないわ」

「奴の部屋にはやはり何も変わったものはありませんでした。ぼろぼろになった上着が壁にかけてありました。わたしはフローラに上着を嗅がせ、家のあちこちも嗅がせました。それから上着の端をちぎり、フローラの鼻にあててから家を出ました。そしてそれから何日か、くりかえしその布切れを嗅がせたのでした。ですからその臭いは彼女には、なじみになったはずです。これはなんらかのかたちで役立ってくれるでしょう。はやくもその翌日、実地にその効果を検証することにしました。わたしはふたたびマクスルのあとをつけました。街路で奴は葉巻の火をつけました。急いでわたしは、いつも後に従わせていた馬車の御者に葉巻を与え、あの男から火を借りろ、フローラも連れていけと命じました。そのあいだ、手綱《たづな》はわたしの召使に引かせました」

「なぜ手っとり早く召使にやらせなかったの、ダゴベルト?」

「わが御者の卓越した間抜け面が、より信頼に値すると思えたのです。かくて彼は走り、わたしはフローラに注意を払っていました。はたして思ったとおりでした。勢いよく振られる尾は、生き生きとした感情の動きのしるしです。くんくん嗅ぐ彼女の表情と挙動は、彼女が臭いを覚えていること、いつかどこかでこの男の知遇を得ていることを示していました。これで目的は達せられました。自分で見張ると、きっと疑惑を起こさせてしまいますので、捜査旅行には今度からフローラを連れていくことにしました。そうすれば、かなりの距離を保ちながらあとをつけても、いきなり見失うことはありません」

「ひとつだけ教えてちょうだい、ダゴベルト。あなたはブルクホルツァーが怖れていることが、ほんとうに起こりかねないと思ったの?」

「思いましたとも」

「あなたのマクスルはそんなこともしかねないと思ったのね」

「もちろんですとも。忘れてはいけません。ここでは女への情熱が一役買っているのです。かかる情熱の呪縛のもとでは、礼節の権化の如き紳士といえど犯罪に走りかねません。ましてやわがマクスルともなれば!」

「でも、あなたはもうあんな女には、関心がなくなったんでしょ。なんだか不思議だけど」

「誰がそんなことを言いましたか? わたしはすぐさま、この件をわが友ヴァインリヒ博士に通報することを、自らの良心にかかわる事柄とみなしました。しかしわれわれは、犯罪自体にはまだ直面していないのです。いかに注意深く警察が監視をしていても、不意打ちの暗殺を防ぐことはできません。ですから自らその監視役を買って出たのです。警察がいてくれないほうが好都合でさえありました。わたしの邪魔をするのがせいぜいでしょうから。

唯一の確実な方法は、奴をふたたび、長期間拘禁しておくことです。しかしながら、それを可能とする法的根拠がさしあたり見あたりません。それでもわたしは、近いうちにその根拠を見出せるものとひそかに期待していました。しかしそれまでは、ひたすら待ち続けねばなりません」

「でもね、ダゴベルト、それってほんとうにあてのない期待じゃないの。そんな推測ができる根拠はどこにあるの？」

「奥様、この推測を支える根拠はすでにいくつか申し上げています。マクスルは彼の愛するアンナに高額紙幣を何枚か、こっそり渡したではありませんか。この紙幣はどこからやって来たのでしょう？　これを突きとめる必要があります。そして事実突きとめました。

さらに——陸軍中将邸の押し入り強盗の一件があります。犯行状況と調書を調べ直して、ヴァインリヒ博士の推測に一理あることを確かめました。犯人は明らかに『痘痕《あばた》のマクスル』です。わたしはかくて正しい道筋をたどっていたことを確信したのです。司法上必要な証拠がほどなく手に入ることを、一瞬たりとも疑いませんでした」

「あなたの確信には驚くほかないわ、ダゴベルト！」

「実践の賜物《たまもの》です、奥様。場数さえ踏めば、自分の追う痕跡が正しいか誤りか、感覚としてすぐわかるようになります。そのあとまもなく起こったできごとが、わたしの正しさを証明しました。

午後三時ころのことでした。マクスルがリュックサックを背負って、ヌスドルフの方角に歩いていったのです。わたしは馬車に陣取り、ゆっくりとあとをつけさせました。わたしの計算は図に当たりました。彼は渡し場のほうに向かいました。こうなったらすばやく行動せねばなりません。御者にできるだけ走るよう指示し、同じように渡し舟のところに着くようにさせました。フローラは彼についていかねばなりませんが、これは少し冒険でした。奴はすでにわが愛犬と会っているからです。

しかしもはや考えている時間はありません。いまやフローラが半時間ほど、あの男とともにボートのなかにいることが、わたしにとっては特に重要なのでした。わが御者については、何も心配することはありません。幸いなことにあまりに間が抜けているため、毎日遠足をしていながら、これになんの意味があるのかとんと気がついていないのです。だから御者のおかげでだいなしになることはありません。

馬車はちょうど間に合い、わたしは渡し舟がマクスルと、それから御者とフローラを乗せて岸を去るのを見送りました。それから御者台に乗り、自ら手綱をとって、わが馬を速歩《はやあし》で駆けさせました。すばらしい走りでした。右に下ってドナウの流れまで行くと、橋を渡り、木々や繁みのある岸辺を、渡し舟が着いたあたりまで駆けつけました。そして馬車を、マクスルの目の届かない場所で止めました。彼は予想したとおり、下流に向かってふたたび歩きはじめました。御者と犬は船着場にいました。

そのままそこで、マクスルの姿が見えなくなるほど小さくなるのを待ち、わたしはおもむろに小さく口笛を吹きました。数秒後にフローラがそばに来て、それからすぐ従順な御者も姿を見せました。もちろん彼はいまだに、何が起こっているかわかっていません。

御者には、わたしが戻ってくるまで、たとえ夜になろうと馬車とともにここで待っていろと命じておきました。そうしてフローラを連れて出発したのです。もう一度布切れを嗅がせ、万が一にも間違いがないようにして、小声で言いました。『さあ、フローラ、捜しておくれ』

かくて用心深く、音をたてぬようにして、細心の注意をもって追い出し猟がはじまりました。わたしの手には撃鉄を起こしたリボルバーがありました。リボルバーはサックから出し、コートの脇ポケットに入れてあったのです。人気《ひとけ》のまったくない場所で、強盗を捕縛しようと思ったら、それなりの用意をしておかねばなりません。

フローラはわたしに寄り添い、歩きながら、頭をわたしの左脚に押し付けます。愛《いと》しい奴じゃありませんか。たとえ打ち殺されようとも、声一つたてないでしょう。彼女は着実に臭跡のあとをつけ、わたしがあらぬほうに行こうとすると、正しいほうに押し戻すのでした。

そのまま半時間ばかりが過ぎました。それから状況は剣呑になってきました。臭跡はみっしりと繋った藪《やぶ》の中へと続いていました。音を立てず歩くのが難しくなってきたのです。おまけに見通しもききません。困ったことに、藪の上に頭を出すと、自分は何も見えないのに、向こうからは見られてしまうおそれがあります。

わたしは地に伏し、聞き耳を立てました。何も聞こえません。しかしふたたび身を起こすのは避け、匍匐《ほふく》したまま注意深く前に進みました。日が暮れてきました。これはうれしいことではありません。とりわけ、この姿勢だと何も見えないのには参りました。もはや獲物はすぐ近くにいるはずです。なぜならわたしに寄り添ったフローラが、興奮で身を震わせていますから。大いなる狩猟本能が、いまその頂点に達したのです。わたしはそれを感じ取りました。そう、まさしく――そのときかすかなざわめきが聞こえました。細心の注意をはらって、さらに先に進みました、ざわめきはだんだんとはっきりしてきます。物の軋《きし》るようなぶつかるような音でした。硬い鋼《はがね》が地面に刺さり、砂や小石を掘り返しているのです。マクスルがリュックサックに入れて持ってきた道具で一心に作業しているのでしょう。それから少しのあいだ静かになり、やがてまた音がしてきました。疑いもなく、先ほどの音は掘り出す音で、今度のは埋める音です。

わたしは考えました。頼もしいわが手の頼もしいリボルバー、これがあれば男を奇襲し捕えるには十分でしょう。しかしそれを試みるのは、賢明とはいえません。もはやあたりは暗くなりすぎています。奴がまんまと逃げてしまう見込みは、少ないとは言えません。必要もないのに発砲するのもうまくありません。それはただ男を追い払う役にしか立たず、意味のない行為といえましょう。

かくてわたしは、安全と思われるようになるまで、隠れ場所にとどまっていました。やがてあたりは真っ暗になりましたが、それは安全のためには幸いでした。もはやわたしにすることはありません。闇のなかでは何もできませんから。そこで馬車まで戻り、帰路につきながら考えました。家に着いたら遮光装置のついたランタンを用意してすぐに引き返すべきか、それとも翌朝まで待つべきか。結局あとのほうにしました。日中の光は確かにわたしの企てに好都合とはいえません。邪魔が入ることは避けられませんし、事実たやすく邪魔は入るでしょう。しかしランタンの灯りでごそごそやるのも得策とは思えません。灯りはかなり遠くからでも見られてしまいます、一方わたし自身の視野は限られます。それではあまりに立場が不利です。

そこで次の日、夜明け前に現場に行きました」

「ダゴベルトが早起きするなんて！」

「わたしは本来無精ものではないのですよ。もっとも仕事をしているときにかぎりますが。またもフローラをお供にし、手には小型のシャベルを持ちました。今度はフローラの助けがなくとも現場は見つけられました。前の晩に地面が掘り返されたのを知らない人ならば、もちろんほとんど何も気づかず疑問も持たないでしょうが、わたしはそれを知っていました。ほんの十五分ほどで、捜していた手提げ金庫が手に入りました」

「ほんとう、ダゴベルト？」

「そこでヴァインリヒ博士の執務室に乗りつけました。博士の時間が空くまでかなり待たされましたが、われわれは金庫を開けました。それはまごうかたなく、陸軍中将邸から盗まれたものでした。有価証券と勲章はすべて無事でした。現金は三千クローネほど不足していました。ここ当面のマクスルの暮らし向きは悪くなかったに違いありません」

「さぞヴァインリヒ博士は目を見張ったことでしょうね！」

「それとともにこの件は片付いたのです。わたしの仕事は終わりました。警察が手入れする必要があったので、隠れ家の正確な場所も教えてやりました。これ以上ないほどのお膳立てを警察のためにⅱ調えてやったわけです。ヴァインリヒ博士は感謝し、すぐさま鳥を網にかけると約束してくれました。ですからわたしとしては、これ以上自分のやることはありませんでした」

「ちょっと待って、ダゴベルト。あなたさっき、この件では旅さえしなきゃならなかったって言わなかった？」

「困ったことに、このあと旅をしなくてはならなくなりました。わたしのせいではありません。警察の不手際で、とんだことになったのです。三日後にヴァインリヒ博士がわたしを呼んで、たいそう狼狽《ろうばい》しながら、鳥は予定より早く飛び去ってしまったと知らせました。はっきりとそうは言いませんでしたが、どう考えても、部下の未熟と張り切りすぎがすべてをだいなしにしてしまったとしか思えません。なかには有能な者もいますが、概して刑事は十分に聡明とは言えません。くびにならぬ程度には仕事をしますが、それ以上はあまり期待できないのです。彼らはマクスルの不在中に家を包囲し、彼が帰ったとき、すぐさま逮捕できるよう待ちかまえていました。しかしマクスルは彼らの好意には報いず、その晩とうとう帰宅しませんでした。すれっからしの悪党ですから、包囲陣にいち早く感づくや、落ち着いて状況を観察したのでしょう。そしてきなくさい臭いをかぎつけ、雲隠れしたのでした。

この件はわたしをたいそう不安にさせました。この件には女性が絡んでいます、そして自分の生命は危ういという漁師ブルクホルツァーの言葉は、疑うべくもありません。ヴァインリヒ博士と冷静に話し、このまま努力を続け、逃亡者を捕まえるため、警察はあらゆる手だてを尽くすよりほかはないと言いました。そして可能なかぎりの人数を動員するべきだと助言しました。しかしすぐさま、自分でも捜査を行おうと決めていたのです。

自分の計画については、まったく疑念を持っていませんでした。わたしの午前は、ブルクホルツァー夫人に属し、夫人はそのことを知りません。午後は、その夫の動向を知られないよう探りました。面倒でやっかいな仕事で、こんなに気ばかり疲れる、成果も事件もない日々はもう二度とごめんです。

しかしわたしの粘りが報われる日が来ました――もしそれを『報われる』と表現してよいならばの話ですが。ある日、日が暮れかけたころ、マクスルをふたたび見かけました。ブルクホルツァー師匠といっしょに、草地を通ってドナウの岸のほうに歩いていきます。腕に腕を組んだ様子は、まるでブルクホルツァーがマクスルに支えられているかのようでした。いかにも、支えが必要なほど、彼の歩みは危なかしくふらついていました。

わたしはフローラを従え、用心して彼らに近づきました。しかし、次第に濃くなる闇のなかで、何もかもはっきり見分けられるほどそばに寄ることはできませんでした。そのとき――文字どおり心臓が止まるかと思いました――かすかな物音が聞こえ、河面《かわも》が白くはね上がるのが見えたのです――それから、水平線を背景にくっきりと、何かの姿が浮かび上がりました。わたしは力のかぎり走りました。マクスルはこちらを向きました。

『止まれ、さもないと撃つぞ』とわたしは叫びました。

マクスルは一瞬迷い、それから河に飛び込みました。

自殺したか、あるいは逃亡を図ったか、いずれにせよ追わねばなりません。ブルクホルツァーが漁に使う、広々とした平底の舟のもやいを解き、三漕ぎでマクスルに追いつきました。そして奴を捕えようと、身を乗り出しました。彼の手のなかに、何か光るものが見えたと思った瞬間、強く胸を突かれるのを感じました。マクスルがナイフを使ったのは明らかでした。わたしはポケットからリボルバーを出しました。歩幅ほどの距離に彼の青ざめた額と暗い目が迫りました。引き金を引くと同時に、目の前が暗くなりました」

「まあダゴベルト、なんて恐ろしい事件に首を突っ込んでいたの」

「目の前が暗くなりました――つまり、わたしは意識を失い、空っぽの袋のように崩れ落ちたのです。ふたたびわれに返ったとき、自分がどこにいるかおぼろにでもわかるのにしばらくかかりました。あたりはまったくの闇でした。わたしはボートの底に横たわり、大ドナウを漂っていました。頭の下がったわたしの姿勢は、非常に気分を悪くさせるものでした。立ち上がろうとすると、ふたたび意識を失ってしまいました。それを夜のうちに何度か繰り返したのです。その結果、とうとう姿勢を変えることをあきらめました。意識は保っていなければなりませんから。そのあいだ、失神の本質を調べる時間は十分にありました。意識のある状態から失神への移行は、突然の、火花の一閃のようなものでした。意識を取り戻すときはそれと異なります。意識は奇妙な感覚をともないつつだんだんとはっきりしていきます。はじめに軽いぼんやりとした薄明、それから、感覚と思考がめまぐるしく巡るのです。まるで、頭のなかで、万華鏡が狂ったような速さで回転しているようでした。意識が完全に戻ると、最初は外界に、まったく関心がもてず、あのくらくらする感覚に閉じ込められて考えていたことは何だったのだろうとひたすら記憶を呼び起こそうとします——まるで思い出すことが可能かのように！　ところで——もし失神が死の模写であるならば——死とはなんと穏やかなものでしょう」

「ダゴベルト、あなたったらまた哲学をはじめて、拷問のような期待でいらいらさせるつもりね」

「夜はすっかり更けていました。漕ぎ手のいないボートのなかで負傷し、身動きさえできずドナウを漂い、これからどうなるのでしょう。地理の授業で習ったところによれば、ドナウは黒海に注ぐはずでした。黒海でゴンドラ遊覧をすることは、わたしの計画には入っていません。しかし頭を悩ませてもしかたがありません。生きたままそこまでたどりつけるとも思えませんから。そもそもそういうのんきな状況ではありません。わたしにはよりさしせまった計画がありました。真っ暗ななかでわたしの舟は、タグボートか何かに行き会うかもしれません。あるいは人気《ひとけ》のない浅瀬の岸に乗り上げるかもしれません。頭上の星以外には何も見えず、舟と思いのままに戯れる波のざわめきのほかは何も聞こえませんでした。

　夜が明けると、わたしの存在に気がついてもらえるよう、ときどき声をあげました。ところが困ったことに、体力がなくなっていて、十分に声が出なくなっているのです。しかし一時間ほども続けてみると、なんとかうまくいきました。二つの頭がボートの縁越しに見えました。漁師とその妻が、わたしの声を聞きつけ、急いで不思議なボートのあとを追ったのです。

　漁師の妻はわがありさまを見て、恐怖の叫びをあげました。それまで全然気がつきませんでしたが、わたしはおびただしい血のなかに横たわっていたのです。彼女はボートに乗り移り、助けに来てくれました。幸いなことに二人ともドイツ語が話せました。わたしは二人にこう頼みました。さしあたりわたしに触れず、このままにしてくれ。たいそう弱っていて、何をするにもおぼつかないから。また失神でもすると、具合の悪いことになると。

必要な措置を講じるためには、まず何よりも、自分がどこにいるかを知らねばなりません。そこでまず、ここはだいたいどこらへんかと聞きました。するとありがたいことに、プレスブルクのすぐ近くというではありませんか。プレスブルクなら何度となく遊びに行ってよく知っています。ホテル・パルグナイはよいワインとうまい料理を出すので、たびたび宴を楽しんだこともあります。そこで、漁師夫妻に、マリア・テレジア記念像の建つ岸辺まで連れていってくれるよう頼みました。この記念像はハンガリーの彫刻家ファドルスの大きな感銘を与える作品です。そして記念像からホテル・パルグナイまでは、ほんの数歩の距離です。ホテルまで行けば、きっと親切に介抱してもらえることでしょう。

漁師夫妻はわたしの願いどおりにしてくれました。二人がわたしを舟から起こしたとき、またもや失神してしまったことは言うまでもありますまい。ベッドに横たえられたあとで、医者が来て説明をしてくれました。マクスルのナイフは左の鎖骨のすぐ下から胸に達し、そこでいきなり刃先が折れて、体内に刺さったままになっていたのでした。道理で！　自分の情けない失神がやっと理解できました——普段はこんなではないのです。体を動かそうとするたび、失神せねばならなかったのも当然です。

刃先の除去は難しくありませんでした。その刃先はわたしの博物館のコレクションに加えようと思っています。それはともかく、あらゆる状況が疑いもなく犯罪の様相を呈していましたから、医者は自らの義務として、警察に通報しました。当局が介入し、わたしは即刻、詳細な訊問をされることになりました。しかしわたしは手続きをかなりはしょって、ヴァインリヒ博士に電報を打って、ここまで来てもらうよう頼みました。彼に必要な説明を行い、それによって、官僚的手続きにおける他のすべてを省略したのです」

「長いあいだ苦しんだの、ダゴベルト？」

「わたしが好む以上にです。わたしはそもそも我慢強い患者ではありません。強い創傷熱が起こり、おまけにまったく余計な肺炎症まで併発しました。おかげで情けなくも、療養のためマントンに寄り道する羽目になりました。そしていま、マントンからグルムバッハとあなたのところに直行したというわけです、奥様。『我コノ場ヲ固守ス！（クリミア戦争である将軍が撤退を勧める部下に答えた言葉）』です」

「神に感謝するわ。あなたの冒険がこんな結果になって。あなたも神さまにぜひ感謝しなくちゃ。だって下手すると何が起こったかわからなかったじゃない。きっとあなたは、しかるべき教訓を、あなたが体験し、幸いにも生きて帰ったことから引き出したことでしょうね！」

「奥様、わたしはいかなるものも断念したくありません。わたしの『スポーツ』は――あからさまに『狂気の沙汰』と言いたくないときに、奥様はこの表現を使うことを好みますね――しばしば生命の危険をともないます。それについてまったく幻想は抱いておりません。さもなくばそれほどの誘惑もなければ面白いものでもないでしょう。木材を作れば、おが屑は飛ぶものです（「大事には多少の犠牲はつきもの」ということわざ）。そこで今後もひき続き『木材を作』ろうと思っています。障害物《スティープル・》競馬《チェイス》などより、わたしはそちらのほうが好きなのです」

「処置なしね、ダゴベルト。ところでブルクホルツァーとマクスルのその後の運命が気になるんだけど、何かご存じ？」

「ヴァインリヒ博士が教えてくれました。二人ともウィーンから姿を消しました。河にも地上にも、いかなる痕跡も発見されなかったそうです。ブルクホルツァー師匠については、かわいそうですが疑問をいだく余地はありません」

「で、マクスルはどうなったの？　あなたは額を撃ちぬいたと思う？」

「それはわかりませんし、知りたいとも思いません。考えたいとさえ思わないのです。弾がどこに命中したか、わたしは見ていません。そのためかろうじて、わたしの心は安らぎます。たとえまだ生きていたとしても、ウィーンで人目につくようなことはまずありますまい。それについていまさら考えたとてどうにもなりません」

「かわいいアンナちゃんにはまた会ったの？」

「もちろんですとも。あいかわらず屋台を切り盛りしていました。すこし顔色が青ざめていましたし、鼻翼から唇の端にかけての二本の皺はすこし深くなっていました。しかしそれにもかかわらず——やはりイギリス女官のような麗しい姿でした」

「ともかくほんとうに運がよかったとしか言いようがないわ。こうして帰ってこれたなんて」

「でも痛ましい喪失をこうむりました。かわいそうなフローラは、この事件がもとで亡くなったのです——それもわたしの知らないあいだに——どのようにですって？　わたしが勢いづいて舟に乗り込んだとき、彼女のことを考える余裕がありませんでした、だから何が起こったかは、推測するしかありません。わたしが漕ぎ出したとき、きっと河に飛び込んでわたしを追いかけたのでしょう。そこで流れに呑まれたか、あるいは岸にたどりついたあと迷子になってどこかで斃《たお》れたのでしょう。そうでなければちゃんと帰ってきているはずですから。フローラのような愛らしい犬はいままで飼ったことがありません。記念碑を建てさせようと思っています」

解説——シェエラザードとしてのアマチュア探偵

垂野創一郎

作者について

「バルドゥイン・グロラーとの交際は楽しいものでした。わたしと夫がコーカサスにいるときから、文通によって友人となっていたのですが、その友情はいまにいたるまで変わらず続いています。ユーモアと真心。これがコラムニストとしての、そして人間としてのバルドゥイン・グロラーの特徴をなすものです。そのおかげで、彼と話していると、とても愉快で幸せな心地になります。そのさりげないウィットに笑わされ、温かい人柄に元気付けられるのです」

一九〇五年にノーベル平和賞を受賞したベルタ・フォン・ズットナーは回想録にそう記している。この平和主義のジャーナリストの主著、反戦小説の『武器を捨てよ！』（一八八九）は二〇一一年に邦訳されている（新日本出版社）。同書の糸井川修氏の解説によれば、グロラーは彼女の才能を最初に見出した一人で、当時ウィーンの雑誌の編集長を務めていた彼は、匿名で送られてきたズットナーの記事に感嘆し、すぐに謝礼を送って新たな原稿を依頼したという。

この回想にもあるとおり、グロラーはコラムニストや編集者としても活躍した、当時の人気小説家の一人であった。一八四八年にハンガリーのアラド（現在はルーマニア領）に生まれ、ベルリンの大学を卒業後ウィーンのジャーナリズムの世界に入った彼は、軽妙洒脱なコラム（いわゆるフェユトーン）で人気を博するようになった。その後ウィーンの『新絵入り《ノイエ・イルストリールテ・》雑誌《ツァイトウンク》』や『新ウィーン・ジャーナル《ノイエス・ヴィーナー・ジュルナール》』の編集長も務めた。世界平和運動の推進者でもあり、慈善活動協会（コンコルディア）の副会長を務めた。さらに文部省芸術委員会のメンバーでもあり、フランツ・ヨーゼフ騎士十字勲章を授与されている。一九一六年逝去。

小説家としては非常な多作家であった。ヴァン・ダインが編んだ『探偵小説傑作集』の作者紹介によれば、その著書のなかには、ダゴベルトもの以外に、少なくとも六冊の探偵小説があるそうだ。

本書のもととなった『探偵ダゴベルトの功績と冒険』は一九一〇年から（「一九〇九年から」としている文献もあるが、ここではミルコ・シェーデルのドイツ探偵小説書誌の記述にしたがう。ちなみに原著には発行年が記載されていない）一二年にかけて、ドイツのフィリップ・レクラム社から六冊の薄手の文庫本として出された。作者グロラーが六十を越えたのちに発表した晩年の作だ。この後、さらに四篇のダゴベルト譚を収録した『新探偵物語集』が一九一四年に刊行されている。また、この他に未発表の作が一篇あるという。

探偵とその時代

ほぼ同時代の探偵たち、たとえばソーンダイク博士やシャーロック・ホームズと同じように、ダゴベルトもっぱら科学的捜査を行う。指紋を採取し、拡大鏡を用いて痕跡を調べる。この時代には犯罪捜査技法が発達しつつあったのだな、ということが読んでいてなんとなく感じられる。

ただ、ダゴベルトは、ソーンダイク博士やホームズと違って、捜査中にしきりにデータベースにアクセスする。指紋を採るのは、警察の指紋台帳と照合するためだし、拡大鏡で鎖の切断跡を調べるのも、犯罪博物館にあるサンプルと照合するためである。その他、ゴータ年鑑（一七六三年から一九四三年にかけて刊行されたヨーロッパ王家の人名録）、警察の芸人登録台帳、帝国図書館所蔵の古新聞など、彼が依拠するデータベースは枚挙にいとまがない。ちょうど現代のわれわれが、インターネットで検索するように、彼はそれらのデータベースから有用な情報を見つけ出す。

もちろんホームズもまた、データベースを使っていた。「ぼくの索引を引いてみたまえ」とワトスン博士はことあるごとに言われる。しかしホームズがデータベースを自ら作り上げたのに対して、ダゴベルトは出来合いのデータベースを活用する。それもそのはず、ダゴベルトが活躍した時代は、データベース構築の時代でもあったから。

たとえば本文中にも名が挙がっているハンス・グロース。彼の主著『予審判事便覧』は、ヴァン・ダインの『グリーン家殺人事件』で重要な役割を果たすことによって、あるいは乱歩や不木《ふぼく》や虫太郎《むしたろう》が言及していることによって、探偵小説愛好家のあいだでもある程度知られていると思う。

『予審判事便覧』は、その初版が一八九三年に出された。グロースがオーストリアの一地方で三十八年のあいだ務めた予審判事時代の体験を体系化したものである。彼はのちにグラーツ大学の教授となり、一九一二年、同地に犯罪学研究所を設立した。ここで学んだ生徒たちによって、科学的な犯罪捜査手法がヨーロッパ中に広まったという。この研究所には付属博物館があって、グロースが生涯にわたって蒐集した凶器、合鍵、偽造品などの一大コレクションが収められていたそうだ。

H・R・F・キーティング描くところのボンベイ警察捜査課ガネシ・ゴーテ警部が、この『予審判事便覧』を自らの捜査のバイブルとしていることをご存じのミステリファンもあるかと思う。ただ、ゴーテ警部の参照しているのはグロースのオリジナルではない。マドラスの検察官だったジョン・アダムと公訴部長だったJ・コリアー・アダムが原著の骨格を残しつつ英訳し、それに自分たちのボンベイでの捜査体験を豊富に挿入した、半ば別物といっていい本だ。そのエキゾシズムゆえに、ある意味ではグロースのオリジナルより面白い読み物になっている。

それはともかく、このようにハンス・グロースは、『便覧』と博物館の二つによって、関係者が随意にアクセスできるデータベースをこしらえあげたのだった。

次にあげたいのはフランスの犯罪学者アルフォンス・ベルティヨン。本書にはたびたび「人体測定」という言葉が出てくる。指紋判別法が十分発達する前に、前科者を特定するために主に使われたのが、このベルティヨンが開発した人体測定法だった。たとえばある容疑者を逮捕したとしよう。警察の前科者データとその容疑者との照合を容易にするには、データをどう体系化しておけばいいだろうか。この場合アルファベット順の名簿は役に立たない。偽名を使っているかもしれないから。顔写真は実物と印象が往々にして異なる。それを解決するためベルティヨンが考案したのが身体測定法である。これは犯罪者を身長、座高、頭長、頭幅など十一箇所について測定し、大中小に分類してインデックスを作成しようとするものである。ウィーン警察ではこの身体測定法は一八九九年に採用されたが、次第に指紋法にその座を譲るようになり、一九〇七年にはその廃止を決定した。すなわち身体測定法にしても指紋法にしても、前科者データベースの「索引」をいかに効率的に作るかという模索であったのだ。ちなみに最近出た橋本一径氏の『指紋論——心霊主義から生体認証まで』（青土社、二〇一〇）にはそうした経緯が興味深く詳述されている。同好の士には一読をお薦めしたい。

最後にチェーザレ・ロンブローゾの名もあげよう。この名もグロースとならんで、特に戦前の探偵小説愛好家ならば、聞きなれない名ではないと思う。

このロンブローゾはトリノ大学の精神医学者・法医学者であった。『天才論』『天才と狂人』『死後の生命』『犯罪と遺伝個性の教育』など、邦訳された著書のタイトルを見るだけで、その活動領域の広さは想像できる。だがここで問題にしたい著作は『犯罪人論』だ。

ロンブローゾは三百八十三個の頭蓋骨と約四千人の囚人について身体測定をおこない、そこから三十三項目の特徴を抽出した。「顔が左右非対称」「鼻が曲がっている」「腕が極端に長い」などである。そしてこれらの特徴のうち五個以上をもつものは犯罪人の素質ありとした。恐ろしい話ではないか。思わず自分の顔を鏡で見てチェックしたくなるほどだ。そもそも顔が非対称とか鼻が曲がっているとかいうのは、看守に殴られたためではないのだろうか。

作中でダゴベルトも言っているように、ロンブローゾのこうした先天性犯罪人説は、一九一〇年代にはすでに時代遅れになりかけていた。だがダゴベルト自身はそのアイデアを完全には捨てきれない。ここにはダゴベルト自身というよりは二重帝国のメンタリティが感じられる。

それは後に触れるとして、その後ロンブローゾは自説に増補修正を重ね、身体的特徴ばかりでなく環境要因なども取り入れつつそれを精緻化していった。『犯罪人論』初版（一八七六）は二五二ページだったが、一八九六年から翌九七年にかけて出た第五版は三巻本、総ページ数千九百ページ余りにまで膨れあがっている。もはや一大データベースである。生まれ故郷や身体的特徴や得意技やらが果てしなく並ぶこの本を覗くと、なんだか怪獣図鑑とか怪人図鑑とかを見ているような心地になってくる。事実、ロンブローゾに言わせれば、犯罪学は生物学の一分野なのだった。

そういえば本書を彩る悪人たち、たとえばラカセ侯爵、オスカル・フェルト博士、庭師トラウトヴァイン、痘痕《あばた》のマクスルなどといった面々は、どことなく怪獣図鑑のなかの怪獣を思わせるものがないだろうか。しかし、これがホームズものやブラウン神父もののなかの悪人となると話は違ってくる。彼らには怪獣図鑑のようなカタログ化、データベース化を拒否するものがある。つまり彼らのうちの人間性が、怪獣に擬せられることを拒むのだ。ここにも本書の、あるいは本書の背景になる時代の特異な点がある。

というのも、データベース化はなにも犯罪捜査にだけ及んでいるわけではないから。二重帝国の末期においては、帝国そのものが巨大なデータベースと化していた。それを推進したのが、いわゆる官僚制であった。

多数の民族を有する広大な領土に皇帝の意をいきわたらせるため、マリア・テレジア女帝以降の歴代皇帝は官僚制の積極的な整備をおこなった。十九世紀には黄色の地に双頭の黒鷲の紋を掲げる裁判所や郵便局や駅舎が見られたという。

とりわけダゴベルトの時代の皇帝、すなわち帝国の事実上最後の皇帝フランツ・ヨーゼフ一世は、官吏の権化のような人物だった。朝は必ず五時に起床、夜は十一時に就寝、そのあいだは一分刻みのスケジュールにしたがって、全国から来る書類に目を通し署名を行った。

だが、あまりに形式や手続きが整備されてしまうと、今度はそれが重圧となり、改善への意欲を殺《そ》ぐようになる。先のフランツ・ヨーゼフ一世にしてからが、その政治姿勢を「寝た子を起こすな（quieta non movere）」と評せられるような人物であった。かくて法規制や階級制度などは形だけのものとなり、それ自身のためのデータベースの堆積《たいせき》となる。

ホームズは現実を観察し、自らのデータベースを作りあげた。ところがダゴベルトの活躍するオーストリアでは、話は逆で、データベース自身が現実、あるいは現実の蜃気楼《しんきろう》を作りあげているのだ。

たとえば本書で活躍するシュクリンスキーを見てみよう。救いがたい無能でありながら、彼は首になるどころか昇進さえしてしまう。有能なヴァインリヒも、彼の上司でありながらその暴走を抑えることができない。ここで彼らの活動を宰領しているのは、現実ではなく、現実の蜃気楼であるところのデータベースの一環、つまり職務規定や昇進規定なのである。同様に、首相邸のレセプションの入場資格は、招待状の有無ではなく、「身の丈に合った燕尾服」と「不自然と思われぬ程度」の礼儀作法であった。そうしたさまは今のわれわれが読むと不思議な感じがするのだが、作者はそれを奇異なものとして描いてないし、風刺の意図さえもありそうにない。「当然そうであるもの」としてユーモラスに淡々と物語っているだけだ。

こうした舞台では、探偵活動も不思議な転倒を帯びてくる。本書をお読みになった方はおわかりのように、ダゴベルトが探偵活動と称するものの多くは、弥縫《びほう》と揉み消しにほかならない。つまりは既存のデータベースの保守である。データベースの綻《ほころ》び、すなわちスキャンダルはあってはならないことである。たとえば政府高官が泥酔《でいすい》した学生にビンタを張られるようなことがあってはならない。あるいは首相の夜会に国際的犯罪者が紛れ込むようなことがあってはならない。

だから、そうしたものはすべて、ダゴベルトの無償の奉仕によって、「なかったこと」にされる。犯人が処罰されることさえあまりない。あたかも怪獣が故郷の星に帰るように、彼らは国外に出て行くだけだ。なぜなら、ダゴベルトの言葉を借りれば、「なにしろ原告もいませんし、告訴もありませんし、被害の届出もないのですから」かくして蜃気楼は蜃気楼としての架空の安定を保ち続ける——二年後にサラエボで一発の銃声が響くまでのあいだは。

かくのごとく、ダゴベルト・トロストラーは崩壊寸前の二重帝国において最適化された探偵であった。ちょうど諸権力が抗争するロサンジェルスでフィリップ・マーロウが最適化された探偵であったように。あるいは因習渦巻く田舎町で金田《きんだ》一耕助《いちこうすけ》が最適化された探偵であったように。

しかし、作品自体は、そうした背景とは裏腹に、むしろ甘やかなトーンを一貫して崩さない。個々の短篇は、与えられた環境を逆手にとって、微笑ましくも典雅な一場のオペレッタを作りあげている。「ダゴベルトはなんでも優雅にやるのね」と作中でヴィオレット夫人が感嘆するごとく。それには一種の枠構造があずかって力があると思う。「ダゴベルトがヴィオレット夫人に語る」という枠構造のなかで、なにもかもが「譚」として封じ込められるのだ。

今や五十を越したダゴベルトは、作中では「退役した道楽者」と表現されている。本書では少し迷って「道楽者」と訳したが、原語はLebemannであり、遊蕩児あるいは放蕩者としたほうがよかったかもしれない。そのように過去に幾多の女性遍歴を重ねた（作中の表現を使えば、「いろいろな香水のあいだを渡り歩いた」）であろうダゴベルトが、今はただひとり、ヴィオレット夫人のみをプラトニックに（あるいは騎士道的に）愛し、その無聊《ぶりょう》を慰めるため、自らの体験を尽きることなく語る。転倒した世界においては、シャーリアル王とシェエラザードまでもが役割を交換するものらしい。

いくつかの傍注のごときもの

使徒ペテロ風

ダゴベルトの髪と髭のスタイルに、「使徒ペテロ風」という形容がたびたび使われている。これはおそらく、たとえば現在ミュンヘンのアルテ・ピナコテークに所蔵されているデューラーの『四人の使徒』のなかで見られるような使徒ペテロの頭の格好、すなわち、額から頭頂にかけては、わずかな前髪を残してすっかり禿げ、後頭部に残った毛がこめかみを経由して顎鬚《あごひげ》につながっているようなスタイルのことを言っているのだろう。十五世紀以降の画家のあいだでは、こうしたペテロの描き方が一般的だった。

レスリングの技

ダゴベルトが「特別な事件」で、「なるほど、サンテュール・ア・ルブールだったのか。これでようやく腑に落ちました。しかもおそらく、サンテュール・ア・ルブール・ド・デリエールだったのですね」と言っている。この「サンテュール・ア・ルブール・ド・デリエール」なるものは、国際レスリング連盟（ＦＩＬＡ）が制定したレスリング国際ルールの第五十三条「反則行為」の中で規定されている次の行為を意味すると思われる。

スタンドでのホールドで、相手を背後から抱え込んで逆さまに持ち上げている状態で（リバース・ウエスト・ホールド）、相手を真っすぐ、頭の方向に垂直に落とすことは厳禁。この場合相手を左右の脇方向に投げなければならない。（日本レスリング協会審判委員会の訳による）

ちなみに、同様な（と書くとチェスタトンが怒るかもしれないが）、「大きすぎて見えない凶器」を扱った短篇が収録された『ブラウン神父の童心』は、一九一一年にドイツ語訳が出ている。グロラーがこれに影響されたのかどうかはよくわからない。

ハンガリー独立史

「ダゴベルト休暇中の仕事」の物語には、一八四八年から六七年にいたるハンガリー独立史が絡んでいる。作者グロラーがハンガリー生まれだったせいか、作中の描写にはひときわ熱がこもっているようだ。

十八世紀以来、ハンガリーはハプスブルク家が支配していた。ところが一八四八年に中欧各地で生じた、いわゆる三月革命により、ハンガリーは帝国から独立した財政と軍隊を保有するに至る。翌年独立を宣言して、オーストリアと交戦状態に入る。しかし皇帝フランツ・ヨーゼフ一世はロシア軍の援助を受け鎮圧に成功する。作中のゲオルク・アドリアン伯爵はこれに加担した罪で重禁固刑に処され、獄中で木製の時計を作ったわけである。また、この独立戦争のさなかに二十六歳の若さで命を落としたのが愛国詩人シャーンドル・ペテーフィであった。

　以後ハンガリーは帝室直轄地とされた。しかしその約二十年後、普墺戦争の敗北で弱体化したオーストリアは、一八六七年、ハンガリーとのあいだに和協《アウグスライヒ》を締結した。これによってハンガリー王国は軍事・財政・外交を除く分野での自治権を獲得する。いわゆるオーストリア・ハンガリー二重帝国の誕生である。作中で「二重君主国と政治的独立を勝ちとったのです」とあるのはこの和協のことを指す。

ボーデンゼーを越える騎手

「ある逮捕」でダゴベルトが「思い出してもごらんなさい。ボーデンゼーを越えた騎手が卒中に襲われたことを」と言っている。これは当時愛誦されたグスタフ・シュヴァープの物語詩《バラード》「騎手とボーデンゼー」をふまえている。

　ボーデンゼー（ボーデン湖）はドイツ・オーストリア・スイスの国境にある大きな湖。シュヴァープの物語詩では、ある男が夜ふけに道に迷って、氷が張り雪の積もったボーデンゼーの湖面を、それと知らずに馬を疾駆させて踏破する。夜が明けたのち、湖畔の村人にそれを教えられた男は、驚きと恐怖のあまり馬上で死んでしまう。

本書について

本書は、『ダゴベルトの功績と冒険』全六冊十八篇から九篇を訳出したものである。選択にあたっては東京創元社編集部のFさんを煩わせた。先に述べた、ダゴベルトものの持ち味であるシェエラザード性がよく出ている、うまいセレクションだと思う。読者には思う存分、この特異な時代のウィーンの雰囲気に浸っていただければと願っている。

ドイツでは全十八篇のうち十三篇を収録した『ダゴベルト・トロストラー　ウィーンのシャーロック・ホームズの功績と冒険』と題した本が、ルートヴィヒ・プロコルプという人の編集で、一九六九年に出ている。このドイツ版の傑作選が捨てて省《かえり》みなかった五篇のうち三篇までが本書で掬《すく》いあげられているので、ドイツ版の傑作選を読まれた方も本書はお買い得だと信じる。

この他に創元推理文庫では、ダゴベルトものの短篇がすでに一作訳されている。江戸川乱歩編『世界短編傑作集2』のなかの「奇妙な跡」である。乱歩はこの作品を、ヴァン・ダイン選の『探偵小説傑作集』から採択した。

この「奇妙な跡」をすでに読んでいる方は、本書に収めた諸作品があまりに感じが違うので、少しとまどわれたのではなかろうか。

実は「奇妙な跡」はダゴベルト譚のなかではかなり例外的な作品で、先に触れたプロコルプの傑作選でも割愛されている。なぜそんな作品がヴァン・ダインの、ひいては乱歩の傑作集に選ばれたのだろうか。

まったくの臆測であるけれど、その責任はノーバート・L・レデラーという一人の化学者に帰せられるのではなかろうか。ジョン・ラフリーの『別名S・S・ヴァン・ダイン　ファイロ・ヴァンスを創造した男』によれば、このレデラーなる男は、「三か国語を話し（……）アメリカとヨーロッパのおもしろい探偵小説をびっくりするほど大量に所有していて」、最初は探偵小説などバカにしていたヴァン・ダインを、重度のマニアに改宗させたあっぱれな人物である。ちなみに『グリーン家殺人事件』は彼に捧げられている。

「奇妙な跡」を『探偵小説傑作集』に収録するにあたっては、彼のアドバイスが利いたのではあるまいか。ヴァン・ダインはドイツ語にはそれほど堪能ではなかったようだし、『探偵小説傑作集』収録の「奇妙な跡」はレデラーの訳によるものだ。

ヴァン・ダインはある犯罪実話ものの短篇のなかで、ファイロ・ヴァンスの口を借りてこう言っている。「レデラーはあまりに犯罪史に精通しているものだから、独創性のないありきたりの殺人には、興奮も感銘も覚えないのだろう」（「役立たずの良人　カール・ハンカ事件」）幸いにも「奇妙な跡」は、こうしたレデラーの嗜好と一脈相通ずるものを持っていたとおぼしい乱歩の目にもかない、創元推理文庫の『世界短編傑作集2』に収録されることとなった。おかげでダゴベルトの名が日本の探偵小説愛好家のあいだでも知られるようになったのだから、世の中は何が幸いになるかわからないものだ。

検印
廃止

訳者紹介　翻訳家。1958年香川県生まれ。東京大学理学部卒。訳書にペルッツ「最後の審判の巨匠」「夜毎に石の橋の下で」，共訳書にコリア『ナツメグの味』がある。

探偵ダゴベルトの
功績と冒険

2013年 4月26日　初版

著　者　バルドゥイン・グロラー

訳　者　垂《たる》野《の》創《そう》一《いち》郎《ろう》

発行所　（株）東京創元社
代表者　長谷川晋一

162-0814/東京都新宿区新小川町1-5
電　話　03・3268・8231-営業部
03・3268・8204-編集部
URL　http://www.tsogen.co.jp
振 替　00160—9—1565
精興社・本間製本

乱丁・落丁本は，ご面倒ですが小社までご送付ください。送料小社負担にてお取替えいたします。

ISBN978-4-488-29305-5　C0197

S. S. Van Dine

S・S・ヴァン・ダイン（米 一八八八―一九三九）

本名はウィラード・H・ライトといい、美術評論家として一家を成していたが、病気療養中に二千冊の推理小説を読破し、自らS・S・ヴァン・ダインの変名に隠れて創作の筆をとった。学究肌の探偵**ファイロ・ヴァンス**の登場する十二の作品は、すべて本文庫に収録されている。『**グリーン家殺人事件**』『**僧正殺人事件**』を頂点とする心理的探偵法で一世を風靡した。

ベンスン殺人事件

S・S・ヴァン・ダイン全集1
ファイロ・ヴァンス・シリーズ

S・S・ヴァン・ダイン
井上　勇　訳

〈本格ミステリ〉

巨匠ヴァン・ダインの処女作。ウォール街のインチキ株式仲買人の怪死をめぐり、容疑者がありあまる中から、名探偵ファイロ・ヴァンスがアリバイにこだわる検察当局の主張をかたっぱしからたたきこわして、独特の心理分析で真犯人を指摘する。アメリカ本格派の黄金時代開幕の契機となった記念作で、多くの模倣作を産み出した歴史的名編。

10301-9

カナリヤ殺人事件

S・S・ヴァン・ダイン全集2
ファイロ・ヴァンス・シリーズ

S・S・ヴァン・ダイン
井上　勇　訳

〈本格ミステリ〉

ブロードウェイの名花〝カナリヤ〟が密室で殺される。容疑者は四人しかいない。その四人のアリバイは、いずれも欠陥があるが、犯人と断定し得るきめ手の証拠はひとつもない。ファイロ・ヴァンスはポーカーの勝負を通じて犯人に戦いをいどむ。ヴァン・ダインの第二作で、ワールド紙が推理小説の貴族と評し、発売後七か国語に翻訳された。

10302-6

グリーン家殺人事件

S・S・ヴァン・ダイン全集3
ファイロ・ヴァンス・シリーズ

S・S・ヴァン・ダイン
井上　勇　訳

〈本格ミステリ〉

ニューヨークのどまんなかにとり残された、前世紀の古邸グリーン家で、二人の娘が射たれるという惨劇がもちあがった。この事件を皮切りに、一家のみな殺しを企てる姿なき殺人者が跳梁する。神のごとき探偵ファイロ・ヴァンスにも、さすがに焦慮の色が加わった！　一ダースにのぼる著者の作品中でも一、二を争うといわれる超A級の名作。

10303-3

ファイロ・ヴァンス・シリーズ
S・S・ヴァン・ダイン全集4

僧正殺人事件

S・S・ヴァン・ダイン
日暮雅通 訳

〈本格ミステリ〉

だあれが殺したコック・ロビン？「それは私」とスズメが言った。――四月のニューヨーク、このマザー・グースの有名な一節を模した殺人が勃発した。コック・ロビンという綽名の若者が、矢を胸に突き立てられた状態で発見されたのだ。冷酷な連続殺人に、心理学的手法で挑むファイロ・ヴァンス。後世に多大な影響を与えた至高の一品。

10314-9

ファイロ・ヴァンス・シリーズ
S・S・ヴァン・ダイン全集5

カブト虫殺人事件

S・S・ヴァン・ダイン
井上 勇 訳

〈本格ミステリ〉

完全であることを唯一の弱点とする完全犯罪を描く第一人者が贈る第五作。エジプト博物館の中で復讐の神を前にして殺されていた死体は、あまりにも明確に犯人を指摘しすぎていた。法律的には正義の鉄槌を下しえない犯人に対し、エジプトの復讐の神は、いかなる神罰を用意していたか？　神を信じないファイロ・ヴァンスの知性は苦悶する。

10305-7

ファイロ・ヴァンス・シリーズ
S・S・ヴァン・ダイン全集6

ケンネル殺人事件

S・S・ヴァン・ダイン
井上 勇 訳

〈本格ミステリ〉

巨匠会心の第六作！　世界推理文壇の寵児となった作者が〈コスモポリタン〉誌のたび重なる要請に応えて連載した本書は、果然、ヴァン・ダイン・ファンの期待にたがわぬ傑作となった。古代中国陶器と犬についてのペダントリーに彩られた殺人事件は、それらの要素がクロスワード・パズルのように関連しあい、正しい解決へと導いていく。

10306-4

ファイロ・ヴァンス・シリーズ
S・S・ヴァン・ダイン全集7

ドラゴン殺人事件

S・S・ヴァン・ダイン
井上 勇 訳

〈本格ミステリ〉

衆人環視のなか庭園プールにとびこんだ青年はそのまま忽然と姿を消し、水底からは死体すら発見されなかった。ただ、巨竜の足跡が……。この現代アメリカに、果たして原始古代の巨竜などというものが存在するのであろうか？　幻想世界をふまえて、真相をつきとめようとするファイロ・ヴァンス。彼は七度目の試練を乗りきれるのだろうか？

10307-1

ファイロ・ヴァンス・シリーズ
S・S・ヴァン・ダイン全集8

カシノ殺人事件

S・S・ヴァン・ダイン
井上 勇 訳

〈本格ミステリ〉

毒殺されたと推定されるのに胃から毒物が検出されぬ謎。単なる水をのんではつぎつぎに倒れる被害者。ただの水に、果たして毒物が含まれているのだろうか？　H_2O のモチーフをたどるファイロ・ヴァンスは、ついに D_2O にたどりついた。カシノのルーレットの輪のように旋回をつづける事件は、一発の銃声とともにその回転をとめる……。

10308-8

John Dickson Carr (Carter Dickson)

ジョン・ディクスン・カー（カーター・ディクスン）（米 一九〇六―一九七七）

〈不可能犯罪の巨匠〉といわれるカーは、密室トリックを得意とし、怪奇趣味に彩られた独自の世界を築いている。本名では**フェル博士**、ディクスン名義では**ヘンリ・メリヴェール卿**（H・M）が活躍する。作風は『**赤後家の殺人**』等初期の密室ものから、『**皇帝のかぎ煙草入れ**』など中期の心理トリックもの、そして『**死の館の謎**』等晩年の歴史ものへと変遷した。

不可能犯罪捜査課

ジョン・ディクスン・カー
宇野利泰 訳

カー短編全集1　〈本格ミステリ〉

発端の怪奇性、中段のサスペンス、解決の意外な合理性、この本格推理小説に不可欠の三条件を見事に結合して、独創的なトリックを発明するカーの第一短編集。奇妙な事件を専門に処理するロンドン警視庁D三課の課長マーチ大佐の活躍を描いた作品を中心に、「新透明人間」「空中の足跡」「ホット・マネー」「めくら頭巾」等、十編を収録する。

11801-3

妖魔の森の家

ジョン・ディクスン・カー
宇野利泰 訳

カー短編全集2　〈本格ミステリ〉

長編に劣らず短編においてもカーは数々の名作を書いているが、中でも「妖魔の森の家」一編は、彼の全作品を通じての白眉ともいうべき傑作である。発端の謎と意外な解決の合理性がみごとなバランスを示し、加うるに怪奇趣味の適切ないろどり、けだしポオ以降の短編推理小説史上のベストテンにはいる名品であろう。他に中短編四編を収録。

11802-0

パリから来た紳士

ジョン・ディクスン・カー
宇野利泰 訳

カー短編全集3　〈本格ミステリ〉

カー短編の精髄を集めたコレクション、本巻にはフェル博士、H・M、マーチ大佐といった名探偵が一堂に会する。内容も、隠し場所トリック、不可能犯罪、怪奇趣味、ユーモア、歴史興味、エスピオナージュなど多彩を極め、カーの全貌を知る上で必読の一巻である。殊に「パリから来た紳士」は、著者の数ある短編の中でも最高傑作といえよう。

11803-7

幽霊射手

ジョン・ディクスン・カー
宇野利泰 訳
カー短編全集4
〈本格ミステリ〉

カーの死後の調査と研究により発掘された、若かりし日の作品群やラジオ・ドラマを集大成した待望の短編コレクション。処女短編「死者を飲むかのように……」を筆頭に、アンリ・バンコランの活躍する推理譚と、名作「B13号船室」をはじめとする傑作脚本を収録。不可能興味と怪奇趣味の横溢する、ディクスン・カーの世界! 志村敏子 画

11820-4

黒い塔の恐怖

ジョン・ディクスン・カー
宇野利泰・永井 淳 訳
カー短編全集5
〈本格ミステリ〉

今は亡き〈不可能犯罪の巨匠〉ディクスン・カーの、長編小説以外の精華を集大成した一大コレクション。ことに傑作怪奇譚をはじめ、ラジオ・ドラマ、ホームズもののパロディ、推理小説論等、多方面にわたるカーの偉大な業績を集め巻末に詳細な書誌を付した本巻はカーの足跡をたどる上で逸することのできない一冊となろう。 志村敏子 画

11821-1

ヴァンパイアの塔

ジョン・ディクスン・カー
大村美根子・高見 浩・深町眞理子 訳
カー短編全集6
〈本格ミステリ〉

全員が互いに手を取り合っている降霊会の最中、縛られたままの心霊研究家が殺される。密室状況下で死んでいた男は自殺かと思われたが、死体の周囲に凶器が見あたらない「暗黒の一瞬」等々、カーの本領が発揮された不可能興味の横溢するラジオ・ドラマ集。クリスマス・ストーリー「刑事の休日」を併載。松田道弘の「新カー問答」を収める。

11825-9

帽子収集狂事件

ジョン・ディクスン・カー
三角和代 訳
ギディオン・フェル博士シリーズ
〈本格ミステリ〉

〝いかれ帽子屋〟による連続帽子盗難事件が話題を呼ぶロンドンで、ポオの未発表原稿を盗まれた古書収集家の甥の死体が、ロンドン塔で発見される。死体の頭には古書収集家の盗まれたシルクハットがかぶせられていた……。比類なき舞台設定と驚天動地の大トリックで、全世界のミステリファンをうならせてきたフェル博士シリーズの代表作。

11830-3

盲目の理髪師

ジョン・ディクスン・カー
井上一夫 訳
ギディオン・フェル博士シリーズ
〈本格ミステリ〉

大西洋航路の豪華船の中で二つの大きな盗難事件が発生し、さらに奇怪な殺人事件が持ち上がる。なくなった宝石が持ち主の手にもどったり、死体が消えたり、すれちがいと酔っぱらいのドンチャン騒ぎのうちに、無気味なサスペンスと不可能犯罪のトリックが織りこまれている。カーの作品中でも、もっともファースの味の濃厚な本格編である。

11828-0

アラビアンナイトの殺人

ジョン・ディクスン・カー
宇野利泰 訳
ギディオン・フェル博士シリーズ
〈本格ミステリ〉

ある夏の夜のこと、ロンドンの博物館をパトロール中の警官が怪人物を発見する。だが、その人物は忽然と消滅してしまった。しかも博物館の中では殺人事件が発生していた。ユーモアと怪奇を一体にしたカー独特の持ち味が、アラベスク模様のように絢爛と展開する代表的巨編。フェル博士がみごとな安楽椅子探偵ぶりを発揮する異色作である。

11806-8

曲った蝶番《ちょうつがい》

ジョン・ディクスン・カー
中村能三 訳
ギディオン・フェル博士シリーズ
〈本格ミステリ〉

ケント州の由緒ある家柄のファーンリ家に突然一人の男が現われ、相続争いが始まった。真偽の鑑別がつかないままに、現在の当主が殺され、指紋帳も紛失してしまった。さしもの名探偵フェル博士も悲鳴をあげるほどの不可能犯罪の秘密は？　全編を覆う謎に加えて、自動人形や悪魔礼拝など魔術趣味の横溢する、本格愛好家への格好の贈り物。

11807-5

死者はよみがえる

ジョン・ディクスン・カー
橋本福夫 訳
ギディオン・フェル博士シリーズ
〈本格ミステリ〉

友人と賭けをし、南アフリカから旅に出た新進作家のケントは、何とかロンドンには着いたものの一文なしになっていた。約束の日が明日に迫っているというのに、彼は空腹を我慢できず、やむなくホテルに飛び込み、客をよそおって無銭飲食をきめこんだが……。ホテルを舞台にした殺人事件で、フェル博士の究明した一大トリックとは何か？

11808-2

緑のカプセルの謎

ジョン・ディクスン・カー
宇野利泰 訳
ギディオン・フェル博士シリーズ
〈本格ミステリ〉

村の菓子屋で毒入りチョコレートが売られ、子供たちに犠牲者が出るという事件が持ち上がった。犯罪研究を道楽とする荘園の主人が、毒殺事件のトリックを発見したと言う。だがその公開実験中に、当の本人が緑のカプセルを飲んで毒殺されてしまった。カプセルを飲ませたのは誰か？　フェル博士の毒殺講義を含む、カー中期を代表する傑作。

11809-9

連続殺人事件

ジョン・ディクスン・カー
井上一夫 訳
ギディオン・フェル博士シリーズ
〈本格ミステリ〉

妖気ただようスコットランドの古城で起きた変死事件。妖怪伝説か、保険金目当ての自殺か、それとも殺人か？　密室の謎に興味をそそられて乗りこんだフェル博士の目前で、またもや発生する密室の死。怪奇と笑いのどたばた騒ぎのうちに、フェル博士が解いた謎は、意外なトリックと意外な動機、さらに事件そのものも意外なものであった！

11810-5

ジョン・ディクスン・カー
駒月雅子 訳

皇帝のかぎ煙草入れ

〈本格ミステリ〉

婚約者トビイの父サー・モーリス殺害の容疑をかけられた若い女性イヴ。夜更けの犯行時には現場に面した自宅の寝室にいた彼女だが、部屋に忍びこんだ前夫ネッドのせいでアリバイを主張できない。完璧な状況証拠も加わって、イヴは絶体絶命の窮地に追いこまれる――女王アガサ・クリスティをして驚嘆せしめた、巨匠カー不朽の本格長編。

11832-7

ジョン・ディクスン・カー
宇野利泰 訳

髑髏城《どくろじょう》

アンリ・バンコラン・シリーズ

〈本格ミステリ〉

ライン河畔にそびえる古城、髑髏城。その城主であった稀代の魔術師、メイルジャアが謎の死を遂げてから十数年。今また現在の城主が火だるまになって城壁から転落するという事件が起きた。この謎に挑むのは、ベルリン警察のフォン・アルンハイム男爵とその宿命のライヴァル、アンリ・バンコラン。独仏二大探偵が真相を巡ってしのぎを削る。

11812-9

ジョン・ディクスン・カー
宇野利泰 訳

死の館の謎

〈本格ミステリ〉

一九二七年のニュー・オーリンズ。過去に奇々怪々な事件が起きたことによって〈死の館〉という異名をもつ〈デリース館〉に、またも不可思議な事件が発生した……。作者ディクスン・カーの若かりし日を彷彿とさせる歴史小説作家、ジェフ・コールドウェルの目を通して描かれる、ジャズとT型フォード全盛の古き良き時代。歴史推理巨編！

11813-6

ジョン・ディクスン・カー
井上一夫 訳

夜歩く

アンリ・バンコラン・シリーズ

〈本格ミステリ〉

刑事たちが見張るクラブの中で、新婚初夜の公爵が無惨な首なし死体となって発見された。しかも現場からは犯人の姿が忽然と消えていた。夜歩く人狼がパリの街中に出現したかの如きこの怪事件に挑戦するは、パリ警視庁を一手に握る名探偵アンリ・バンコラン！　本格派の巨匠ディクスン・カーが自信満々この一作を提げて登場したデビュー作。

11814-3

ジョン・ディクスン・カー
井上一夫 訳

絞首台の謎

アンリ・バンコラン・シリーズ

〈本格ミステリ〉

夜霧のロンドンを、喉を切られた黒人運転手の死体がハンドルを握る自動車が滑る！　十七世紀イギリスの絞首刑吏〈ジャック・ケッチ〉と幻の町〈ルイネーション街〉が現代のロンドンによみがえった。魔術と怪談と残虐恐怖を、ガラス絵のような色彩で描いたカーの初期代表作。『夜歩く』に続く、バンコランの快刀乱麻を断つが如き名推理。

11815-0

Arthur Conan Doyle

アーサー・コナン・ドイル（英　一八五九—一九三〇）

開業医をしていたが芳しくなく、生活のために筆をとり、一八九一年『緋色の研究』で名探偵シャーロック・ホームズを創造。これが圧倒的な人気を集め、一躍作家的地位を確立した。一方『勇将ジェラールの回想』等の歴史小説、チャレンジャー教授の活躍する『失われた世界』等のSFにもすぐれた業績を残し、それぞれの分野の古典として今なお愛読されている。

アーサー・コナン・ドイル
深町眞理子　訳

シャーロック・ホームズの冒険
〈本格ミステリ〉

シャーロック・ホームズ・シリーズ

ミステリ史上最大にして最高の名探偵シャーロック・ホームズの推理と活躍を、忠実なる助手ワトスンが綴るシリーズ第一短編集。ホームズの緻密な計画がひとりの女性によって破られる「ボヘミアの醜聞」、赤毛の男を求める奇妙な団体の意図がホームズによって鮮やかに解明される「赤毛組合」など、いずれも忘れ難き十二の名品を収録する。

10116-9

アーサー・コナン・ドイル
深町眞理子　訳

回想のシャーロック・ホームズ
〈本格ミステリ〉

シャーロック・ホームズ・シリーズ

レースの本命馬が失踪し、調教師の死体が発見された。犯人は厩舎情報をさぐりにきた男なのか？　名探偵ホームズの推理の手法が光る「〈シルヴァー・ブレーズ〉号の失踪」、探偵業のきっかけとなった怪事件「〈グロリア・スコット〉号の悲劇」、宿敵モリアーティー教授登場の「最後の事件」など、十一の逸品を収録するシリーズ第二短編集。

10117-6

アーサー・コナン・ドイル
深町眞理子　訳

シャーロック・ホームズの復活
〈本格ミステリ〉

シャーロック・ホームズ・シリーズ

ホームズが〈ライヘンバッハの滝〉に消えてから三年。ロンドンで発生した青年貴族の奇怪な殺害事件をひとりわびしく推理していたワトスンに、奇跡のような出来事が……。名探偵の鮮烈な復活に世界が驚喜した「空屋の冒険」、ポオの「黄金虫」と並ぶ暗号ミステリ「踊る人形」、「六つのナポレオン像」など珠玉の十三編を収める第三短編集。

10120-6

シャーロック・ホームズの最後のあいさつ

アーサー・コナン・ドイル
阿部知二 訳
シャーロック・ホームズ・シリーズ
〈本格ミステリ〉

世界中の国々で翻訳され、親しまれているホームズ。助手であるワトスン博士との名コンビは読者を魅了してやまない。怪奇小説的な展開を示す「藤荘」にはじまり、「ボール箱」「赤輪党」「ブルース＝パーティントン設計書」「瀕死の探偵」「フランシス・カーファクス姫の失踪」「悪魔の足」そして「最後のあいさつ」を収録した第四短編集。

10104-6

シャーロック・ホームズの事件簿

アーサー・コナン・ドイル
深町眞理子 訳
シャーロック・ホームズ・シリーズ
〈本格ミステリ〉

第五の、そして最後の短編集となった本書で、世紀の名探偵ホームズは本当の最後の挨拶を全世界の愛読者に送ることとなった。「高名な依頼人」「マザリンの宝石」「サセックスの吸血鬼」「ガリデブが三人」「這う男」「ライオンのたてがみ」「覆面の下宿人」等十二編。初出時の挿絵を付した新訳決定版。解説＝日暮雅通 エッセイ＝有栖川有栖

10109-1

緋色の研究

アーサー・コナン・ドイル
深町眞理子 訳
シャーロック・ホームズ・シリーズ
〈本格ミステリ〉

異国への従軍から病み衰えて帰国した元軍医のワトスン。下宿を探していたところ、同居人を探している男を紹介され、共同生活を送ることになった。下宿先はベイカー街二二一番地B、男の名はシャーロック・ホームズ——。永遠の名コンビとなるふたりが初めて手がけるのはアメリカ人旅行者の奇怪な殺人。ホームズ初登場の記念碑的長編！

10118-3

四人の署名

アーサー・コナン・ドイル
深町眞理子 訳
シャーロック・ホームズ・シリーズ
〈本格ミステリ〉

自らの頭脳に見合う難事件のない無聊の日々を、コカインで紛らわせていたシャーロック・ホームズ。世界唯一の私立探偵コンサルタントを自任する彼のもとを訪れた美貌の家庭教師メアリーの依頼は、奇妙きわまりないものであった。ホームズの犀利な推理と息詰まる追跡劇の行方は——。ワトスンの抱く恋も忘れがたき、シリーズ第二長編。

10119-0

バスカヴィル家の犬

アーサー・コナン・ドイル
阿部知二 訳
シャーロック・ホームズ・シリーズ
〈本格ミステリ〉

昔の呪われた伝説が、いまなお生きているのか、西部イングランドの名門、バスカヴィル家の当主が、突然、謎の変死をとげる。死体には外傷はないが、その顔は恐怖にゆがみ、かたわらには巨大な犬の足跡がついていた。闇にきらめく灯火。火を吐く魔の犬の跳梁！ 荒涼たる一寒村を舞台に、恐怖と怪異にみちた妖犬に挑戦するホームズは？

10107-7